來自失樂園

【第五屆林佛兒獎作品集】

台灣犯罪作家聯會 主編
Sadar、林詩七、金柏夫、衍波、飛樑、軸見康介 著

目次

序　一個文學獎的經典回歸

既晴

在我還是個國中二年級學生時，父親買了房子，結束租屋多年的飄泊，我也有了第一個屬於自己的房間。放了教科書的新書架上還留下許多空間，於是，我走向離家不遠的陌生書局，準備買一些參考書、筆記本。無意間，我在書局門外的雜誌架上發現《推理雜誌》49期——封面是李梅樹的「楓葉之美」。

那是我初次邂逅台灣犯罪小說，當時，我在心中也埋下了創作的種子。在高中畢業之前，每個月的《推理雜誌》以一種「刺激智力」的奇妙方式，陪我紓解課業壓力。其實，那幾年也正是「林佛兒推理小說獎」風起雲湧的時光。

然而，當我上了大學、準備著手創作犯罪小說之際，這個獎已經停辦了。我不能說心中絲毫沒有失落感。但，我仍然記得它曾給予我的鼓舞，於是我繼續寫、繼續寫，直到今天。

二〇二一年十月九日，作家葉桑先生與我一同乘高鐵南下，在台南站下車，再搭計程車，拜訪林佛兒先生的遺孀李若鶯教授。此行的目的有二，一是致贈《詭祕客》創刊號給李老師，希望它能傳承《推理雜誌》的精神，為台灣犯罪文學而努力；二是代表台灣犯罪作家聯會，向李老師提案復辦這個獎，並更名為「林佛兒獎」，以表彰林佛兒先生的卓越貢獻，這也是他為台灣犯罪文學留下的另一項精神遺產。李老師乾脆地答應了，不僅同意贊助，並全權交由犯聯負責，在此致上最高的謝意。

一個文學獎的圓滿成功，是創作者與評審老師們共同努力的結果。復辦的籌備時間儘管匆促，本屆仍然收到了許多水準極高、匠心獨具的參賽作品。而犯聯的眾多夥伴更是義不容辭地提供協助，不但如期完成各階段的評審工作，亦給予創作者們專業而精準的評審意見，令我非常感動。

經過了三十年的間隔，創作者恐怕已經更換了一整個的世代。但若是回顧這三十年來的發展，不難發現四屆首獎作家、入圍作家們，以及停辦後在《推理雜誌》上活躍的後繼作家們，依然深遠地影響當今的台灣犯罪小說。我也期望，未來的林佛兒獎能繼續發揮其影響力，讓台灣犯罪文學愈來愈好。

第一至四屆林佛兒推理小說獎的回顧

洪敘銘

「林佛兒推理小說獎」（以下簡稱林推獎）由被推崇為「台灣推理小說第一人」林佛兒先生創辦，一九八七年舉辦首屆徵獎，後接續辦理三屆（共四屆），是台灣最早且最具指標性的推理文學獎。

關於林推獎具備的指標性與典範意義，應回到「文學獎」在台灣文學場域及對文藝創作思潮產生的「權力」關係上進行討論，向陽（2003）曾就台灣的文學獎及其現象，論述「獎」的權力運作關係，他認為這個權力，首先來自於「獎」從規章的設定、委員的遴聘到評選的展開，都是對文壇作者身分的肯定或拔擢，使得文學獎本身對「文學創作或風氣具有煽動、激發與生產的實質效果」（頁 38-39）；其次，獎項的設立暗示了建立或鞏固文學書寫的風潮的可能，它不但可能達到某種「建構、強化以及擴增文學班底的作用」（頁 39），而產生特定意識形態，陳國偉（2013）對於當時舉辦的林推獎，指出其顯現出「一個上下游完整的文學生產線與出版模式」（頁 45-46），藉此可能建立典範意義與詮釋權力。從這些觀點來觀察第一至四屆林推獎的辦理過程，或許能達到某個時代與時間段落中的歷時性回顧，並且從中探索演變與典範轉移的進程。

■

第一屆林推獎自一九八七年十一月至一九八八年四月展開徵稿，五月進行評選，最主要的目的是「鼓勵更多同好投入推理文學的創作領域」，同時也展現推理在台灣發展的初步成果；本屆評審意見（不著撰人，1989）指出以下兩個相當值得注意的現象。

一、入選小說面臨最重大的問題在於「創新」

景翔在評選過程中，指出〈再一次死亡〉的詭計設計「已見於內田康夫的淺見光彥探案《平蒙傳說殺人事件》」（頁211），〈最後的旅程〉「有抄自日本推理小說之嫌」（頁211），〈公寓裸屍〉「頗有艾勒里昆恩那種反覆辯論推敲分析的特色」（頁211），黃鈞浩也認為具有「歐美作品的味道」（頁212）等等，都反映出早期的台灣推理小說實踐，仍然受到外來推理敘事模式與詭計設計手法的深刻影響。

二、對建立台灣大眾文學的期待

傅博在「總評與建議」中建議「有生命的小說不要只憑空想，沒有把握的事，最好去查資料，或以自己的經驗為寫作範疇」（頁214），應和了向陽（1986）所言：「涵蓋『多學廣識』、人的生活、生存與生命的探討」（頁16），更重要的是這段話立基於「本著使推理小說能在台灣發皇的期待」（不著撰人，1989，頁214），讓新聞性與社會性話題，以及推理成分與社會意識的結合，在文學獎的權力運作下，建立了一種特定的典範意義。

獲得首獎的思婷（1989）〈死刑今夜執行〉，以中國文化大革命時期為背景，敘寫「五十歲人，妻兒一堆，不會亂來；鄉下出身，大字不識一個，也就不會看地下傳單，不會看任何刊物，這種人沒有自己的思想」（頁7）的死囚室守衛李由最後卻決定依照自己的「思想」

幫助反叛份子，保住了他們的地下組織與「自由和民主的呼聲」（頁38）。這篇小說的重要性在於它展現了不同以往的社會觀察與關懷，思婷不僅透過李由的行跡，反映當時社會相當普遍的資源分配不均的情景，更從李由兒子小山死前說：「我不想死，我不要文革，我想讀書」（頁28），以及女兒小虹被受到公安局壓力的學校的扣留時，李由的咆哮：「老子替你們賣命二十年，現在就站在這裡，有種的話你們上來抓我呀！」（頁30）凸顯了他對於社會思維的反動，已不再侷限在錯綜複雜的男女情愛關係，以及謀劃財產利益的貪婪，連結到他依照真實的事件，反映文革時期社會現象的創作動機，以及「推理小說原來也可以如此深刻地反映社會問題」（思婷，1988，頁145）的自覺。

■

第二屆林推獎的評審意見結論（不著撰人，1990），則提及當屆作品中的兩個特色，表現了社會性與在地化之間的可能連結：

> 一是內容的本土化，像中文電腦、統一發票的對獎等等，令人感覺到確實是發生在目前社會的事件，因而產生一種親切的認同感，這是推理小說在本地紮根的基本要素。
>
> 第二就是，作者普遍體認到必須以自己的經驗為創作依據，即使不能親身體驗，也要對所描述的人物、背景有深刻的認識，如此寫來，才不會僅是空泛的皮相。（頁270）

「在本地紮根」清楚表明了台灣推理小說正在進行的在地化歷程；就當時而言，中文電腦的操作、統一發票的對獎，充分地表現了當前社會的「實景」，因此讀者在閱讀後便容易取得「認同感」。這些評選標準，將社會性與在地化兩者扣連，因此為了避免「空泛的皮相」，推理敘事更必須導向「反映現實」，包含人物個性的設定、小說場景的描寫、情節對話的語言等，都強調作者個人的「體驗」與「經驗」。

所以，在具體的意見中，可見如鄭清文認為〈借火〉一篇「對目前太富足的社會頗有啟發作用」（頁269），或如葉石濤認為〈獎〉全篇最可看之處在於「環保街頭訪問時，無意間錄到凶嫌一事」（頁269），都強調在推理小說中，社會事件與社會意識的化用或轉化，對於「社會現實」的反應具有頗為積極的意義。換言之，本屆首獎雖然由具有本格推理手法的〈生死線上〉獲得，但評審們評選過程中所表現出來的總體意識，仍然朝向社會性與在地化結合的期待。

余心樂以〈生死線上〉獲得第二屆首獎，在他的得獎感言中，通過寫作過程的回顧與堅持，更加闡明了他在推理小說創作中的推理性追求，具體而微地表現在「詭計」的設計上：

> 深怕辛辛苦苦觀察體驗得來的新創詭計（均經一一上山下海親身試驗，確定實際可行）為別人捷足先登，所以常要多費一番心神去留意中外坊間的偵推作品，有無他人正在運用類似詭計，有時乍見小說標題似與自己構想中的情節相關（譬如火車時刻推理），往往觸目驚心，緊張得寢食難安。（余心樂，1991a，頁25）

余心樂自述在創作推理小說時，首重的是詭計的「新創」，也就是說這些詭計非但不能與自己或他人重複，更需要經過仔細設計安排甚至實際演練其合理性，才能於小說中使用。因此，他敘說自己的寫作習慣是「先將小說中各個人物、各種狀況，以及邏輯偵推的過程一一在草稿紙上記下，配上自己繪製的圖表，經過大約兩週的紙上推演，並實地操練詭計的可行性」（余心樂，1991a，頁25）之後才展開寫作。

作家創作的習慣與堅持，反映了小說中對於推理性與邏輯辯證思考的重視。例如李立勉以繁複的火車時刻詭計做出最有力的不在場證明。以此，偵探漢瑞一開始即針對死者死亡的時間與火車時刻的關係進行了梳理，也就販賣員提供的資訊繪製了簡表；偵探在整篇小說不斷以條列式方式提出他對相關人員涉案動機的分析與判斷，並且製作了多張火車時刻表做為引證，甚至作者在偵探與凶手進行最後的對決時，仍不忘告訴讀者「請參附圖A」、「請參附圖B」，除了在小說敘事中表明他「非得把其背後所隱含的真義挖掘出來不可」（余心樂，1991b，頁59）的決心，這些細節的敘述，都展現了推理性的介入，意即即便偵探本身並不具有高度知識力的身分象徵，但是他依然通過推理的過程與方式，建構了以推理性為主的小說敘事，完成非常高度的推理性實踐。

■

第三屆林推獎入選的作品與評選意見（不著撰人，1992a），更加反映出台灣推理小說在文藝本土化的發展傾向下，在地化類型的建立與其典範意義的完成。如周浩正評〈一貼靈〉：「描寫人被壓迫到那麼卑微、渺小的情況下，仍努力求生存的掙扎，寫人性面寫得非常深刻」（頁244），楊青矗評〈遺忘的殺機〉：「寫出了時下年輕人在國內考不上大學，想盡辦法到日本留學，但事實上不少女性到異國後，為生活所迫淪入風月場所的那種辛酸」（頁246），評〈復仇〉：「裡面所寫的人性都是善良的，即使暗伏的殺機也是因誤會而引起」（頁

247）。在這些評語中。「社會性」被特別標舉出來，楊青矗在評選過程中更直言：「既然是要選出公開徵文的首獎作品，我認為必須賦予特殊的意義，純以小說吸引人還是不夠的」（頁246），這個特殊的意義，即是在推理敘事成分外，所應該具備的深刻的社會性與社會意識，他同時據此標準，明確指出了台灣推理小說的在地化目標：

> 我覺得推理小說的情節往往受限於命案的發生，一旦追查出凶手後，讀者就不想再繼續看了，久而久之形成了一種公式，也使推理小說的路越來越窄。此次徵文有幾篇作品就擺脫了前人的窠臼，而且處理得很好，我希望這是國內推理小說超越單純的命案推理的契機。（頁248）

對照楊青矗的結語中「往往受限於命案發生」的小說情節以及「公式」，自然是針對歐美、日本等外來推理作品而言，因此「擺脫窠臼」，一直都是推理在台灣發展的一致追求；而在推理敘事中結合社會性的方式，似乎也能夠進一步建構台灣推理的主體性。

一九九〇年底第三屆林推獎評選結束，恰好做為一九八〇至一九九〇年這段台灣推理小說發展的時期，作者創作的背景，以及在地化、本土化路線確立的總結。值得注意的是，「社會性」在早期台灣推理小說中逐漸占據一個與推理敘事同等重要的位置，甚至成為本格復興前最具典範意義的標準與價值。

■

到了一九九一年底的第四屆林推獎，則產生了若干變化。除了朱佩蘭和林敏生共同指出參賽作品中「可以看到不少日本推理名家的影子」（不著撰人，1992b，頁15）的模仿，顯示台灣推理發展至一九九〇年代，仍無法真正脫離外來推理傳統的影響之外，景翔則總結了三項具體的變化：

> 一是取材範圍普遍擴大，以往的作品多限定在謀殺案，本屆則出現多樣化的題材，在詭局上也較有新意。二是寫作技巧較變化，向現代人生活都會用到的電腦也被巧妙用上了。三是融入了特殊經驗，包括軍中環境、離島生活、特殊族群等，此種寫法的好處是，讀者可以接觸到新的人、事、物。（頁 15）

從評選的意見來看，進入一九九〇年代後的台灣推理文學的主流價值，仍然延續著以社會性貼近時代性的模式；例如〈考生之死始末〉中「電腦」的使用，被評審一致地讚賞為「新科技可以開拓題材及範圍」（頁 15）、「合乎時代性的推理作品」（頁 14），顯示如何反映當時社會中人們的生活景態，仍舊是推理小說中最為關切，也是最被看重的部分。

本屆首獎作品〈M16A2 與 M16〉以及獲佳作的〈考生之死始末〉，與過去幾屆的獲選作品相較，更強調推理性的展現，也使用了古典推理中常見的書寫套式；評審對於本篇的優點，大致上分為「整個詭局設計合理」（頁 14）、「主犯能利用排班表，把這些時空因素穿插得恰到好處」（頁 14），以及「推理氣息達到最高潮」（頁 15）兩個層面。就小說敘事內容來看，這一群意圖偷槍並且嫁禍給連長的士兵，主要利用軍械室的配置與開關，以及六人的衛哨排班表，策劃偷槍、換槍的過程。作者同樣清楚繪製了軍械室的配置圖以及偷槍行動路線示意圖，也在小說敘述中提醒讀者必須參閱這些附圖（莊仲亮，1992，頁 30-31），做為與讀者共同推理的連結。

這樣的連結自然表明了小說中偏向推理性的書寫主軸，例如六人輪流站哨時，從三點四十分到六點整這段時間的記錄，以及偵探白少峯一一抄錄下這幾人的外出情形，都做為破案的重要線索，而這些線索也同時如實展現在讀者的眼前，推理小說成為作者與讀者之間互動的場域。第二把假槍出現後，除了增添了小說敘事的懸疑性外，也刺激了白少峯進行更進一步的推理，而推理過程完全以第一人稱、自言自語的自述完成，最終也吻合了真正的主犯所設計的詭計。

■

台灣推理小說的發展，到〈M16A2與M16〉的獲獎與受到好評，已經展現出與一九八〇年代創作相當不同的推理敘事，最明顯也最具影響力的層面，即是社會性不再只是當時主流價值中「好的推理小說」的唯一評斷標準。

總合來說，在本格復興以前，一九八〇年代起本土作家的創作，逐步建立了反映台灣推理在地化歷程的本土推理類型，而林推獎與出版社、紙本媒體與文學社群間的相互推動，直至一九九〇年代中期，仍然是台灣推理文學場域的主流，所入選的作品，也是當今讀者回顧本格復興以前的台灣推理小說面貌時，必然不可忽略的作品（洪敘銘，2015）。

參考資料

不著撰人（1989）。〈第一屆林佛兒推理小說創作獎總評會議〉。載於思婷等人，《林佛兒推理小說獎作品集1》。林白。

不著撰人（1990）。〈第二屆林佛兒推理小說創作獎總評會議〉。載於余心樂等人，《林佛兒推理小說獎作品集2》。林白。

不著撰人（1992）。〈第三屆林佛兒推理小說創作獎總評會議〉。載於葉桑等人，《遺忘的殺機》。林白。

不著撰人（1992）。〈第四屆林佛兒推理小說創作獎總評會議〉。《推理》，88。

向陽（1986）。〈推之，理之，定位之——序林崇漢推理小說集「收藏家的情人」〉。載於林崇漢，《收藏家的情人》（頁5-17）。林白。

向陽（2003）。〈海上的波浪：小論文學獎與文學發展的關聯〉，《文訊》，218，37-40。

余心樂（1990）。〈娛人自娛乎？或娛人自愚？〉。《推理》，64，23-26。

余心樂（1991a）。〈生死線上〉。載於余心樂等人，《林佛兒推理小說獎作品集2》（頁7-85）。林白。

余心樂（1991b）。〈善意的偷工減料〉。《推理》，78，24-25。

思婷（1988）。〈弄斧號子〉。《推理》，45，144-145。

思婷（1989）。〈死刑今夜執行〉。載於思婷等人，《林佛兒推理小說獎作品集1》。林白。

莊仲亮（1992）。〈M162A2與M16〉，《推理》，88，24-60。

陳國偉（2013）。《越境與譯徑——當代台灣推理小說的身體翻譯與跨國生成》。聯合文學出版社。

洪敘銘（2015）。《從在地到台灣：本格復興前台灣推理小說的在地想像與建構》。秀威。

來自失樂園

（原標題〈來自失樂園的危機〉）

1

手機鈴聲響起，姚致月依然臉部朝下趴著，雙眼緊閉，放鬆的身體紋風不動。

「姚小姐，接電話嗎？」珊蒂問道，雙手不停頓地撫摸著姚致月的背部。

姚致月慵懶的聲音透露出不悅：「別理它，一會兒就會掛斷的。」

果然手機力不從心地多叫幾聲就啞掉了，姚致月覺得耳根清靜了些。不料還沒到一分鐘，手機又如喪考妣似地哀號起來，聲音持續著，似乎無意退卻。珊蒂不得已斂起雙手，不知所措地問：「姚小姐，還是接吧。好像……很急迫的樣子。」

姚致月鼻子一哼說：「叫魂似地。好不容易偷空來享受美體按摩，就是不放過我。早知道先關機。」她翻身坐起，以毛巾遮住重要部位。按摩師珊蒂早已伶俐地將姚致月的手提包遞了過來，手機鈴聲依然不屈不撓地在手提包裡掙扎。顧不得手上還沾著滑膩的精油，姚致月撈出手機，硬生生掐斷手機的聲音。

「哎呀，媽，我正在做精油按摩啦。一直打來，什麼急事啊？什麼，要我看即時新聞？王重沂？我……我跟他已經毫無瓜葛了。啊……王重沂上頭條即時新聞？喔，可是……那又不關我的事……什麼？真的假的？好啦，我先看新聞，再決定怎麼辦。」

掛掉電話後，姚致月跟珊蒂賠了不是，用手機查看即時新聞。果然即時新聞報導都提到了王重沂。姚致月草草看了一家網路新聞的報導後就有些心緒不寧，不再有繼續按摩的閒情逸致，只好要珊蒂儘快結束。她換好衣服後，就馬不停蹄地趕回家了。

※　※　※

心情忐忑地回到家裡，姚致月立刻開啟電視，找到平時習慣收看的新聞頻道。電視台正以斗大的標題大肆報導『台北捷運發生隨機攻擊事件，見義勇為的乘客生命垂危』，才看幾分鐘，姚致月就大致了解攻擊事件的梗概。

今天下午一點三十三分時在台北捷運列車上發生了持刀隨機攻擊事件。捷運信義淡水線往象山站方向，一名疑似精神不穩定的青年在車廂裡持刀襲擊乘客。事件發生時列車正行駛於信義大安站與台北101／世貿站之間。據同車廂的乘客表示，該名青年突然拿出水果刀占據6號車廂頭，阻止乘客逃往前面的5號車廂，並挾持他身旁的一名老婦人，威脅要傷害她。驚惶失措的乘客紛紛發出哀號與尖叫，退往6號車廂尾躲避。一名見義勇為的中年男子挺身而出，衝向前與青年對峙，要求他釋放老婦人。青年忿怒之下推開老婦人，與中年乘客發生推擠扭打。中年男乘客雖然奮勇奪下水果刀，卻不幸在扭打時跌倒，頭部正好撞上座椅旁的不鏽鋼扶手，導致昏迷不醒。

列車當時正好駛入台北101／世貿站，另一名年輕男乘客趁隙取下車廂裡的滅火器揮擊行凶青年，行凶者竄逃出車廂外，遭到等候的捷運保全、警察與民眾共同制伏。救護車隨即火速地將昏迷的中年乘客送往醫院急救。

警方調查得知該名行凶青年為黃恩諒，現年二十六歲，疑似精神狀況不穩定。黃恩諒幾年前從大學畢業後數度更換工作，目前待業中。或許因為過去幾個月求職未果，變得鬱鬱寡歡，沉迷於網路遊戲，大多時間都躲在租來的公寓房間，極少與人往來。他被捕後迄今一直保持沉默，偶爾才會露出詭異的微笑。目前警方仍在調查他行凶的動機。

至於那名見義勇為的男性乘客，從證件得知他是現年四十二歲的王重沂，此外尚無更多的訊息，警方正試圖聯繫他的家人或朋友。根據急救醫師表示，王重沂右手臂僅有輕微刀傷，遺憾的是他頭部所受的撞擊過於劇烈，以致發生嚴重腦震盪而陷入重度昏迷，現在仍在加護病房急救中。記者由醫師的語氣推測救人英雄王重沂的情況應當不容樂觀。目前網路上已經有人呼籲民眾為他集氣，希望他能及早轉危為安，醒轉康復。

此外那名用滅火器揮擊凶手的年輕男乘客，或許是為善不欲人知，他在慌亂的乘客紛紛下車之際默默地離開了現場。對於這個無名英雄，新聞媒體與網路群眾也予以高度讚揚。

姚致月關掉電視，她的心情幾乎一下子跌到谷底。她原本稍晚要到陳教授的油畫教室的課程也無心去了，只能無奈地撥電話向教授請假。她心中不停地想著：「他這個人實在……令人心煩，他為什麼要這樣做？我們的事都已過去了。該不該去醫院探望他？我好為難，我究竟該怎麼辦？唉……」

那個捷運英雄王重沂就是姚致月的前夫。他們一年前才離婚，主要原因在於王重沂不時在外拈花惹草，雖然姚致月本人也有一些責任。

※　※　※

隔天起床後不久，姚致月越想越煩心。電視新聞除了提到警方正積極偵訊凶手黃恩諒外，用了更多篇幅來報導捷運英雄王重沂的情況。有家媒體說王重沂的父母已經雙亡，兄嫂昨夜已到過醫院探視，唯獨他的妻子尚未現身（顯然這家電視台消息不夠靈通），不免啟人疑竇。此外有不少民眾送花到醫院，為王重沂加油打氣。

更讓姚致月煩心的是，另一家電視台竟然神通廣大，查出王重沂已經離婚一年。「他的女人緣不斷，難怪前妻不願到醫院探視。兩人並未生育子女。」那名女記者以詭異曖昧的語氣播報。令姚致月意外的是，電視台竟然查到王重沂三年前投保了三千萬元的鉅額生命壽險保單，而唯一受益人是他當時的妻子姚致月。令人訝異的是，離婚至今，王重沂竟然沒有變更保險受益人的名字。「王重沂目前生命垂危，大家都希望他順利康復。」打扮得稍嫌招搖的年輕女記者嬌滴滴的聲音如此地播報，言下之意彷彿暗示若王重沂不幸去世，他那個不願到醫院探視的前妻不費吹灰之力就能進帳三千萬元，而潛台詞則是如果姚致月這幾天到醫院探視王重沂，肯定是看在那筆三千萬元保險金的份上。

姚致月當然要煩心，她壓根兒不知道王重沂三年前投保了那張保單，更不可能知道她是唯一的受益人，更想不透為何離婚後他不變更受益人的名字。如果他不幸……她豈不是會招人忌妒又羨慕，甚至唾罵，她越想越覺得惶恐。

手機鈴聲響起，來電顯示是母親打來的，想不接也不行，躲不開的。

「致月，你還不趕快去醫院探望王重沂？你曉不曉得他的保險金有三千萬元？你是唯一的受益人耶，這人總算做對了一件事。」

母親的語氣彷彿王重沂已經不治身亡了，真是的。姚致月沒好氣地隨便敷衍了幾句，就匆匆掛掉電話。

姚致月真的很煩心。她幾經思量後，看在過去夫妻情緣的份上，還是決定走一趟醫院去探視王重沂，但她得設法甩開媒體的糾纏。她也想到未來恐怕一段時間不能上網路社群了，可想而知會有許多陌生人不懷好意的留言，當然也會有朋友的鼓勵，但善意的關懷有時也是一種沉重的壓力。

2

夕陽餘暉溫柔的撫觸下，刑事偵查員蔡麗鵲站在『古仁書屋』的門口，回想起當時因緣際會地與這家二手書店的店主吳茨仁初次見面，蒙他的協助而偵破了那件棘手的案件。之後來過書店數次，有時單純只是路過打招呼，有時則為了案件來聽聽他的意見。今天無事不登三寶殿，為了一個古怪的疑團來向他請益，至於這個疑團是否會發展成案件，還言之過早。她甩了甩頭上紮的馬尾，跨步走進書店。

進了書店，她發現吳茨仁正坐鎮在櫃檯後看書。一見到她，他丟下手上那本《鯢魚之亂》，出聲招呼：「蔡麗鵲，下班了？來找書看？」

蔡麗鵲閃身讓一個高中女生走出店門，露齒一笑說：「不，是別的事。」高中女生離開後，書店裡空蕩蕩地沒有其他客人了。

「好啊，我們到那邊坐。」吳茨仁走出櫃檯。

「這個時間我不想喝咖啡了，就喝礦泉水吧。」吳茨仁面露愉快地說。這個五十歲出頭的大叔，初次見面時讓蔡麗鵲覺得有點不修邊幅，又難以親近的怪咖，想不到現在竟變得如此平易近人。他穿著像平時那樣的深藍T恤與牛仔褲，順手抓了兩瓶礦泉水，帶她到休息區的咖啡桌旁坐下。

「吳大哥，有個疑團，想聽聽你的意見。」她單刀直入地說。

「好啊，願聞其詳。」

吳茨仁心想今天蔡麗鵲簡直像影集裡的標準的女偵查員，穿著上下兩件式的黑色套裝，裡面是白襯衫，腳下是低跟黑皮鞋。

「吳大哥，四天前發生在捷運列車上的隨機攻擊事件，你曉得嗎？」

「鬧得沸沸揚揚的重大刑案，我當然知道。」

「我要談的正好與這件事情有關。」

※　※　※

發生隨機攻擊事件的次日，王重沂前妻姚致月還是去醫院探視了他，嗜血的媒體當然陰魂不散，窮追不捨地想採訪她，但姚致月巧妙地避開了。很不幸地，當晚王重沂就傷重去世了。

王重沂投保的是山泰人壽保險公司。隔日一大早保險公司理賠部的曾履訓協理找來理賠調查員范萩雯，要她盡速完成理賠調查，付出保險理賠金。由於王重沂是受人稱讚的捷運英雄，若能迅速支付保險理賠金給受益人，對山泰人壽保險公司的商譽會有莫大的助益。

起初范萩雯覺得這件意外事故死亡案件十分單純，應該沒有什麼問題，於是很快就備好書面文件。不料當天中午，不知道從哪個網路社群傳出一個奇怪的說法：王重沂疑似有自殺的意圖，他在捷運列車上的舉動是為了故意讓人殺害的自殺行為，並非出於見義勇為。或許這只是謠言，但如此一來，不能排除王重沂有自殺詐領保險金的可能。范萩雯認為茲事體大，不得不認真調查。她設法找到事發時6號車廂乘客拍攝的影像，發現王重沂衝向凶手黃恩諒時，口中似乎唸唸有詞，可惜距離太遠，聽不清楚他說什麼。下午范萩雯拜訪了幾家電視台，尋找案發後電視台訪問6號車廂乘客的錄影，結果找到T台記者訪問遭黃恩諒挾持的老婦人錄影。老婦人清楚地表示聽到王重沂衝向黃恩諒時叫著：「來啊，來殺我啊。我不怕死，快來啊。」

范萩雯疑心大起，王重沂的話雖然可以解釋為吹噓壯膽，但似乎也有求死的意味。她決定以公司處理王重沂保險理賠的例行公事為由，深入調查王重沂的周遭事物。她到過王重沂的公寓調查，但一無所獲。她又設法取得王重沂的手機，意外地在相簿刪除區發現一張刪除的照片，上面有怪異的訊息。她覺得事有蹊蹺卻解讀不出來，於是找到蔡麗鵲幫忙。

蔡麗鵲是范萩雯的高中同學，自然樂意協助。但捷運列車隨機攻擊事件是由轄區的信義分局所承辦，且已經到結案階段，她無法插手。蔡麗鵲看過那個怪異的訊息，也是丈二金剛摸不著頭腦，因而來向吳茨仁求助。

「我也不見得解讀得出啊。」吳茨仁掩不住對那個怪異訊息的興趣。

蔡麗鵲取出手機，先放一段短片說：「這是范萩雯拷貝的乘客拍攝的畫面，你看王重沂的動作。」

吳茨仁看見影像一開始是黃恩諒拿出刀子，挾持著老婦人，乘客紛紛驚慌地後退逃竄，王重沂卻一個箭步上前，嘴巴不停蠕動著，但聽不清楚聲音。

蔡麗鵲退出影片，開啟相片後說：「這就是那怪異的訊息，好像電腦打印出來後，王重沂拍下來的。」那訊息是：

5508$_1$3730$_5$5503$_0$3040$_4$4099$_4$448073$_2$600116$_0$2021$_4$2723$_2$2277$_0$.

1023$_0$80 有一位在我以後來，反成了在我以前的，因他本來在我以前。

66121$_7$5000$_6$0026$_0$.

我雙手烤著

生命之火取暖；

火萎了，

我也準備走了。

吳茯仁搔搔頭說：「這是什麼？好像一堆毫無意義的數字，還有文字基線下方的下標數字。是某種密碼嗎？嗯……第二列那段文字似乎是《聖經》裡的經文，是《舊約》還是《新約》的？……哎，我好笨。」他急忙起身，走到櫃檯的電腦前，敲打起電腦鍵盤。過了不久，他叫著：「這段文字『有一位在我以後來，反成了在我以前的，因他本來在我以前。』是出自新標點和合版《新約聖經》約翰福音第一章第三十節。」

蔡麗鵲說：「我們查到的也是這樣，但就是搞不懂這段文字的意思。」

「約翰福音第一章第三十節，通常標記為 1:30？咦……攻擊事件好像是在下午 1 點 33 分發生的？」蔡麗鵲翻閱資料後，點了點頭。「媒體說王重沂是在大安森林公園站搭上捷運列車？」蔡麗鵲又點頭。「那是什麼時間？」吳茯仁連忙用電腦查看捷運列車時刻表。

「在1點33分發生攻擊事件的那班列車停靠在大安森林公園站的時間是1點30分，王重沂必定是在1點30分搭上那班列車的。」吳茨仁興奮地說：「第一章第三十節代表1點30分，嗯，有意思。」他思索片刻後又說：「說不定這些怪異的數字跟王重沂當天的行動有關？哼……」他眉頭深鎖，陷入思考。只聽到他喃喃自語：「大偵探白羅常說：『規則與方法』，這些數字一定存在著某種規則……不是經緯度。嗯，愛倫坡在小說『金甲蟲』裡用過一種英文密碼，我們來試試。」他開始計算起數字來。「這些數字中有22個0，7個1……5個2，7個3，7個4，6個5，6個6，6個7……有3個8與2個9。愛倫坡說英文中使用最多的是e，所以0代表e，而英文中最常用的詞是the，那麼……」

蔡麗鵲完全不明白他在說什麼，只好靜默不語。

「數字中出現過兩次260，假設這是the，那麼2是t，6是h的話……哎，第三列數字260前的600不就成了hee，不行，這種方法行不通。」吳茨仁有點洩氣般地搖搖頭。他繼續認真地端詳著那張紙。

「咦，連下標數字也算進去的話，這些數字似乎是以五個為一組……」他取來紙筆，將相片的訊息抄到紙上，加上幾筆後說：「怎麼出現只有兩個數字的？」他停下筆，搖頭說：「不管了，先標出五個一組的。」

蔡麗鵲趨前，看見第一列數字成為：

55081／37305／55030／30404／40994／44／80732／60／01160／20214／27232／22770

她忍不住提問：「這樣子有什麼意義嗎？」

吳茨仁抓抓頭說：「這裡面存在某種規則……可我就是一時看不出來。」

「別心急，放鬆心情想吧。」
「假如將五個一組的數字加總，第一組得出19，字母排序中是s，第二組為18，就是r，第三組為13，代表m……」他繼續計算下去，過不久又說：「這樣第一列得出srmkzhsfhipr，只有i是母音字，勉強可湊成sir、his、ship、fir與hip，沒意義，這方法不成。」他眼睛瞪著上方，暫時悶不吭聲。

過沒多久，他苦笑說：「我怎麼看這五個一組的數字，總覺得印象中似乎看過，卻偏偏記不起來。等等……我們剛才得到第二列的經文代表1:30，那麼前面的1023080是否代表「下午」兩字？若是英文的話，afternoon有九個字母，但數字只有七個，PM的話，數字又過多，應該不是英文。那麼中文呢？……」他突然起身，繞著桌子踱步，陷入思考。蔡麗鵲知道這是他思考時的習慣，也不加以制止。繞了不知幾圈，他驟然喊著：「哎呀，難道是四角號碼檢字法？」接著跑進櫃檯後的小儲藏室。

蔡麗鵲如墮五里霧中，只好耐心坐著。不久後，只見吳茨仁從小儲藏室現身，手中拿著一本酒紅色硬封皮的小書。

他拍掉書上的灰塵，匆匆回座說：「幸好沒有拿回家裡，已經好多年沒摸過這本書了。」他隨即翻開書頁。蔡麗鵲瞥到那書的書名是《王雲五綜合詞典》。「沒錯，果然是四角號碼檢字法，我竟然忘了……嗯，10230是「下」字，但後面為何只有80兩個數字？」他隨即翻到詞典的頭幾頁。「哦，詞語的第二個字只取左上右上兩角的號碼，難怪，所以80代表『午』字。1023080就是『下午』兩字。」

看到蔡麗鵲一臉茫然不解，他稍加說明：「四角號碼檢字法是王雲五發明的一種編排字典的方法，將中文字上下四個角編成數字，每字有四個號碼，遇有相同號碼字時，再增加附角號碼，就是那個下標數字。目前這種檢字法幾乎沒有人使用了，想不到有人會拿這個當密碼。」

「這麼說可以全部解開訊息了？」

「應該可以。」吳茨仁開始動手翻查起詞典，隨即將查到的字寫在紙上。過了幾分鐘。「完成了。」他露出鬆了一口氣的神情。

蔡麗鵲看他寫在紙上的訊息是：

捷運大安森林公園站往象山

下午 1:30

6號車廂

她張大了嘴驚訝地說：「真的耶……是那班捷運列車的乘車資訊。為什麼？王重沂要把這種密碼編碼的乘車訊息拍照，存放在相簿裡，然後又刪掉？」

「純屬猜測。我想是別人給他的訊息，他擔心會忘記，於是拍照留存，再銷毀原件紙張。即使有第三者看到，也猜不出那是什麼。但傳訊息的人跟他肯定清楚如何解讀密碼。」

「這訊息是別人給他的？為什麼？」

「其中必有不欲人知的原因。不過更大的疑點是為什麼訊息裡特別指定車廂，使得王重沂恰巧遇上隨機攻擊事件並且挺身而出與犯人對抗？……這絕對不是巧合。」

「嗯，好詭異。吳大哥，那麼訊息中聖經經文與下面那段文字有什麼意義嗎？」

吳茨仁暫時沉默，整理思緒後說：「我剛剛查出約翰福音這一段文字是施洗者約翰形容耶穌的，或許……是鼓動王重沂為某人犧牲的。嗯……這個某人會是他的保險受益人，前妻姚致月嗎？下面這一段詩句是誰寫的呢？好像……在楊絳的書裡讀過的。」他查詢電腦後說：「是十九世紀英國詩人藍道的詩句，意思是說一個人的生命即將消逝，卻內心感到平靜。」

「你的意思是？」

「我想……王重沂想自殺的說法並非空穴來風。他有自殺的念頭，而有人在背後適時推了一把。那個人傳密碼訊息指示他在那個特定時間到那班列車的6號車廂裡。訊息中附上經文與詩句，鼓勵他不必畏懼死亡。當然也不能排除他是受人脅迫，不得不進到那班列車的6號車廂的。」王茨仁似乎胸有成竹地說，他的態度變得嚴肅起來。「這件事情看來不單純，感覺背後存在著一隻無形的黑手。」

這時候書店門口開啟，進來一個禿頭的中年客人。

蔡麗鵲感到既興奮又緊張，壓低聲音：「是嗎？那隻黑手有什麼目的？」

「進一步深入思考就不由得令人覺得有點不寒而慄。我合理懷疑……黃恩諒在6號車廂裡的攻擊行動不是隨機的。他在那個時間點出現在那個車廂……或許也並非偶然。」王茨仁同樣放低音量。

「你認為他不是隨機進行攻擊，而是有預謀的？」

「蔡麗鵲，你們警方能再深入調查黃恩諒嗎？」

「叫我……麗鵲就好。現在是信義分局在偵辦黃恩諒，自從案發後到現在他他都不曾開口說話。由於犯行確鑿，分局正打算將案子偵結。我使不上力。」

「只要確認黃恩諒手機裡有沒有類似的訊息就好。殺人凶手黃恩諒與死者王重沂必定有某種交集。」王茨仁一臉認真地說。

「好吧，我來想辦法。」

3

次日書店才剛開門營業不久，蔡麗鵲就意氣風發地走進來。吳茨仁訝異地問：「咦，怎麼這麼早來？」

蔡麗鵲按捺不住興奮的情緒，大聲說：「吳大哥，真的被你猜對了。我們找到殺害者黃恩諒與被害者王重沂的交集了。」

昨天她離開後，想起有個認識的學長在信義分局任職，於是打電話給學長，請託他調查黃恩諒的手機。一開始那個學長拒絕幫忙，因為那是重要的證物，而且分局已經調查過手機，並未發現什麼怪異的通聯記錄或朋友群組訊息。蔡麗鵲再三婉言請託，表示只要查看相簿的刪除區即可，那個學長才勉為其難地答應。昨天深夜學長傳來簡訊，說的確發現了看不懂的怪異訊息，簡訊裡附上了那段訊息。

她急忙遞出一張紙說：「吳大哥，這是黃恩諒手機相簿裡刪除的照片訊息。」

吳茨仁接過那張紙，與蔡麗鵲一同落座。他見到上面的訊息是：

$5508_{1}3730_{5}5090_{6}7777_{7}0116_{0}2021_{4}2723_{2}2277_{0}$

$1023_{0}80$ 揀選了世上卑賤的，被人厭惡的，以及那無有的，為要廢掉那有的，

$66121_{7}5000_{6}0026_{0}$

人要出了名才是真正完整的人，默默無名的平常人只是不完整的半人。

蔡麗鵲急切地說：「第二列的經文是出自新標點和合版的《新約聖經》哥林多前書第一章第二十八節的經文。我按照你的方法用四角檢字法破解出整個訊息。」她拿出另外一張紙。

吳茨仁疑惑地問：「你有四角檢字法的詞典嗎？」

她露齒而笑說：「你是死腦筋，網路上有教育部異體字字典，可以上網用四角號碼查詢單字。」

「原來如此，或許王重沂他們也是這樣解出密碼的。」

那張紙上的文字是：

捷運東門站往象山

下午 1:28

6 號車廂

「黃恩諒的確是下午 1 點 28 分在東門站搭上捷運的，這證實了我的猜測，黃恩諒在捷運列車上攻擊殺人並非是隨機的，犯案時間與地點都是事先設定好的。」吳茨仁撫摸著下巴，若有所思地說：「看來有人指使黃恩諒在那個時間與地點搭上捷運。最後那段文字「人要出了名才是真正完整的人，默默無名的平常人只是不完整的半人。」不曉得出處在哪裡，或許是背後那個人寫的。但與上面哥林多前書的經文一併來讀，可以推論出黃恩諒覺得自己是卑賤的，被人厭惡的，唯有毀掉那已有的他人，博取出名，才能成為真正完整的人。我認為傳訊息的人鼓動他在捷運上進行攻擊。」

蔡麗鵲有點失望地說：「昨天我向長官沐大年隊長報告你的看法時，他嗤之以鼻，說你天馬行空，想像力太過豐富了。結果今天早上我給他看這個資料，他先臭罵我一頓，說我這個菜鳥偵查員怎能去介入信義分局的調查，今天他們局裡迫於上頭的壓力決定送檢了。沐隊長還問我是向誰拿到黃恩諒手機訊息的，別害得那個人遭到查辦。」

她隨即又有些得意地說：「不過沐隊長也不得不改變看法。他說我們不能明著幹，只能偷偷偵辦。不過不知道要如何著手？」

吳茨仁兩肩一聳說：「這我就愛莫能助了，我又不是執法人員。不過可以從王重沂這頭開始查起。」

蔡麗鵲嘆一口氣說：「昨晚我跟同學范萩雯通過電話。她原本很興奮，後來聽到無法判斷王重沂在列車上的行為是出於自殺的企圖，還是遭人脅迫的，她又變得有些失望。她的上司一直要她趕快完成理賠報告，說如果再拖延理賠的話，社會輿論會對保險公司不利。」

「家家有本難唸的經。」

蔡麗鵲突兀地問：「那個幕後藏鏡人會不會是王重沂的前妻姚致月？或者是她親近的人？為了那三千萬元的保險金。」

「范萩雯不是跟她見過面了？范萩雯形容她是有點浮誇，愛附庸風雅與享樂的人，她可能想不出來如此複雜的計畫。幕後的藏鏡人似乎讀過許多書，而且喜歡玩解謎遊戲。不過也不能排除是姚致月身邊的人，但如何找出這些人與黃恩諒的關係，需要警方的深入調查。」

蔡麗鵲撓撓頭說：「啊，感覺這件案子錯綜複雜，又不能明目張膽地偵辦，真討厭。」

「我擔心的是，這件案子恐怕只是個開端而已。」吳茨仁說。

4

過了兩天，捷運列車隨機攻擊殺人案正式簽結，再來就是等候法院的審理。山泰人壽保險公司迫於壓力，支付了王重沂的保險金給姚致月，不過仍然遭到一些網民抨擊理賠過慢。新聞媒體對報導捷運列車隨機攻擊殺人事件的熱度已經大幅降低，民眾似乎也想要快點遺忘如此恐怖的事件，回歸原本可以無憂無慮地搭乘捷運的日子。

蔡麗鵲來過一次電話，告訴吳茇仁說她私下調查王重沂的周邊，未能挖掘出新事證。王重沂原本是財務金融公司高級主管，雖愛逢場作戲，但離婚給他的打擊不小。他變得開始酗酒，無心工作，八個月前離職後就不曾再尋找新的工作。他與姚致月結婚六年，沒有生兒育女。離職後就一直躲在家裡，幾乎足不出戶。

至於姚致月，她離婚後生活似乎過得相當愜意，三個多月前交了個小鮮肉。

「小鮮肉？」

「就是比她年輕許多的帥哥啦。」蔡麗鵲解釋說。

總之那個帥哥是姚致月的健身房教練，年紀小她六、七歲，肌肉發達，看起來有點滑頭。蔡麗鵲認為他沒有什麼聰明才智，不會是智慧犯。

吳茇仁聽了不覺莞爾一笑，打趣說：「連你都這麼講了，可見得他不會是嫌犯。」

沐大年聽了蔡麗鵲報告後要她別再插手這件案子了，一來是已經結案，若再平地生波，恐怕惹得信義分局不快；再者最近案件太多，人力吃緊，不容蔡麗鵲浪費時間與精力。

電話那一頭的蔡麗鵲抱怨說這個案件恐怕就到此為止了，但她有空時還會偷偷地調查。

吳茇仁也無可奈何，雖然他心中隱隱約約有種不安的感覺。

5

吳茨仁靠在書店附近小公園的椅子上，懶洋洋地面對著水泥地比綠草皮還多的公園地面。陽光似乎把地面洗得宛如一件剛燙好的白襯衫那般明亮。颳起一陣輕風，洋紫荊卸下一些寬卵形的綠色葉片，接著一陣更獰惡的風，洋紫荊猶如羊蹄甲的紫紅色花瓣開始飄飛，散落一地，感覺有些淒美。他突然想起韓偓『三月』詩的句子：「四時最好是三月，一去不回惟少年。」莫非這就是傷春的感覺？但五十幾歲的人，已無復少年，有什麼好傷春的。又想起王國維彷彿故意唱反調的『曉步』詩裡說：「四時可愛唯春日，一事能狂便少年」，似乎也不無道理。但王國維是大學者，自己不過是個小小二手書店的店主，內心即使想一狂，也無事可狂，無膽敢狂，無處能狂。不可能如傅青主說的：「日日偷閒學少年」那樣地灑脫浪漫。

不過畢竟早上還是偷閒，溜到小公園靜坐了一陣子。看看已到了開店時刻，難得天氣這麼好，今天工讀生小勇不來上班，不如關起店門來，偷閒到山上走走。不過還是得先到店裡，將「今日暫停營業」的牌子掛出來。

還沒走到店裡，遠遠地就看見蔡麗鵲的身影鵠立在門口。他出聲招呼：「這麼早？等很久了嗎？」

「還好。」蔡麗鵲和緩的語氣掩飾著不安。

「很緊急的事？我今天正好想要偷懶不營業。」他故作輕鬆，開了店門。「你先進來，我把暫停營業的牌子掛上去。這樣就可以不受干擾，慢慢地談。」

他回到店內，想去弄咖啡，蔡麗鵲阻止了他。「真那麼緊急？」他還是開始動手煮咖啡。

「不但緊急，而且事關重大。」蔡麗鵲一臉正經地說。

她打開攜帶的筆電，操作一會兒後說：「吳大哥，請你看看這個。」

吳茨仁拿著咖啡杯坐下，看見筆電的螢幕出現像是電玩遊戲的畫面，背景是一輛捷運列車停靠在捷運月台。畫面正中央有個細長方形的白色方塊，顯然是要輸入密碼的區域。他狐疑地問：「這是什麼？電玩遊戲？」

「這是有人傳給市警局的一個通關遊戲。噢，我應該讓你先讀這個的。」她七手八腳地跳出畫面，點開一個文字檔，緊張地說：「這是跟通關遊戲一起寄來的。」

吳茨仁將頭稍微挪近螢幕，看見那是一封信：

「致無能的警察大人：

我對你們警察的表現實在太失望了，三個星期前在台北捷運信義淡水線發生的「持刀隨機攻擊殺人事件」，你們竟然敷衍了事，草率調查後就倉促結案。你們將我苦心策劃的事件當成只是單純的隨機攻擊，竟然沒有深入探究事件背後的動機是為了凸顯捷運管理之鬆散與維安措施之馬虎。其實只要稍微觀察就知道，捷運信義淡水線的捷運保全，到東門站就下車了。這也是為何我策劃的攻擊發生在101／世貿站的理由。想不到警察的調查只是行禮如儀，輕忽隨便，未能發現我的存在，實在令我忿怒不已，這也足以說明警察之失職無能。

為了懲罰顢頇的台北捷運公司與愚蠢的警察大人，我鄭重地向你們提出挑戰。我在此預告，本月二十二日我將發動另一起捷運列車上的攻擊行動。為了公平起見，我讓你們玩一個我設計的通關遊戲。你們必須在通關遊戲中找出正確的通關密碼，連續通過六道關卡後才能讀到最後的提示。我在最後的提示裡會指出即將發生攻擊事件的捷運車站地點與時間，你們必須在攻擊事件發生之前，從提示裡找出答案，才能防範事件的發生。

這個通關遊戲的規則很簡單：每道關卡的通關密碼都包含著一本書的書名，書名必須全部是數字，不能有文字或符號，例如《1984》。而下一道關卡的通關密碼的書名，必須以上一道關卡的書名最後一個數字為開頭，這是困難的部分，也是這個遊戲最有趣的地方。你們覺得呢？

為了讓平時沒多餘時間讀書的警察大人不至於像無頭蒼蠅般感到惶惶然，毫無頭緒，我慷慨地再多給一些提示：通關密碼中數字的排列順序與書名相同，但密碼不會只是書名而已。理所當然地，第一個通關密碼的書名就以喬治・歐威爾 (George Orwell) 的《1984》開頭，因此第一個通關密碼中一定有 1984，再加上其他元素組成，這也是警察大人必須多動腦筋的地方。

可想而知，第二道關卡的通關密碼書名必定以 4 為開頭，第三道關卡的通關密碼書名則以第二道關卡密碼的書名最末一個數字為開頭。依此類推，你們順利通過六道關卡後，便會發現我最後的提示，再試圖解謎。

噢，別妄想用解碼軟體快速地以試錯法 (try and error) 來嘗試找出通關密碼。如果這種方法可行的話，那我設計的這個遊戲豈不是太無趣與缺乏挑戰性嗎。因此這個遊戲有一個設計，每道關卡只要連續輸入三次錯誤的通關密碼的話，遊戲就會自動損毀，當然就無法發現最後的提示，也無從防範即將發生的攻擊事件。當然，為了預防這種狀況發生，你們可以事先將遊戲備份，最多備份五次，這是我額外的寬大。

最後加上時間預告：捷運列車上的攻擊事件將在二十二日中午 12 點整至 18 點整的六個小時之間發生，在此之前大家可以高枕無憂。若是你們無法通過我的遊戲關卡，我建議最萬無一失的方法是停駛那六個小時之間大台北地區捷運的所有列車，但這會造成捷運公司營運能力的傷害與財務的損失，當然也會大大有損警方的顏面。

警方也可以將這封信視為惡作劇，置之不理。但若是媒體揭露出警方明明知道會發生攻擊事件而坐視不管的話，一切後果由警方承擔。

捷運遊戲王

三月二十一日21:00」

吳苡仁看完信後，表情變得嚴肅，望著蔡麗鵲說：「無疑地這個捷運遊戲王就是上次事件幕後的黑手。二十二日中午12點整至18點整之間，那不就是……今天下午嗎？」他看著手機。「現在已經是11點12分，還有不到一個小時就可能發生攻擊事件，確實緊急。從昨天深夜收信到現在，警方的進展如何？」

蔡麗鵲嘆氣說：「唉，昨晚雖然就收到電郵，到今天早上八點才有人發現上報，長官研判這不過是單純的惡作劇，不必太過重視，只須追查ＩＰ地址便可輕易地抓到寫信的人，將之繩之以法。為了慎重起見，還是將訊息傳來我們市刑大這邊。我們沐大年隊長向上頭長官報告，提出兩個多星期前台北捷運信義淡水線發生攻擊事件後，我私下調查後的發現，長官才感到事態嚴重，那時已經快十點了。長官起先堅持由警方解碼專家來解碼，不想假手外人，因為擔心……有將訊息洩露給媒體之虞。」

她喘口氣後說：「目前我們警方解碼專家找到一些可能是密碼的書名，但他們始終過不了第一關。他們嘗試過用《1984》的出版年份、城市、出版社與主角名字，將1984按字母順序轉成AIHD，也使用過作者George Orwell全名，或將名字中的第1、第9、第8與第4個字轉換成Gwrr，或將作者姓與名各六個字母變為數字66或將數字66轉為ff，都徒勞無功。因此沐大年隊長建議長官集思廣益，推薦找你協助，由於迫在眉睫，上頭長官不得已才同意的。」

吳茨仁表情有些凝重。「有幾個小時白白浪費掉了。我最討厭限時答題的考試了，突然覺得壓力很大。時間緊迫，又減少了兩分鐘。嗯，這個捷運遊戲王的通關密碼有點有趣，又很棘手。他應該讀書甚多，涉獵極廣。」

蔡麗鵲怯生生地問：「讀得比你還多嗎？」

他不置可否，顯然心思已經放在如何解出通關密碼了。

「這是警方解碼專家列出的書名，他們認為第二本書可能是《4321》。」她取出一張紙，上面是：

《4321》Paul Auster

《1922》Stephen King

《1776》David McCullogh

《7 1／2》Christos Tsiolkas

《8.4》Peter Hernon

《11》Paul Hanley

《334》Thomas M. Disch

《3:59》Gretch McNeil

《666》Jay Anson

「這裡面好多書我也沒聽過，我想有分數、小數點與符號的可以先排除。嗯……我想來想去覺得只有美國作家保羅・奧斯特的小說《4321》是以4這個數字開頭的。」吳茨仁喝一口咖啡後，搔搔頭說：「捷運遊戲王設計的密碼不會只有數字，必須找出其邏輯。」

他暫時離座，到櫃檯那邊拿了筆與筆記本。坐下後，無意間聞到蔡麗鵲身上淡淡的香水味。「她變得比較有女人味了……現在不是胡思亂想的時候。」他甩開雜念，在筆記本上寫了1984，底下加寫一列4321。

「嗯……通常密碼會採取文字加上數字的組合，出版社、主角那些都失敗了……嗯，我覺得比較可能是用作者的英文名字。他們試過用作家名字的那些方法都失敗了？」

蔡麗鵲點點頭。

「或許他們想得太複雜了？……」他喃喃自語，再度讀一次信。「捷運遊戲王信裡寫著就以喬治・歐威爾(George Orwell)的《1984》開頭，為什麼特別強調……開頭？起始？……initiation……ini……initial……哦，老人，英文姓名首字母，真的這麼簡單嗎？」他在下一頁上寫下…

1984GO

4321PA

「作者名字只取首字母，這樣比較像密碼。麗鵲，我們試一下吧。」

蔡麗鵲急忙操作筆電，開啟通關遊戲。

「時間緊急，先試試看。」吳茨仁匆忙地在筆電鍵盤上敲下「1984GO」，不料電腦發出一聲「咚」的巨響，螢幕跳出一個紅色的大X，隨即恢復成原先尚未鍵入通關密碼的圖像。

蔡麗鵲發出失望的叫聲：「哎呀，密碼錯誤。」

「還可以試兩次，不是嗎？」吳茨仁極力保持鎮靜，但語氣中難掩些許的挫折感。「有六種排列組合，不，應該只有三種，值得賭賭看。」他謹慎地在鍵盤上按下「GO1984」，突然「嗚嗚」兩聲，電腦螢幕上背景的捷運列車竟然駛離車站，接著另一班列車進站，螢幕中央再度出現細長方形白色方塊。

蔡麗鵲發出興奮的尖叫：「哇，成功了。」她忍不住用雙手抓住吳茇仁的右手臂，又覺得有些不妥地慢慢放手。

「希望接下來的4321是正確的。」他接著小心地鍵入「PA4321」。

蔡麗鵲又高叫：「吳大哥，又……過關了。」她整個人幾乎蹦跳起來。

吳茇仁反倒冷靜些，研究著蔡麗鵲的書單。「史蒂芬金是暢銷作家，就用他的《1922》吧。」他在筆記本另一頁上寫下：

GO1984

PA4321

SK1922

他果決地按下鍵盤。不料電腦竟發出一聲「咚」，螢幕又出現一個紅色的大X，再度回復到未過關的圖像。這次蔡麗鵲倒是沒有發出慘叫聲，只是以困惑的表情望著吳茇仁。

「可惡，不是《1922》這本書。嗯，下一本書是大衛・麥克勞的《1766》，描寫美國獨立革命的。」

他快速地鍵入DM1766，電腦再度發出一聲殘酷的「咚」聲。

蔡麗鵲張大口，眼神流露出慌張。「吳大哥，第二次錯誤了。」

吳茇仁顯得不無沮喪，眉頭糾結，看著書單說：「只剩一次機會，書單上1開頭的只剩保羅・韓利的《11》。」他察覺到蔡麗鵲憂慮的眼神。「恐怕得用別的書名。」他開始默默思考，蔡麗鵲緊張地查看手機顯示的時間。

「我記得……馬克・吐溫寫過一本小書，書名是以數字1開頭的，我查一下。」蔡麗鵲看他起身走到櫃檯的電腦前，手指快速地敲擊起鍵盤，不由得感到自己的神經更緊繃了。

「幸好現在有網路搜索引擎，找起書來方便多了。」他故意以輕鬆的語氣說，試圖緩和緊張的氣氛。「……啊，有了，馬克・吐溫寫過《1601》這本書。Mark Twain，所以是MT。」他再度走回來坐下，在筆記本上將SK1922劃掉，底下加上MT1601。

GO1984

PA4321

MT1601

蔡麗鵑突然提醒說：「吳大哥，你其實不必跑來跑去的。要搜尋資料的話，用我的筆電就可以了。」

吳茨仁露出苦笑說：「對，我有點……過度緊張了。最後一次機會了，賭賭看吧。」他在筆電的鍵盤上用力敲下「MT1601」。

螢幕上捷運列車再度發出「嗚嗚」的聲音，開動駛離。

蔡麗鵑鬆了一大口氣說：「吳大哥，又對了。過了三關，完成一半了。我先打電話回報，順便告訴他們解碼規則，大家一起解碼，這樣機會大一點。」

她回來後發現沒有新的進展，以疑慮的口吻說：「啊……怎麼最後一個數字又是1。」她試探性地問：「可不可能是村上春樹的《1Q84》？日文9的發音不是類似Q嗎？」這是她唯一讀過的一本長篇小說。

「別來添亂了。」吳茨仁假意瞪她一眼。「村上春樹原本打算把書名取為《1985》，但是已經有人用了……啊，對呀，英國作家安東尼・柏吉斯（Anthony Burgess）寫的小說《1985》，我怎麼會忘了。」他猛拍一下自己的大腿說。

他還沒在筆記本寫下AB1985，就先在電腦鍵盤下按下「AB1985」。想不到電腦竟發出一聲「咚」，螢幕又跳出一個紅色的大X。

「哎呀，不是安東尼・柏吉斯的《1985》。還有什麼書用1開頭的？……」他看看書單說：「剛才我刻意不用《11》這本書，就是不想碰到以1結尾的書……要試試看嗎？」她別無想法，只能同意。他鍵入PH11，結果電腦再度狠心地發出一聲「咚」。

吳茨仁的表情顯得錯愕。「果然不成。」他有些沮喪，站起身來，低頭開始繞著書架走路，偶而停下，望著架上的書，彷彿想從中尋找靈感。

「吳大哥，時間……」

「我知道啦，」他沒好聲氣地回答。突然他急躁地跑到筆電前。「我記得好像有《1492》這本書？」他自言自語：「噢，有耶。不，不是這本《1492：The Year the World Begin》。對了，是這本《1492》，作者是瑪麗・強森（Mary Johnson），稍微冷僻的書。Mary Johnson，所以是MJ。」他暫時不語，望著蔡麗鵲，四周的空氣彷彿停止了流動，凝結起來。片刻之後，他似乎下定決心說：「想不出別的書。不管了，只能用《1492》這本書試試吧。」他在筆記本上的MT1601底下加上MJ1492：

GO1984

PA4321

MT1601

MJ1492

然後毫不遲疑地在鍵盤上敲下「MJ1492」。

蔡麗鵲彷彿聽到人間十分美妙的「嗚嗚」聲，興奮地大叫：「又過關了耶……哇，只剩下兩道關卡了。」

吳茨仁反而有些愁眉不展，低聲說：「唉，有什麼書是以2開頭的呢？」

這時候突兀地響起手機鈴聲，蔡麗鵲忙亂地從提包中抓起手機說：「對不起，我接個電話。」她急忙走到店門附近，只聽見她斷續、細碎的聲音：「是……已經……第四道關卡……好，我明白。」

她回來後說：「吳大哥，是沐隊長打來的。他們那邊沒有新進展，長官很焦急，因為已經11點45分了。」

吳茨仁只是恍若無聞，一動也不動，顯然思考遇到了瓶頸，還想不出以2開頭的書名。他又看看身邊的書單，冷不防地在自己頭上重重地敲了一個爆栗。「你這個笨蛋，看到《666》還沒立刻想起來，你讀過這本書的呀。」他倏地起身，跑到櫃檯後的小儲藏室，然後挾著一本厚重的英文書出來。蔡麗鵲眼睛瞄到書脊上字體大大的紅色書名《2666》。

「智利作家羅貝托・波拉尼奧（Roberto Bolaño）的鉅著《2666》，2666這個數字的意義，就是預言人類會在西元2666年自我毀滅。此外我想不出有哪本書是以2開頭的了。」他露齒一笑，將書放在咖啡桌上，然後在筆記本上添了RB2666：

GO1984

PA4321

MT1601

MJ1492

RB2666

「實在沒有時間可以浪費了。」他果決地鍵入RB2666，結果順利過關。

蔡麗鵲的心跳得十分急促，勉強輕聲吐出：「只剩……最後一道關卡」了……6開頭的，有現成的《666》，要不要用？」

「666，魔鬼的數字……姑且一試吧。」

結果失敗了。「三個數字不行嗎？」此時吳茨仁的眼神似乎固定不動，注視著遠方的某一點。「好像沒有其他以6開頭的書名，有嗎？」他似乎搜索枯腸也想不出來，氣氛變得有些凝重。

蔡麗鵲想幫也幫不上忙，於是說：「吳大哥，我去弄些咖啡，喝了腦袋會清楚一點。」她走到櫃檯旁手忙腳亂地烹煮咖啡。

吳茨仁一下子摸摸臉，一下子扭扭頸項，顯然陷於苦思中。她端來咖啡，不小心溢出一些在盤子上。他毫不以為意，抓起杯子就喝了一大口。味道似乎淡了些，但溫熱的液體滑進喉嚨與濃郁的香氣充溢鼻腔的感覺令他精神為之一振。但不知為何，他紛亂的思緒彷彿像在流動的水中四散漂流，沒有一樣是牢靠得可以讓他抓住的。不期然蔡麗鵲稍早前說的「村上春樹……《1Q84》」像是一根浮木漂過，讓他一把抱住了。

「村上春樹，村上……咦？」他心中突然一凜，說不定捷運遊戲王有點狡猾，規則裡應該沒有這個限制……他提起筆，在筆記本寫下69，然後興奮地說：「我想起來了，村上龍有本小說叫《69》，村上龍的英文名字應該是Ryu Murakami吧。」於是在69前面加上RM，那一頁上就有了六個通關密碼：

GO1984

PA4321

MT1601

MJ1492

RB2666

RM69

「可是，剛才用《11》與《666》都行不通，書名一定要四個數字吧？」蔡麗鵲提醒他。

「信上沒這麼說，時間緊迫，試試吧。」他快速地鍵入「RM69」。

這時候螢幕出現施放煙火的畫面，伴隨著柴可夫斯基的《1812序曲》音樂裡的轟隆砲聲，接著出現一排文字：「恭喜過關，請儘快閱讀以下提示：」，畫面上飄來一封信，緩緩展開。吳茨仁還來不及閱讀，心生一念。「麗鵲，趕快拍照下來。」

蔡麗鵲趕緊開啟手機相機功能，按下快門，正想發問，電腦螢幕下方遽然出現熊熊火焰，信一下子燒得一乾二淨。她忍不住咒罵：「好差勁，怎麼搞這種小動作？」

「他有提示儘快閱讀。可能是不甘心我們通過了他處心積慮設計的關卡吧。幸好拍下來了，我們可以仔細地研究他的提示。」

他們看見蔡麗鵲的手機拍下的提示是：

提示一：每個通關密碼代表一個捷運車站，攻擊事件將會發生在六個車站其中之一，請找出正確的捷運車站。

提示二：你們逃跑，必如猶大王烏西雅年間的人逃避大地震一樣。

提示三（最後的提示）：

他全身是心；全身是首；全身是耳；全身是目；

全身是智力，全身是感覺；

最後 祝解題愉快

捷運遊戲王

吳茨仁眉頭深鎖：「想不到他又出了難題。第一個提示說每個通關密碼代表一個捷運車站，幸好我們抄下來了。可是光是台北捷運就有一百三十一個車站，還不包括淡海輕軌與桃園機場捷運的，我們得先找出來是哪些車站。」

他翻開筆記本上寫著通關密碼的那一頁：

GO1984

PA4321

MT1601

MJ1492

RB2666

RM69

然後他進入台北大眾捷運公司網站，找到大台北地區捷運路網圖（圖一），心想不知道那六本書與作者名字縮寫所組合的密碼跟捷運車站有什麼關聯。

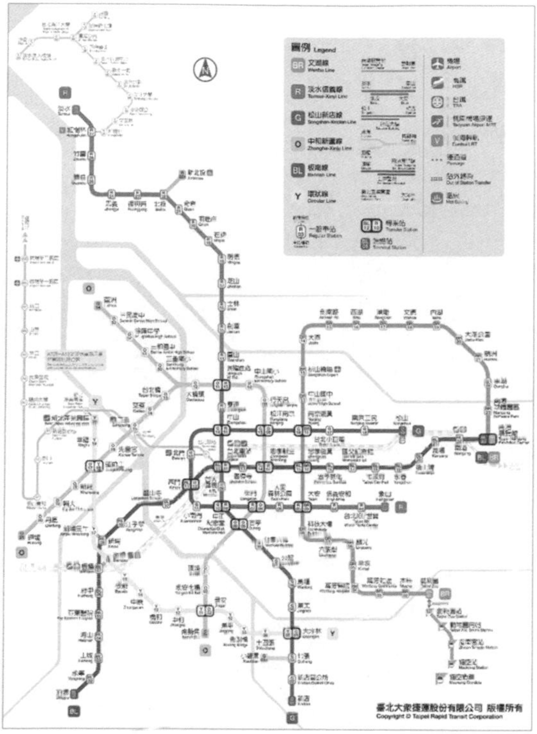

圖一、大台北地區捷運路網圖（資料來源：台北人眾捷運公司）

吳茨仁緊盯著大台北捷運路網圖，一言不發地瞧了好一會兒。蔡麗鵲急得手心冒汗，氣惱自己一點忙都幫不上。只見他嘴裡唸著：「一個密碼代表一個車站？嗯，1984……車站落成年份？不是。咦，每個車站有兩位數字編號，會是兩條路線交會的車站嗎？古亭站就是G08與O05，但哪有編號84號的車站？」他摳摳耳朵，目不轉睛地看著路網圖，伸手尋找筆記本，蔡麗鵲趕緊遞給去。

「書名那些數字通關時已經用過，說不定用不著了。如果第一個通關密碼只剩下

GO……」他在紙上寫下 GO 後，再度看看大台北地區捷運路網圖，低聲說：「嗯，莫非是這樣？GO 是車站的英文縮寫？G 開頭的有……關渡站是 GD，港墘站是 GQ，還有竿蓁林站是 GTL，哎，都不是……顏色呢？」他突然興奮地寫下 Green 後說：「麗鵲，你看，將 G 與 O 字分開，G 代表綠色，綠色線是松山新店線。O 是英文第幾個字母？」他用手指默數後說：「O 是第 15 個。」接著在 G 字後添上 15 後說：「G15 是哪一站？喔，有了，是松江南京站。」他趕緊在筆記本的另一頁上將他推演的步驟寫下來。

蔡麗鵲看了非常驚喜，聲音有些顫抖：「吳大哥，太棒了。那麼下一個 P，是粉紅的 Pink 嗎？」

「嗯……不可能是粉紅，粉紅線只有北投站到新北投站短短一段，而新北投站標示是 R22A。淡海輕軌呢？路網圖上淡海輕軌的顏色很像粉紅色，可是卻標示為 V？……谷歌一下，噢，原來 V 是朱紅色 (Vermilion)，那也不是。P 或許是代表紫色的 Purple……可是有紫色路線嗎？咦，桃園機場捷運是紫色的，不過怎麼標示為 A？英文裡紫色有沒有其他說法……Violet，但淡海線已用了 V。喔，是用 Amethyst，難怪標記為 A。我想 P 與 A 同樣代表紫色，可以替換，PA 等同於 A1，A1 是……台北車站。」

他又在筆記本上記下，卻露出古怪的表情，彷彿心生疑惑與猶豫。

「好奇怪，台北捷運路線顏色標誌沒有以 M 開頭的，有藍色 (Blue) 的 B，有橘色 (Orange) 的 O，有褐色 (Brown) 的 BR……」他閉目凝思，突然抓了抓頭。「哦，英文的顏色裡 Maroon 這個字是以 M 開頭的，Maroon 是栗色，是紅褐色，因此 M 可以替代 BR，這樣 MT 會變成……BR20，BR20 是……有了，是大湖公園站。」他的聲音轉為樂觀，蔡麗鵲也同樣感到興奮。

接下來的進展自然加快了。MJ 代表 BR10，因此是忠孝復興站。RB 代表 R02，是象山站。RM 代表 R13，是民權西路站。最後吳茨仁吐出一大口氣，彷彿有點快要虛脫的樣子。

蔡麗鵑探頭看他推理出來，記在筆記本上的六個車站是：

GO ——> Green 15 ——> G15 ——> 松江南京站

PA ——> Purple 1 ——> P1 (A1) ——> 台北車站

MT ——> Maroon 20 ——> M20 (BR20) ——> 大湖公園站

MJ ——> Maroon 10 ——> M10 (BR10) ——> 忠孝復興站

RB ——> Red 2 ——> R02 ——> 象山站

RM ——> Red 13 ——> R13 ——> 民權西路站

但問題是松江南京站、台北車站、大湖公園站、忠孝復興站、象山站與民權西路站這六個車站，究竟哪一個會是攻擊目標？或許是感到壓力的緣故，吳茨仁身體後仰，抬起兩手放在頭上，手指互扣，輕輕提起拳頭敲著自己的頭兩下，跟著閉上眼睛，顯然非常努力地思考。

「吳大哥，要不要休息一下？」

他仁搖頭示意不必。

蔡麗鵑看著手機說：「第二個提示寫著「你們逃跑，必如猶大王烏西雅年間的人逃避大地震一樣。」是暗示攻擊行動會很激烈，導致捷運乘客四竄逃避的意思嗎？」

「嗯……有此可能，」吳茨仁沉吟道。「但我認為這比較像兩個多星期前那樣，暗示著車站地點，或許還包括時間，因為這段文字同樣是引用自《聖經》的。捷運遊戲王或許認為警方未能解讀出上次的密碼訊息，一時粗心大意，故技重施，再度引用《聖經》經文。但這段經文是出自哪裡呢？」

他使用筆電搜尋經文，立刻得到結果。

「噢，是出自詹姆士王譯本《聖經》和合版的撒迦利亞書第十四章第五節。」他興奮地提高聲調說：「麗鵲，知道攻擊時間了。若是與上次的邏輯相同，第十四章第五節就是14:05，代表下午兩點五分，表示我們還有充裕的時間。」

「真的？是六個捷運車站之中的哪一個？」她有些歇斯底里地亢奮起來。

吳茨仁無奈地搖搖頭。

「哇。11點58分了，我還是趕快通知沐隊長，告訴他攻擊可能發生的六個車站與時間，讓他們曉得不會馬上發生攻擊，可以安心且從容地部署。」她衝到門口附近，開始撥打手機。她回來後，語氣顯得較為鎮定了：「吳大哥，沐隊長鬆了一大口氣，但還是希望你趕快找出目標是哪一個車站，否則下下策是部署警力在下午兩點五分左右要停靠在六個捷運車站的所有列車上。」

吳茨仁置若罔聞，目光仍停留在電腦螢幕上的撒迦利亞書第十四章。他兀自說著：「為什麼人們要逃跑？因為大地震。捷運遊戲王引用的第十四章第五節這段經文前面還有『你們要從我山的谷中逃跑，因為山谷必延到亞薩。』的文字。嗯，這裡的「我」是誰？……噢，原來「我」是耶和華。難道捷運遊戲王自比為耶和華？」

蔡麗鵲感到一頭霧水，不敢任意插話。

「咦，第十四章第四節的句子是『那日，他的腳必站在耶路撒冷前面朝東的橄欖山上。這山必從中間分裂，自東至西成為極大的谷。山的一半向北挪移，一半向南挪移。』是這樣子啊。因為耶和華站在橄欖山上，山從中間裂開，產生大地震，人們從山谷逃跑……山的一半向北……一半向南挪移。噢，老天，太詭異了，會有這種巧合嗎？」

他倏然地將螢幕畫面切換回到大台北捷運路網圖。「快，麗鵲，你也來找找看，這六個捷運車站中有哪一個車站是夾在兩座山之間的，而且那兩座山的位置還是一南一北的。」

蔡麗鵲完全無法理解，正想發問時，吳茨仁突感不耐地說：「海山站就是一座山。」她這才會意過來，急忙兩眼焦急地在路網圖上搜索。突然兩人幾乎同時喊出：「民權西路站！」淡水信義線的民權西路站往北的第一站是圓山站，往南的第二站是中山站。

「可是……中山站與民權西路站中間還間隔一個雙連站。」蔡麗鵲不敢十分有把握地問。

「重點是南北各有一座山，沒錯，就是民權西路站了。」

蔡麗鵲雀躍地想立即起身去打電話，吳茨仁止住了她。「還有時間，稍安勿躁。民權西路站是淡水信義線與中和新蘆線的轉乘站，共有四個方向的列車。我們必須找出14點05分的時候，哪一條路線的列車會停靠在民權西路站。」

他跳出大台北捷運路網圖，回到台北捷運公司的網站首頁，開始搜尋列車停靠民權西路站的時間表。他先查看淡水信義線民權西路往淡水站、北投站的時刻表，發現列車到站時間為14點04分，他立刻決定不是這條路線方向的列車。他又查看淡水信義線民權西路往大安站、象山站的時刻表（表二），想不到蔡麗鵲比他眼尖，立刻驚叫大喊：「吳大哥，真的有耶……就是這條路線。」

表一、淡水信義線民權西路往大安站、象山站時刻表（部分）

平日(週一至週五)

時	分							
13	02	06	11	15	20	24	29	33
	38	42	47	51	56			
14	00	05	09	14	18	23	27	32
	36	41	45	50	54	59		
15	03	08	12	17	21	26	30	35
	39	44	48	53	57			

週六、日、國定假日

時	分							
13	00	05	09	14	18	23	27	32
	36	41	45	50	54	59		
14	03	08	12	17	21	26	30	35
	39	44	48	53	57			
15	02	06	11	15	20	24	29	33
	38	42	47	51	56			

（資料來源：大台北捷運公司，二〇二一年七月二十七日生效）

吳茨仁一看時刻表，果然14點05分有一班列車到站，他急忙說：「我猜攻擊者應該會在圓山站與民權西路站之間發動攻擊，你們趕快去部署警員在這班列車上。」

蔡麗鵲忙著起身，不料吳茨仁忽然說：「還有時間，我們盡力找出是哪一節車廂吧，這樣更容易集中精力防範攻擊。讓我再看一次捷運遊戲者最後的提示。」

她打開手機照片，吳茨仁若有所思地說：「應該就是提示三了，因為他說是最後的提示。嗯，這段文字……」他輕聲念著：「他全身是心；全身是首；全身是耳；全身是目；全身是智力；全身是感覺；……好像讀過。」他看她一眼，知道她目光中詢問要不要上網搜尋，於是搖手示意。「我想是在米爾頓的《失樂園》裡。」

他走到後面的大書架前，摘下眼鏡，努力搜尋，一會兒後拿著一本精裝的《失樂園》，坐下後開始快速翻找，書頁發出劈啪的聲音。接著他說：「果然找到了，是天使與撒旦率領的群魔作戰的情節，這些句子是描述撒旦的。捷運遊戲者好像又自比為撒旦。最後的提示在

《失樂園》卷六。應該就是6號車廂。」

蔡麗鵑終於按捺不住，起身撥打電話給沐大年，匆匆報告了他們最後的發現。接著她亢奮激動地說：「吳大哥，太感謝了。我現在必須馬上趕回隊上與大家一起出動。晚一點我再跟你聯絡。」她如風一般地飆出了店外。

吳茨仁聳聳肩，這才發現背上有點濕冷，原來自己竟然不知不覺中流了許多汗。突然覺得肚子有些空虛，或許是緊張導致的飢餓感。看看時間才12點13分，卻忍不住有股衝動，想吃一籠皮薄汁濃的湯包，再喝碗熱燙的酸辣湯來填飽肚子。可是想起今天是星期六，現在那家店門口一定排了一條長長的人龍，至少得等上四十分鐘……

突然有個念頭如閃電狠狠地擊中他。「啊呀，糟糕。」難怪剛才心中老覺得似乎有什麼不妥當的地方。他趕緊跑到電腦前，進入台北捷運公司的網站，再度查看列車停靠民權西路站的時間表，終於看到他想知道的東西（表二）

表二、中和新蘆線民權西路往蘆洲站、迴龍站時刻表（部分）

平日(週一至週五)									週六、日、國定假日								
時	分								時	分							
13	01	06	11	16	21	25	30	35	13	03	08	12	17	22	27	31	36
	40	45	50	54	59					41	46	51	55				
14	04	09	14	19	23	28	33	38	14	00	05	10	15	19	24	29	34
	43	48	52	57						38	43	48	53	58			
15	02	07	12	17	21	26	31	36	15	02	07	12	17	21	26	31	36
	41	46	50	55						41	45	50	55				

（資料來源：大台北捷運公司，二〇二一年七月二十七日生效）

他趕緊打手機給蔡麗鵲，但通話中，又試撥幾次才終於接通。「麗鵲，我們剛才犯了一個低級錯誤，幸好趕得及，還沒釀成大禍。今天是星期六，我們剛才看到的是平日的時刻表。那班列車應該是中和新蘆線往蘆洲站的才對，所以預定的攻擊行動會在……嗯，中山國小站與民權西路站之間發生。對……沒錯。」他掛掉電話後才驚覺到背上有涼颼颼的寒意，不知道又多冒出多少冷汗。

※　※　※

下快接近兩點半時，吳茨仁在書店附近的小公園閒坐，反正沒心情開店門營業。蔡麗鵲來電，語氣感覺亢奮又有些許挫折：「吳大哥，結束了，我們成功地在捷運列車上制止了一個年輕男性的攻擊。車站地點、列車班次與車廂都跟你的推理完全相同。」

「那很好呀，你們幹得不錯。」

「不……一點都不好。有名女乘客受傷，而且我們沒能將嫌犯生擒……他死了。」

「怎麼會搞成這樣？」吳茨仁大感意外。

「當那班列車行駛到中山國中站時，我們已經在6號車廂部署了超過二十名便衣探員，真正的乘客大約也是二十多人。上頭長官覺得已完全控握情勢，於是突發奇想，認為與其等到那個潛在的凶嫌發動攻擊，還不如提早行動，事先制止，於是下令列車一駛離中山國中站後，探員便開始盤查乘客。不料這項行動引起那名年輕男性的恐慌，在猝不及防的情況下，他先刺傷一名年輕女乘客的手臂，再引刀刺向自己的腹部自戕了。」

「太魯莽了，簡直愚蠢至極。」吳茨仁忍不住開罵。

「現在長官的善後方式是對外宣布有惡徒在捷運上拒捕造成死傷，但絕口不提這是一起有預謀的攻擊行動，更不會提到在背後操縱的捷運遊戲王。我們正在調查那名死亡的年輕男性身分，他會不會就是捷運遊戲王？

吳茨仁直截了當地回答：「不是。捷運遊戲王一定還潛伏著。」

「我等一下還要參加檢討會。有空我再跟你聯絡。」

6

星期二晚上接近結束營業的時間，吳茨仁懶懶地翻閱著湯瑪斯・品瓊的小說《V.》。工讀生小勇已經提早下班，現在店中沒有客人，但他打算再待久一點，等聽完凱斯・傑瑞《柯隆音樂會》CD後才打烊。

有人進來，是蔡麗鵲，臉上寫著沉重的疲累與些許的不快，大概過去三天沒怎麼好過。

「這麼晚了還來？」

「想找人聊聊。」

兩人各自坐在平時慣常坐的椅子上。「你們媒體公關處理得很不錯，沒有掀起軒然大波。」吳茨仁故意調侃地說。

她一臉苦瓜樣，以莫可奈何的語氣說：「唉，那天的行動可說是大失敗。」她突兀地改變語氣。「咦，為什麼……這個人彈鋼琴時要哼出聲音？」

「喔，他是在跟鋼琴對話。」

「跟鋼琴對話？」

「他在回應鋼琴發出的聲音，兩者互相對話。我是這樣認為的。」

「我被你弄糊塗了。吳大哥，想不想聽聽案情？」她恢復正常，一板一眼地說。

「新聞報導說不幸中之大幸是女乘客手臂只是劃傷，沒有大礙。至於自殺的嫌犯是二十九歲的曹……曹憶源。他本來是餐飲的外送員，因為摔車而腳部受傷，失業了好個月，目前待在家裡啃老。其他訊息似乎都隨便敷衍過去了。」吳茨仁說：「警方目前調查的狀況如何？到底掌握了多少訊息？」

蔡麗鶚表示當天警方就查出了曹憶源的身分，也掌握到他在案發前一天在住家附近的超商買了那把凶刀。曹憶源自從六個月前腳部受傷而無法工作，便開始自暴自棄，並不時與女友吵架，導致女友離他而去。他成天關在自己房中，很少出門，還不時對父母說不如早點死了好。

警方發現他的房間十分凌亂，堆積不少漫畫與小說，但沒有發現《聖經》與英文書籍。他父母說曹憶源平日就是窩在房間用電腦看電影或打電玩遊戲。噢，他擁有的好像是頗高檔的專業電玩設備，還有一個戴在頭上的那種像夜視鏡的眼鏡。

「哦，那叫虛擬實境眼鏡。」

警方仔細調查曹憶源的電腦，未能發現他跟黃恩諒與王重沂互相聯絡的證據。

「在他身邊有沒有找到類似黃恩諒與王重沂手機裡的訊息？」

「有欸，在他的手機裡。」蔡麗鶚欲言又止。「但是我們已經準備結案，明天專案小組就會解散。」

「為什麼？」吳茨仁大感驚訝。「曹憶源不可能是捷運遊戲王的。」

「專案小組查出捷運遊戲王傳給警局的信與通關遊戲的ＩＰ位址是曹憶源家裡的電腦。搜索他的電腦後，也發現了同樣的信件與通關遊戲。高層長官認為這證明捷運遊戲王就是曹憶源。他既然自殺身亡，案件就算破了。」蔡麗鵲彷彿提出辯白地說：「當然並非所有偵查員都如此認為，沐隊長也覺得應該再更深入調查。我當然是覺得疑點重重，才會來找你談談。我們認為最大的疑點是曹憶源完全不符合捷運遊戲王的人格特質與條件。他似乎沒有設計那麼複雜的通關遊戲的知識與能力，也缺乏魅力去誘導別人聽從他的指示行事，還有他的書籍顯然跟捷運遊戲王閱讀的完全不同。」

吳茨仁點頭贊同。「你們警方的側寫專家怎麼說？」

「他們研判捷運遊戲王有反社會的人格傾向，犯案動機似乎特別針對警察，才會故意寄來挑戰信。此外他應該是個狂熱，甚至激進的宗教信徒，才會一再引用《聖經》經文。」

「嗯，我同意前者，捷運遊戲王覺得孤獨，遭到社會的排擠與拋棄，這是跟黃恩諒、王重沂與曹憶源三人共通之處。他或許有時感到自卑，但並不自暴自棄，這是與其他三人最大不同之處。從他寄來的信發現他甚至過度自信與自大，或許是自卑心理下的補償作用。他自比耶和華或撒旦，想要對抗，甚至報復以顯示自己的能力。但我認為他針對的對象並非警方，而是捷運公司。」

「怎麼說？」

「首先是所有攻擊事件都發生在捷運列車上；其次是他寄來的挑戰信內容開頭就指責捷運公司，還特別挑明捷運保全工作；再來是他設計的謎題都與捷運路線與車站有關。最後是他建議停駛捷運列車六個小時。取名捷運遊戲王表示他喜愛台北捷運，甚至花過不少心思研究台北捷運系統，但最後由愛生恨。也許是不滿拆遷補償、求職失敗或其他原因而與台北捷運公司發生過節。也有可能是曾經與捷運保全發生過衝突。總之我認為這才是真正的犯案動機。」

吳茨仁清了一下喉嚨後說：「他不像是宗教狂熱份子，選擇那些經文只是取其所需，配合表達他的意思，否則……他會有人格分裂之虞，人不會一下子想當耶和華，一下子又想當撒旦。」

「嗯，吳大哥分析得很有道理。」

「警方卻草率地就想要結案。」

蔡麗鵲看出他極力隱忍，不想口出惡言，於是安撫說：「不過，也不是全然無望。我們沐隊長，他外號叫大目仔，因為他眼睛如牛眼一般大，又常常白目地頂撞上司。他提醒上頭長官說他擔心如果未來再發生類似的捷運攻擊事件，恐怕有人得承擔責任。長官最後決定依然解散專案小組，由我們隊裡以不公開方式繼續偵辦，但不肯提供多餘的支援。等於說以後如果出事的話，要大目仔扛起責任。」她勉強說出：「沐隊長說以後還要麻煩你幫忙。」

「噢……我明白。」吳茨仁的表情古怪，驀地想起什麼似地，眼睛一挑說：「麗鵲，我一直覺得有件事情怪怪的，但總想不起來，現在終於記起來了。你還留著那天給我看的那個……范萩雯取得的捷運錄影畫面嗎？我想再看一遍。」

「還在我的手機裡……」她調出來播放，頭稍微靠近吳茨仁，兩人一起觀看。

錄影畫面才剛開始不久，他大叫：「停。你記得那天除了王重沂之外，還有個年輕人見義勇為抄起滅火器攻擊凶嫌黃恩諒嗎？但注意看這裡，當黃恩諒才剛要挾持老婦人時，他已經趨前要取下滅火器。一節捷運列車上有四個滅火器，事實上他好像自一上車起就站在最靠近黃恩諒的第二車廂門的滅火器旁，一直盯著滅火器看。」

「真的耶。你的意思是……」

「這是我們的疏漏。這個人若不是捷運遊戲王本人，就是他們的同夥。」吳茨仁自信地說。「趕快找到他。很抱歉，到現在我才想起來。」

7

收進一堆舊書，有幾本是英文書，其中竟有桃樂西・榭爾絲（Dorothy Sayers）英譯的但丁《神曲》，可惜只有『煉獄篇』一冊。榭爾絲的偵探小說倒是讀過幾本，吳茨仁心想。也有不少經典叢書系列的小開本書：康有為的《廣藝舟雙楫》、宋應星的《天工開物》、陸紹珩的《醉古堂劍掃》與張潮的《幽夢影》，都是好書，但現在不吃香了，恐怕擱在書架上久久都乏人問津。還有一批約數十本的遼寧教育出版社出版的《萬象》雜誌。為這本雜誌寫文章的都是些名家，內容充實，可惜早已停刊。吳茨仁心中計較著不如把這些都搬回家，可是家裡早已書滿為患，真頭疼。突然記起那晚蔡麗鵲離去後已過了三天，有點掛念調查的進展，於是撥了手機。

蔡麗鵲的聲音像是摀著嘴巴刻意壓低的：「吳大哥，我本來想晚一點打給你的。今天早上我們找到那個年輕人了。他名叫……宋又珩，二十五歲。我們花了兩天過濾無數的捷運與路口監視畫面才鎖定他的。現在資深偵查員老劉正在偵訊他，不過他愛理不理的，還不斷埋怨，說在捷運列車上做出英勇的舉動竟要受到警察的懷疑與偵訊。他的手機裡有類似其他幾人的密碼，他卻表示不曉得那是什麼，也不知道是什麼人傳給他的。我們解出密碼，他還裝糊塗說他沒有警察那麼聰明。」

吳茨仁詢問警方搜索他的住處時，發現了什麼？蔡麗鵲表示沒有重大的發現。宋又珩家境富裕，並非宅男，手機與電腦裡找不到與其他幾人聯絡的證據。宋又珩似乎也酷愛電玩遊戲，家裡的電玩設備都是頂級的。

吳茨仁心生一念說：「麗鵲，你幫我問問范萩雯與那個信義分局的學長，他們在王重沂與黃恩諒的住處有沒有發現一樣東西。問完後再打電話給我。」

他剛煮好咖啡，蔡麗鵲就回電了，她表示他們都記得看過那樣東西。她問道：「為什麼要在意那樣東西？」。

「等等。」他倒好咖啡後說。「那樣東西叫虛擬實境眼鏡或擴增實境眼鏡，我記得曹憶源家裡也有的。這表示找到他們的另一個交集了。嗯，捷運遊戲王與他們或許是在元宇宙的某個社區認識而彼此交流的。」

「啊？什麼宇宙？」蔡麗鵲有如鴨子聽雷。

「元宇宙，說來有些複雜。總之就是基於我們這個現實宇宙而存在的虛擬宇宙，是一個號稱去監管、去中心化的虛擬環境。嗯……我有個主意了，或許可以虛張聲勢，唬一下宋又珩，讓他吐露實情。」

「行得通嗎？」

「不試試怎麼知道。麗鵲，換你去偵訊宋又珩。要裝出一副既神祕，又一切已了然於胸的模樣，告訴他警方已經在元宇宙的某個社區裡發現他與其他幾人交流聯絡的證據，看他會不會從實招來。」

「哦，好吧，我去試試看。」她的聲音中藏不住疑惑。

※　※　※

快兩個小時後，蔡麗鵲打電話來，語氣中帶著意外的驚喜：「吳大哥，宋又珩真的招供了。你會一直待在書店嗎？我馬上過來。」

「當然，和尚怎麼離得了廟？你何必辛苦跑一趟，電話裡講就可以了。」

「不，事情有些複雜，你等我喲。」

不知道這女孩什麼時候也學會吊人胃口了，吳茨仁只好耐心等她。

※　※　※

蔡麗鵲如一隻遊隼般飆飛進書店，吳茨仁早已備好綠茶伺候。兩人就座後，他問事情為何複雜？

「我就從頭開始吧。」

蔡麗鵲替換老劉去審訊宋又珩。宋又珩一開始面露輕視，還毫不在乎地抖腳。等蔡麗鵲依照吳茨仁的建議提出訊問，他的腳突然不抖了，臉色大變，問為什麼警方知道元宇宙的事情。蔡麗鵲故意不置可否，面帶神祕詭異的微笑，只擔心演得不像。宋又珩受不了這種有如懸宕在半空中的心理折磨，終於卸下心防，開始吐露實情。

宋又珩說幾個月前他開始玩一個元宇宙的虛擬空間遊戲叫做『玫瑰人生』(La Vie En Rose)，那是一個類似『第二人生』(Second Life)的網際網路虛擬世界。跟『第二人生』一樣，每一個住民可以建立自己的一個虛擬「第二人生」，與虛擬世界中其他住民進行交流，實現自己在現實人生（或第一人生）中無法完成的夢想。最大的差別是『玫瑰人生』允許住民成立自己的社區，對有限的住民開放。宋又珩無意間發現一個叫做『失樂園』的社區，覺得好奇，於是申請加入。『失樂園』的社區管理者即是創始人，他自稱為「路西法」，有權核准新成員的加入。審核標準是申請者能否成功回答「路西法」提出的問題。

宋又珩以「彼得潘」之名加入『失樂園』。他發現『失樂園』的成員連同自己共有七個，幾乎每天都有人到『失樂園』裡聚會，天南地北地談論各種話題。由於是虛擬人物，大家覺得自由自在，毫無拘束。不過宋又珩發現其他成員都對現實社會有極大的不滿或是對目前的生活感到挫折與無奈。有的成員，例如「空洞人」（後來他才知道「空洞人」是王重沂），甚至數度提到有意自殺。宋又珩則多半抱怨父母不願滿足自己金錢上的需求，以及社會沒有提供年輕人公平的機會。

「路西法」是成員中最冷靜的，他是領導者，甚至是精神導師。他總是耐心聽大家抱怨訴苦，開導大家說『失樂園』就是為了這些受到社會漠視，冷酷對待的人而存在的。因為「路西法」的言詞具有感染力與煽惑力，大家莫不對他言聽計從。他極少發出怨言，只有偶而透露出他對台北捷運公司極度不滿。他在『失樂園』裡教導製作與破解密碼的技巧，大家聚會時偶而還會故意用密碼溝通。

在現實世界裡，『失樂園』的成員彼此互不相識，也沒人見過「路西法」的真面目，除了「墨丘利」以外。「墨丘利」是『失樂園』在真實世界的信使，負責傳遞「路西法」的訊息給『失樂園』的成員或非成員。宋又珩現在知道「墨丘利」是曹憶源了，因為警方告訴他寄給警方的挑戰信與通關遊戲是由曹憶源寄出的。宋又珩也知道黃恩諒是「皮卡丘」。目前剩下的成員除了路西法與宋又珩外，還有「旗木卡卡西」與「女豹」。

大約兩個月前，路西法在『失樂園』裡提到他已經擬好一個在捷運列車上發動攻擊的計畫。由於「空洞人」一直對前妻念念不忘，但他情深，前妻卻一往不回，甚至還交了年輕的新男友。「空洞人」因此有輕生的念頭。「路西法」勸說「空洞人」參加計畫，一者可讓人殺死自己，再者前妻可獲得保險金，也算是「空洞人」對前妻最後的照顧。「皮卡丘」向來瘋瘋癲癲的，說腦子裡一直有聲音要他試試殺人的感覺。「路西法」總勸說他時機還未到，但這次時機已到。「皮卡丘」當然欣然接受。宋又珩則覺得好玩，很想參與，於是「路西法」同意「彼得潘」搭上同一節車廂拿滅火器幫助「空洞人」。宋又珩完全不知道「路西法」策畫了第二次攻擊，直到事件發生後才知道。

至於「路西法」如何與信使「墨丘利」在現實世界裡接觸，讓「墨丘利」得知他要傳遞的訊息，例如首次攻擊時交給王重沂等人的密碼指令，以及第二次攻擊時曹憶源寄出的挑戰信與通關遊戲。宋又珩表示他原本不知道他們接觸的方法，但「墨丘利」自殺身亡後。「路西法」亟需物色一個新信使，他與宋又珩在『失樂園』裡單獨談過，問宋又珩是否願意接手。接觸方法是「路西法」與信使約定時間在台北捷運的某個車站內的某個地點，以一本事先選定的書辨認對方後交換。信使拿到的書裡會有指令或信件，甚至記憶卡。信使再以自己的電腦重新打出訊息。信使與成員的聯絡則是透過雲端網盤中的群組共享檔案，成員讀取後將檔案刪除。宋又珩知道「路西法」或許打算再策動一次新的攻擊，自己只是玩票性質，不想再涉入更深，於是婉拒充當信使。

由於「旗木卡卡西」年紀較大。「女豹」膽子極小，所以「路西法」剛剛審核通過一個新成員「骷髏13」加入，雖然他覺得13這個數字不太吉利。他仍然需要一名新的信使。

聽完蔡麗鵲的敘述，吳茨仁沉吟道：「這個「路西法」十分聰明與狡猾，依然隱身於幕後，沒人見過其真面目。我原本以為他在元宇宙的虛擬空間與成員討論計畫，總會留下與成員通聯的蛛絲馬跡。想不到他利用信使，而聯絡方式竟有如二十世紀原始的間諜手法。剛才你為什麼說事情有點複雜？」

※　※　※

「我先問一個問題。為什麼他們這個社區取名為『失樂園』？」

「噢，我想你受了日本小說與影視的影響，以為失樂園指的是男女出軌的情境。」他認真思索後說：「他們用『失樂園』這個詞有更深刻的用意，人類始祖亞當與夏娃是被上帝驅逐出樂園，所以可以認為人類都是失去了樂園……」說到這裡，他開始變得有點嚴肅。

「我……突然有點明白為什麼「路西法」喜好用數字當作密碼了，他一定對數字有相當偏執的愛好。畢達哥拉斯的教義說數字是造物的工具或元素；五世紀編的《創世書》說眾軍的耶和華、以色列的上帝和萬能的主用從1到10的基數和22個字母創造了宇宙。還有……他們聚會的元宇宙本身就是數字0與1所建構的。唉，其實虛擬網路世界不會是「路西法」認為的樂園，其中不乏謠言、詐騙與惡意攻擊。元宇宙也不會是推動者大力宣揚的那種美麗新世界。」

蔡麗鵲想插嘴，不料他忘情地繼續說：「我好像也能理解他為什麼挑那六本書做為密碼。《1984》的世界是沒有自由的；《4321》裡主角一生雖然有四種可能的發展，但擺脫不了這個現實世界；《1601》的伊莉莎白一世時代雖然充滿榮光，其實是腥風血雨，還有人批評馬克・吐溫這本書是美國文學史上最淫穢的作品；《1492》描寫哥倫布發現新大陸的故事，對歐洲人而言新大陸或許是樂土，但對美洲印第安人而言，他們卻從此失去了樂園；《2666》中寫到無數年輕女子遭人殘暴謀殺，那片土地絕非樂園；《69》中的高中生想永遠快樂，但青少年成為大人便意謂著失去樂園了……」他似乎陷入短暫的冥思，然後突然問：「你為什麼說事情有點複雜？」

蔡麗鵲囁嚅地說：「我想到一個找出『路西法』的方法，就是派人加入『失樂園』，那個人設法成為『路西法』的信使。」

「這個方法可行，不錯啊。」

「我們也說服了宋又珩，他答應在『失樂園』裡協助我們的人成為信使。」

「這樣機會大一些。」

「宋又珩說入會審查時。『路西法』的問題很難，都是與書有關的。」

「因為『路西法』讀書很多。」

「問題是我們偵查員很少有時間讀書，恐怕過不了審核。所以……我，不，我們沐隊長建議……」蔡麗鵲聲音越說越低。「吳大哥你去加入。」

吳茨仁好像遭人放了冷箭，瞪大眼睛，苦笑說：「啊，想不到……你陷害我。」

「不是陷害，是要借重你的專長啦。」她聲音軟膩如麻糬。「況且不會有危險的啦，反正是在虛擬空間裡的接觸。」

「……」

她查看時間後說：「宋又珩說今晚『失樂園』有個聚會，五分鐘以前才剛開始，他現在已經先進去『失樂園』了。」她從背包裡拿出筆電、控制器與虛擬實境眼鏡。「我們幫你準備了虛擬實境眼鏡，宋又珩已經事先為你在『玫瑰人生』裡開了個帳號，你可以馬上進入，打入關鍵字失樂園找到他們的社區。」

「我有得選擇嗎？」吳茨仁漲紅著臉問。

「有，立刻把虛擬實境眼鏡戴上，或是等我弄好筆電後再戴上。」

※　※　※

吳茨仁生平第一次戴上虛擬實境眼鏡，感覺不太舒服。『玫瑰人生』的3D虛擬環境做得頗為生動，但色彩過於繽紛，有點失真。打入關鍵字果然搜索到了『失樂園』。他點選申請會員選項，出現一個簡單基本資料的表格畫面，他一一填寫了。要填上社區住民名字時剛好想起榭爾絲那本英譯的《神曲》，於是填上「但丁」。填完表格後出現「須正確回答問題方能成為會員」的文字，他點選「繼續申請」，眼前的畫面暫時不動了約一分鐘，然後出現「請回答問題：哪一本書是你很想讀，但這一生絕對無法讀到的？」

吳茨仁愣住了，世界上已經亡佚的書何止千萬本，顯然這是個沒有標準答案的開放式問題，重點在於「很想讀」，只要有答案，應該可以過關。於是回答「錢鍾書的小說《百合心》。」錢鍾書完成的手稿在戰亂中佚失，這本《百合心》永遠都無法出版了。

幾秒鐘後出現了「恭喜成為會員」，他發現進入了一個空間，彷彿古希臘時代的神殿，愛奧尼式的列柱式建築。有幾個人在那裡等著他，他們自我介紹是「旗木卡卡西」、「女豹」、「彼得潘」、「骷髏13」，最後中間身材高大，穿著白袍的當然是「路西法」。

「路西法」要新成員「但丁」自我介紹。吳茨仁說自己經營一家二手書店，現在越來越少人讀實體書，所以生意搖搖欲墜，已經積欠幾個月租金。房東不但不肯降價，還威脅要收回房子。老婆不斷責怪自己無能，兒子也不把這個父親放在眼裡，總之吳茨仁將自己形容得十分悲慘。

第一次聚會當然不會有什麼進展，之後吳茨仁幾乎每隔一兩天就到『失樂園』社區與其他成員交流，漸漸地了解幾乎每一個人都有著顆殘缺受傷的心靈。「路西法」倒是很少抱怨，言談顯得穩重，具有領袖氣質，但隱約覺得他欠缺社會責任感，不在乎做出危險的違法行為。世界上本來就沒有人是完美的，所有人組成的社會當然也不會是完美的，但吳茨仁認為這不能成為破壞社會秩序，傷害他人的理由。「路西法」利用他人的作法，吳茨仁更不能苟同。

三個星期倏忽過去了。「路西法」沒有什麼異狀，但顯然在不動聲色地籌劃著什麼事情。警方調查過去一年在捷運系統內發生糾紛或衍生傷害之案件就超過六十件，如果擴大到過去五年期間的案件數就將近三百件，其中對捷運保全或捷運警察處理有怨言的就不下一百件，清查起來頗為曠日費時，一時之間無法鎖定「路西法」的身分。只能等待「路西法」進行下一次的行動。

吳茨仁耐心地參與『失樂園』的社區活動，宋又珩因為可能得到緩起訴的機會也積極幫忙。等待的日子終於來臨了。

8

吳茨仁在東門站進入晚上7點59分的淡水信義線往淡水站的捷運列車3號車廂，覺得心跳急遽加速，有些緊張。昨晚在『失樂園』裡。「路西法」表示要第一次交付訊息給信使。「路西法」的指示是「但丁」得搭上這班列車，當這班列車於20點02分停靠在中正紀念堂第一月台時，車廂左側開門後，抱著露出書名，約定好的書走出列車往第二月台移動。「路西法」會搭乘同樣是20點02分時停靠在中正紀念堂的松山新店線往松山站的列車，拿著約定的書從3號車廂出來向第一月台移動。兩人在月台中間不經意碰撞時交換書籍，再各自搭上轉乘的列車，亦即「路西法」將搭上淡水信義線往淡水站的捷運列車，而「但丁」則搭上松山新店線往松山站的列車。

吳茨仁事先做了研究，認為路西法的方法很巧妙。中正紀念堂站是少數大台北地區捷運的中有「平行轉乘」設計的車站（圖二）。所謂「平行轉乘」就是乘客在同一個島式月台上從一條路線的列車下車後直接步行到對面另一條路線的月台轉車，不需經過樓梯、升降電梯或電扶梯轉乘，因而可以節省時間。兩人在平行轉乘擦身而過的短短數秒內完成書的交換，如果再經過適度的偽裝，恐怕彼此都記不清楚對方的長相。縱使有意回頭仔細看清楚，對方應當已經迅速地搭上另一條路線的列車。

選擇第一與第二月台的路線也是有道理的。中正紀念堂站的平行轉乘月台共有兩層，第一與第二月台位於上層區，若是發生緊急狀況。「路西法」可以輕易逃離，若是選擇下層月台區，風險較高。

圖二、中正紀念堂站上層月台平面圖

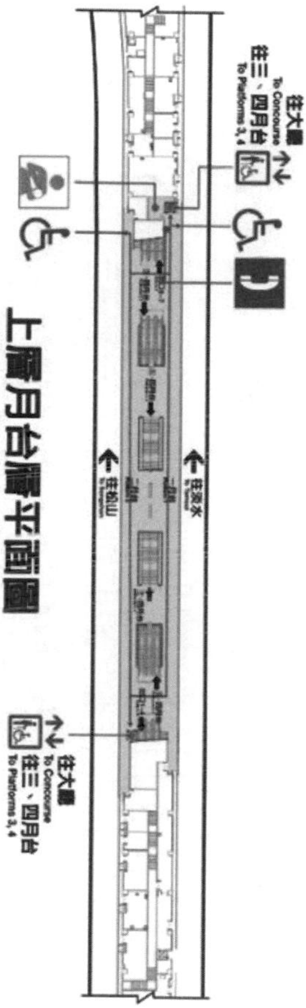

（資料來源：大台北捷運公司）

路西法選定20點02分到站的列車顯然也是經過深思熟慮的。其實自下午6點起同時到達中正紀念堂站的平行轉乘列車就有許多班次，考慮到6點到8點是交通尖峰時刻，乘客一定很多，轉乘時洶湧的人潮勢必匯集交錯，恐怕不易辨認出對方，因此挑選20點02分到站的列車。

吳茨仁抱著一本志文版的中譯本《失樂園》，這是「路西法」所指定的，書店裡恰巧有一本。還有兩分鐘列車就會停靠在中正紀念堂站。雖然警方在自己搭乘的車廂裡部署了便衣探員，松山新店線往松山站的列車在古亭站時應該也有便衣探員上車，而中正紀念堂站的上層月台也部署了包括蔡麗鵲在內的探員，他還是不免緊張，手心微微出汗。

蔡麗鵲主張吳茨仁不必非得搭上這班捷運列車，只須在中正紀念堂站上層月台等候「路西法」的列車到站即可，但他認為這樣子有風險。「路西法」可能會在列車尚未停靠好之前，發現吳茨仁已抱著書在月台上等候，心生疑懼而不願下車。她又提議由偵查員代替他與「路西法」接觸，但吳茨仁表示希望能親眼目睹「路西法」的廬山真面目。

還差一分鐘就是20點02分，捷運列車速度緩慢地轉彎，車輪與鐵軌摩擦發出吱吱的聲音，好像故意折磨著吳茨仁的神經。驀地，有個詩人的詩句湧上他的心頭：「你曾經聽過輪子轉動摩擦的聲音嗎？詩歌一定是痛苦的摩擦的聲音。」車速變得越來越慢……

※　※　※

蔡麗鵲站在中正紀念堂站的大廳平台上，向下俯瞰手扶電梯與上層月台層。她的位置靠近即將停靠的列車1號車廂，距離3號車廂稍微有點距離，而往下層月台層（即第三、四月台）的手扶電梯的標示牌遮住了大部分3號車廂停靠的月台通道。她又不能拿著望遠鏡觀看，惟恐打草驚蛇。雖然3號車廂停靠的月台周邊埋伏了許多探員，她還是不免感到緊張。

她看見了左邊淡水信義線往淡水站的列車頭燈的燈光，伴隨著轟隆的聲音，列車的車頭已經出現，接著右邊松山新店線往松山站的列車也鑽出黝暗的隧道，兩班列車幾乎同時停妥在月台上。

聽到列車車廂門與保護閘門幾乎同時「啵」地一聲開啟，她覺得全身血液翻滾，似乎快要沸騰了。

※　※　※

吳茨仁踏出列車的車廂門，刻意放慢腳步，眼睛焦躁地搜尋迎面而來的乘客，有沒有跟他一樣帶著《失樂園》的。但左看右瞧……怎麼會沒有呢？他都已經快走到對面的車廂了，即將關閉車門的警告聲急促地響起。「哪裡出差錯了？」他心中不免焦躁，且生出不安的感覺。他不敢停下腳步，又不能回頭張望，宛如被一隻無形的手推動著，隨著列車催促的聲響踏進了列車。車門砰然闔上，列車開始滑動加速。他看見外面月台上有數人的表情僵硬，茫然地望向這邊，顯然是執法人員，然後是蔡麗鵑從向下的電扶梯飛奔而下，但他旋即被列車帶入漆黑的地下軌道裡。

吳茨仁在列車上感到十分困惑，又有些氣惱，不清楚他與警方犯了什麼錯誤，竟然會錯失了「路西法」。難道是自己記錯了列車時刻或車廂號碼？不，這不可能的。或者是他們的企圖已經曝露，以致「路西法」不願現身？他握緊靠近列車門口的金屬扶手，試圖理清頭緒，再決定接下來的行動時，列車已經滑進了小南門站。列車門開啟，乘客開始紛紛下車，突然有人碰了他一下，只聽見「但丁，別跟來。」的低沉男聲，接著有隻手往他口袋塞了什麼物品，之後那人便快速地步出了車廂。

剛才那人碰撞他的瞬間，他匆匆驚鴻一瞥。那人的腦袋較常人還大，頭略禿而髮絲蜷曲，戴著厚鏡片的黑框眼鏡，下巴與脣上長著參差的亂鬚。乍看之下外表有些猥瑣，實在難以想像他會是「路西法」。

當他還在猶豫是否要下車追趕時，車門即將關閉的聲音又響起。有名大漢撞到他後疾奔出列車，伸手拍拍「路西法」的肩膀，他不由自主地隨著走出列車。那名魁梧的漢子利落地將「路西法」的右臂往後一扭說：「逮到你了，路西法。」引起旁人紛紛側目。「路西法」用力嘗試掙脫，但只是徒勞，那個國字臉，濃眉大眼，留平頭的漢子的鐵臂有如鑄鐵般緊緊箍住路西法。那漢子轉頭對有些木然，不知所措的吳茨仁咧嘴一笑說：「吳先生，幸會了。我是刑事隊長沐大年。我一直待在這個車廂，當我發現路西法沒有在上一站現身時，我當機立斷，沒有隨著其他探員下車，決定緊跟著你，才能逮到這個傢伙。」

※ ※ ※

「路西法」，本名何昜仁，現年三十五歲，身高一百六十公分，體重七十九公斤，單身，大學電機系畢業，目前擔任電腦培訓班講師。過去五年他曾兩度應徵台北捷運公司的電腦工程師都未果，自認是因個人外表而落選，台北捷運公司甄選不公致使他心生怨恨。一年多前又因在捷運列車上涉及性騷擾案件而留下紀錄，他抗辯說是對方空穴來風的指控，但捷運保全與警察竟未積極查明事實真相，還他清白，故對他們懷恨在心。他的個性內向，拙於言辭，這與他在《失樂園》裡的行為截然不同。他的公寓裡堆滿了書籍，還有電玩設備。他表示書與元宇宙是他存在的理由。

從「路西法」的信封裡發現了給「骷髏13」與「旗木卡卡西」的訊息。這次「路西法」策劃同一天同一時刻在兩條捷運路線上不同地點的攻擊行動，而且不打算提出預告。幸好警方及時逮捕了「路西法」，現在正根據他的指示訊息上的聯絡資料追查《失樂園》的其它成員。

這些都是隔天蔡麗鵑在電話中告訴吳茨仁的。

9

吳茨仁的目光自科索維爾的詩集《整數26》移開，看見外面暖陽煦煦，聽見綠繡眼短促的啼叫。對面樓上窗玻璃映照出書店樓上九重葛的綠葉與紅花的明亮姿影。他心想，聽說北投東昇路山上的野櫻花都開放了，天氣這麼好，似乎應該上山瞧瞧。

店門開了，閃進一個苗條的身影。

蔡麗鵲瞧見吳茨仁手上那本書的書名，忍不住開口揶揄：「吳大哥，你玩數字遊戲還玩不夠啊？」

「剛好看見這本書，就順手拿來讀。又有案子啊？我可沒興趣再戴那個虛擬實境眼鏡了。」

「今天休假，想找書看。」

「自己去書架上看看吧。」

她站在書架前瀏覽書名。「《三個故事及十一月》、《一輪月亮與六個星星》、《一羽毛》、《五玉碟》、《瞎三話四集》、《六個字母的解法》，還有《13：一個數字的古怪歷史》……哇，使用數字為書名的書好多呢。」

「我們活在一個天天都要用到數字的世界呀。數字幫助瞭解宇宙的範圍，探察宇宙隱祕的規律，波赫士說的。」

過了一會兒。「吳大哥，我想看這本書，多少錢？」她將書遞了過去。

「喲，不錯喔。《向著明亮那方》，金子美鈴的詩集，配上竹久夢二的插圖，滿適合你的。不用付錢，送給你看。」

短評／〈來自失樂園〉不只是讚賞，更是期許

葉桑

第五屆林佛兒獎的首獎作品〈來自失樂園〉終於璀璨誕生，我個人雖然因為該作品把整個台北市的捷運系統當作犯罪舞台的背景，還有作者使用了一組非常本土的解碼系統，誘使我給以最高分數，但是不可諱言，仍有可觀之處。

由於本屆徵文強調可讀性、推理性、在地性和社會性，因此每個參賽者都可以依據自己的強項，作者尤其運用台灣近年來發生的一宗重大社會犯罪事件引申出來的故事，將該四項發揮到淋漓盡致。作者先從一宗看似單純的犯罪事件當引子，然後引蛇出洞似地連環爆出不可思議的駭人案件。閱讀過程中，可說是驚爆連連，緊張刺激到不行。本作最精采的就是謎團，作者將偵探設定為一個二手書店的中年老闆，運用他的博學強記，不但非常有說服力地一一解開謎題，更將智慧型凶手逮捕歸案。至於中年大叔搭配年輕活潑的美女警探，似乎從我年輕時讀赤川次郎的作品到現今的犯罪推理劇，最經典的搭配。

整部作品不論是犯罪動機、犯罪手法都合乎犯罪推理小說的規範，唯有小說很重要的戲劇張力略嫌單薄。關於這一點，連成名的作家也很難面面俱到，我與作者共勉之。值得一提的是，本作沒有讀起來像是讀翻譯的文章，包括台灣人卻有著外國人的名字或異國情調等尷

尬場景，用詞用語也非常的本土和原汁原味。故事架構不複雜、對白平易近人，適合更大眾的口味，也不局限於推理迷。作者身分保密，但是從他的筆觸發現他有豐富的社會經驗，人生觀也很成熟，關於現今社會現象很有看法，除了批判，甚至提出解決的方案，難能可貴。

如果硬要讓評審的我提出建議，嚴格地說如果文章很重要的書名或代號，如果能夠換上華文的書籍或本土作家的名號，那就更完美。我個人認為犯罪文學的在地性、本土性不是單指發生在台灣這塊土地，主要是文化和精神。然而或許見仁見智，有些讀者會認為矯情，那就看作者的智慧和立場了。我讚賞作者寫作的才華，更期許能夠在短期內看見更精湛的作品問世。

命運之聲

歡迎收聽《午夜間奏曲》，給大人的古典音樂指南，我是節目主持人于斯恒。

在這個小週末的夜晚，褪去白天工作的忙碌，又接著安撫孩子上床睡覺後，總算可以和伴侶在客廳倒杯紅酒，聆聽一曲詠嘆調，享受午夜前的安寧。

然而，你可曾想過，命運若在此時來敲門，那會是什麼樣的聲音？

相信正在收聽節目的聽眾，腦海中可能已經響起貝多芬第五號交響曲那大名鼎鼎的命運動機。

貝多芬在第一樂章開頭那象徵命運的四個連續音符，以貫穿全曲的動機之姿，表明作曲家對於殘酷命運的控訴與奮鬥。

當然，會有如此燦爛的音樂誕生於世，背景源自於貝多芬的失聰，中年在海利根施塔特療養時，因為病情不見起色而寫下遺書，最後因慢性鉛中毒引發肝衰竭告別人世。

那麼後世，又是如何詮釋命運之聲的呢？

提到《命運》，百年來的眾多名演中，當屬指揮巨匠福特萬格勒和克倫培勒的錄音最受推崇：前者壯闊激昂；後者沉著內斂。透過兩位大師對音樂的詮釋，呈現出截然不同的命運風景。

在我年輕的時候，福特萬格勒的《命運》絕對是我心目中的第一；但已過不惑之年的現在，或許克倫培勒那種以柔克剛式的奮鬥精神，具優雅感的激昂，更深得我心。

曾有聽眾來信，指出當代受歡迎的指揮家和樂團何其多，為什麼我總是在節目播放上個世紀的指揮大師錄音版本？不僅唱片尋找不易，音質也完全比不上現代音響。

這個問題，正好點出了時代變遷的殘酷。

如同前面我所提到的，同樣都是命運交響曲，為什麼福特萬格勒和克倫培勒等大師對於音樂的詮釋，會帶來一快一慢如此顯著的差異？

我個人的解讀是：大師所處年代和成長環境，在二十世紀初期，沒有像今日的串流音樂平台和影片唾手可得，再加上戰亂，當時的音樂學習與養成顯然封閉得多，但各人習得的功夫，也因此更為深刻地化作血肉融入靈魂之中。

這樣說可能有點抽象，我想，若是以達爾文的演化生物學解釋，或許聽眾就能明白。

上個世紀的指揮家，就像是在不同島嶼各自進行演化的雀鳥。他們沒有先進硬體設備和多元的學習管道，僅能自行摸索和理解，結合各自不同的人生歷練，最後內化出屬於自己的獨特風格。這樣極具感染力的音樂，不只是音樂，更代表人生。

然而，現代指揮的養成，在學生時期早已聆聽過無數錄音和錄影，所謂「正確」的音樂早在無形中植入大腦，標準化的總譜分析，對於音樂的詮釋大同小異。這也是為什麼曾有外國樂評，在聆聽一場音樂會後，質疑指揮存在的必要性。

接下來，就讓我們來欣賞一段，克倫培勒於一九五五年指揮愛樂管弦樂團的貝多芬第五號交響曲第一樂章……

一

那天是冬至的夜晚。

我正一如往常，在自己主持的廣播《午夜間奏曲》於平台上架後，以聽眾的身分再次聆聽節目。

「我真搞不懂，為什麼克倫培勒的《命運》會像大象一樣笨拙，你的聽眾肯定要聽到睡著了。」敦妍端出一鍋湯圓說道。

「這是經過重重歷練和深思熟慮的音樂，一點也不笨拙。」

驟雨來襲般的第一樂章在室內流轉，我坐在沙發上深深嘆息，因為過度沉迷於音樂，而對面前的湯圓視若無睹。

「我還是覺得巴倫波因與柏林管絃樂團的合作最棒，創新又細膩。」

趙敦妍是個聰明的女人，不只是因為她對音樂有自己的見解。

五年前的夏天，服務於長途歐洲線班機的她，與正在當地取材的我邂逅。

我為了撰寫相關系列文章，特別前往薩爾茲堡音樂節，沒想到在巷弄裡的餐廳用餐時，意外被店家併桌而認識彼此。

要知道，音樂節期間，無論是旅館還是餐廳都是一位難求。

巧合的是，我在回程班機上遇見正在服勤的她，我才知道原來她是名空服員，而且還是個古典樂迷。或許是延續著這份幸運，我的那些音樂節系列文章也獲得不錯的迴響，邀約接踵而來，出版和演講漸漸成為工作的日常，還接下主持音樂電台節目的工作，生活忙得不可開交。

然而，因為一場突如其來的病毒傳播讓世界陷入混亂，航空業首當其衝，旅行變得遙不可及，敦妍開始休看不到盡頭的無薪假，對於音樂演奏者更是致命的打擊。

兩年過去了，世界彷彿對我們按下暫停鍵。

沒想到疫情帶來意外收穫。

原先我和敦妍位處一南一北的遠距離關係，隨著敦妍的離職，順勢讓她南漂落腳我所居住的城市。

這間在疫情前買下的中古小洋房，在經過重新裝潢後，只缺一個女主人。

我望向正愉快吃著湯圓的她，發現她也以同樣的心情看著我，雖然我們有著近十歲的年齡差距，但這是我第一次體會到冬至這個節日的意義。

現在回想起來，也許我和她的相遇，也稱得上某種「命運」。

就在這時候，門鈴響起。

一瞬間，溫柔又帶著不安的第二樂章，化作單調的電鈴聲，將我拉回現實。

「我忘了告訴你，」敦妍突然說道。「早上你不在的時候，有人打電話找你。」

大概是察覺我的困惑，她又接著說道：

「他說了一個名字，但我沒聽過。」

我只好關掉音響，起身前去開門。

一名身穿西裝的中年男子出現在門後。我注意到他額頭上向後退的髮際線，腳上皮鞋是某個牌子很多年前的舊款。

事實上，打從敦妍說有人打電話找我後，我便心裡有數，畢竟，如果是熟識之人來訪，通常會直接打手機聯絡我，而非打來家裡。

指揮家王昱捷，是的，確實是他。

「不好意思，這麼晚了還來打擾，我就長話短說。」王昱捷不安地拿出手帕擦著額頭，接著從西裝內袋拿出一紙信封，放在我面前的桌上。

「是這樣的，如果您還記得，我先前已多次致電給您，也在粉絲專頁傳過訊息，但是不知道為什麼，您的電話總是無法接通，訊息也沒有回覆。原本我不知道該怎麼辦，碰巧得知府上電話，這位小姐告訴我，今天晚上可以過來打擾。」

「如果您是想要請我幫忙撰寫推薦函，那麼我先前已經很明確地回答過了。」

「是的，關於那件事，確實是我的疏忽，開口請您幫忙是有點過分了。」王昱捷再次擦拭額頭的汗水。

「那麼，今天來訪的目的是？」

「為了表達歉意，我送來兩張音樂會的門票。」王昱捷再度將信封推向我。「這個週末，我和XX基金會的交響樂團有一場合作演出。如果您有空的話——」

趙敦妍不等我回答，立刻拿起信封，抽出兩張薄薄的票券。音樂會的名稱是「浪漫琴炫——協奏曲之夜」。

「曲目有命運交響曲、拉三，還有新銳鋼琴家蕭傅瑞。太棒了，斯恒，週末晚上我們有空對不對？」

「拉三」指的是拉赫曼尼諾夫第三號鋼琴協奏曲，也是公認世上最困難的鋼琴協奏曲，無論是對鋼琴家，還是指揮，甚至是整個樂團，在技巧、理解力和體力上，都是很大的挑戰。

這次合作的鋼琴家，在青少年時期就曾在國際比賽中獲獎，近年還跨足作曲，曾經上過我的電台節目擔任來賓，算是台灣新生代鋼琴家中，相當有實力的一位。

反觀指揮，我並不認為王昱捷有能力駕馭拉三協奏曲。或許「命運交響曲」這種名曲中的名曲，不可能出什麼意外，但也正因為如此，難以有所期待。

這種想法也許傲慢，事實上，我自己也經常因為過於嚴厲的批評而惹來某些當事者的不滿，甚至嘲諷我為樂評界的法西斯。

王昱捷似乎因為敦妍熱情的回應高興不已，而我卻因為沒來得及婉拒而感到困擾。

「說來慚愧，原本擔任指揮的人選因為疫情取消來台，主辦單位找我代打上場。我很榮幸可以邀請兩位參加這場音樂會，做為貝多芬兩百五十週年誕辰紀念，這首《命運》交響曲更是意義重大。」

這點倒是說得沒錯。

近來因為世界各國疫情爆發，再加上嚴格的入境措施，音樂會不是一場接著一場取消，就是得從國內尋找可以代打取消來台的外國演奏家的人選，甚至被迫更改曲目，票房當然也會因此受到影響。

反過來說，鎖國造成的旅遊限制而被迫困在國內的本土音樂家們，也因此得到更多演出機會。

出乎意料地，王昱捷沒有再提起要我幫忙推薦一事。

對此，我感到鬆了一口氣。

敦妍問我期不期待這場音樂會。

我笑而不語。

事實上，早在我接到王昱捷的第一通電話後，便對他的過往經歷做了調查。

首先，王昱捷並非科班畢業生，雖然高中念過音樂班，但是大學念的是哲學系。

平心而論，指揮的養成和從小學習樂器稍有不同，樂界也不乏非科班出身的傑出音樂家，只要心中一直愛著音樂，靠著不斷努力和熱情，還有某種程度的運氣，成就不見得會比較差。

敦妍樂觀地認為，這正好證明王昱捷的天賦並非哲學，指揮才是他的夢想。不可否認，柴可夫斯基不也是到二十二歲才開始正規音樂教育，最後在音樂史上占有重要的一席之地。

據我所知，王昱捷畢業後，便立刻與交往多年的女友結婚。不幸的是，兩人的婚姻在三年後的車禍意外而提早終結。他的太太離世前，告訴他人生不該留下遺憾，因為生命是如此短暫。

因為這番喪妻的衝擊，王昱捷決心往後的日子都要盡全力實現自己的夢想，不顧周遭反對，帶著妻子的遺產，聘請專業教授指導，奇蹟似地考取音樂系，出國留學，逐步向他的夢想走去，甚至曾拿下國際指揮大賽前幾名的佳績。

我看過他在歐洲某地方性樂團擔任助理指揮時的錄影，對於音樂的理解和處理不夠細膩，詮釋出來的音樂毫無驚豔之處，而反覆的疫情更是讓出路雪上加霜。在這個新人輩出的古典樂壇，參加國內樂團指揮的徵選，成為他翻身證明自己的最後機會。

二

音樂會在晚上七點半準時開始。

從家裡出發到衛武營國家藝文中心的音樂廳，駕車只要十五分鐘。

我和敦妍提早半小時抵達，走進這個號稱全球最大單一屋頂的綜合劇院，流線型的建築線條，在月光清明的夜晚顯得前衛而優雅。

今晚的敦妍身穿帶有銀線的黑色小禮服，看起來比實際年齡年輕，在走進音樂廳前，敦妍要求我以音樂會的宣傳背板為背景，替她拍張照，以紀念這場疫情蔓延下的音樂會。

完成拍照任務後，古典音樂電台的製作人向我走了過來。

我看著他似笑非笑的表情，突然意會到，把家裡電話號碼告訴王昱捷的人，或許就是製作人。沒想到，他一開口就證實了我的臆測。

「看到你出現在這裡，我就放心了。」他將票根收進西裝內袋。

「沒想到我的工作夥伴，居然為了一個陌生人出賣我。」

「別這麼說，我這麼做也是在為潛力合作對象鋪路。你也知道，因為疫情，大家都很辛苦。」製作人笑了笑，隨即降低音量。「我看他這麼有心，好幾次跑來電台找人，只好幫他一把，現在我們才有機會聚在一起度過一個燦爛的週末夜。既然你人都來了，幫忙寫篇好評也是做人基本道理吧？」

「既然您也收了音樂會的票，為什麼不由您來寫？」

「如果可以獲得樂評界的法西斯認同，對他來說，當然再好不過了。」

我不置可否地聳肩，不願意在此時有任何口頭承諾。我和指揮王昱捷並不熟稔；更重要的是，做為一個指揮家，王昱捷的表現沒有令人驚豔之處。

在工作人員的引導下，我和敦妍順利入場就坐。

王昱捷留給我們的座位，竟是位於舞台後方的合唱席。這個音樂廳有別於傳統的鞋盒音樂廳，而是採用環繞舞台的葡萄園式設計。簡單地說，無論觀眾選擇哪一層樓的座位，舞台距離和聲響效果都不會有太大的差別。

「這個座位視野真好，正對著前方的觀眾，還能清楚看到指揮的臉，好像我也是演出的一員。」敦妍興奮地說道。

我翻開節目冊，前幾頁充斥贊助商廣告，而後才是今晚的演出者和曲目介紹。我快速翻頁，敦妍再度開口：

「不過，離開演只剩十分鐘，怎麼空位還這麼多？」

我抬頭望向四周，除了正對舞台的一樓約八成滿之外，其餘二、三樓竟坐不到三成的觀眾，甚至還有幾乎全空的區域。

我想起這個藝術中心在二〇一八年開幕時的盛況，請來指揮巨星杜達美和柏林愛樂演出伯恩斯坦與馬勒，那真是一場無與倫比的王者之聲。對比如今因為疫情，臨時更換音樂家上場代打成為常態，接二連三的退票也見怪不怪。

燈光逐漸轉暗。

今晚的節目分成上下半場，開場有用來暖場的羅西尼歌劇序曲，接著是貝多芬第五號交響曲；下半場則是鋼琴家加入演出協奏曲。

不出所料，命運交響曲燦爛磅礴的第一樂章在指揮的帶領下顯得有氣無力。

我在年初一篇貝多芬兩百五十週年誕辰紀念文章中曾提到，貝多芬的音樂存在著某種獨特、鮮為人知的空間（說是神的領域也可以），這是唯有經歷一定程度的人生歷練和思考，才有可能達到與呈現的音樂境界。

上半場結束後，我和敦研到川堂活動手腳。

「斯恒，你會幫忙寫推薦吧？」敦研拿著節目冊，愉快地說道。「我看他這樣臨時接下這個代打任務，實在不容易。」

「確實很吃力——」

「于老師——」

一個黑影靠近。

身穿燕尾服的王昱捷，竟在中場休息時間出現在川堂。。

「太好了，感謝您撥空前來，希望今晚的音樂能讓您滿意。」

「預祝演出順利。」

「謝謝，」王昱捷頻頻對我和一旁的敦研點頭致意。「可能有點冒昧，但我有個不情之請，您放心，不是推薦函的事，我在想，能否請老師在今晚音樂會結束後，幫忙寫這場音樂會的樂評？」

果不其然，因為明白我不可能幫忙寫推薦函，於是退而求其次，先讓我接受他的好意，再提出要求。雖然早有預感，但是一個指揮在中場休息沒有留在後台，而是跑出來和觀眾交談，雖然不是沒有先例，但實在不是一件明智之舉，這更加深我對整件事的反感，更不用說那些完全沒有打動我的音樂。

王昱捷不等我回答，便匆忙地返回後台。

一如預料，下半場的拉三鋼琴協奏曲簡直是一場災難，令人坐立難安。

作曲家本人曾形容這首協奏曲像大象般龐大，然而，指揮家和樂團基本上處在平行世界，反倒是鋼琴家蕭傅瑞展現超技領導音樂前進，而指揮成了被音樂排除在外的尷尬狀況。

我不知道彩排的情況如何，也許指揮有問題來不及修正，或是根本沒有能力指出問題。

這四十分鐘對我來說，如坐針氈，更準確來說，是不忍再看著指揮家揮灑汗水，卻依然被大象輾壓過去。

下半場一結束，我趁著眾人起立鼓掌時，藉口身體不適先行離去，而敦妍因為想聽鋼琴家演奏安可曲選擇留下。

後來的事，我是聽敦妍說的。

那天晚上，敦妍比我預期的時間還要晚到家，原來是謝幕結束後，一名現場人員叫住準備離場的敦妍，將她帶到後台。

王昱捷就站在指揮休息室門口等待，一看到敦妍出現，卻見不到我的人影，一臉焦躁不安。

敦妍告訴他，我因為身體不適提前離去。

王昱捷先是緊張地詢問我的狀況，而敦妍因為沒有辦法具體回答這個問題，只好隨口說出我得到急性腸胃炎，王昱捷才沒有繼續問下去。為了表達親自到場的謝意，王昱捷還邀請敦妍到音樂廳附近的餐酒館吃消夜，難怪那天晚上，我遲遲等不到敦妍返家，原來是被對方纏住了。

敦妍轉告我，王昱捷非常希望我能幫忙為今晚這場音樂會寫樂評，根據今晚觀眾的掌聲，他有自信這場音樂會無疑相當成功。

我向敦妍解釋，無論音樂會成功與否，都不是我所關心的事。我以為我已經明確表達拒絕的意願，沒想到結果往往事與願違。

三

工作人員將麥克風遞給台下舉手的男子。

「請教于老師，如何勸退沒有音樂才能的兒子，專心準備國中會考，放棄走音樂這條路？」

男子話才說完，台下傳來一陣笑聲。

「這位家長的提問，讓我想到一個故事，」我看著那位緊握麥克風的父親回答道：「遭到父母激烈反對走音樂之路的白遼士，被斷了金援後只能自立自強，沒想到之後會獲得羅馬大獎，寫下幻想交響曲，確立標題音樂的概念。這位爸爸，或許因為您的反對，反而更加激發孩子的潛能……」

觀眾席爆出一陣掌聲。

音樂會隔天下午，我受邀在市立圖書總館給一場演講，講座名稱直接引用我的書名「收藏指揮家」。

這次邀請的源起，是有人捐贈一台史坦威鋼琴，館長打算在閒置的活動教室舉辦沙龍音樂會，並邀請在地音樂相關領域人士推廣活動。

我製作了投影片，搭配事先準備好的樂曲片段進行解說，配合指揮大師的風采和軼事，盡可能讓大家感受到指揮詮釋音樂的魅力。

講座結束後，不少熱情的市民朋友還前來找我簽名和拍照。正當我準備離開會場，一個熟悉的身影突然出現擋住去路。

「于老師，今天的演講真是精采。」

王昱捷手上拿著的，正是我的書。我注意到他那張頗為滄桑的臉，或許是因為昨晚剛經歷了一場極耗體力的演出。

為了避免引人側目，我走在前頭，領著王昱捷離開演講廳，通過玻璃帷幕而行的長廊，直接搭乘電梯來到出口。對方的臉上始終帶著客氣的笑容，感覺欲言又止，但我卻笑不出來。

王昱捷先是承認他從敦妍那得知我的行程，而後又詢問我的病況，因為裝病不成，我只好草率地帶過回應。

「我預約了一家很難訂位的餐廳，不知道老師有沒有空賞光，就當作老師和我的會後餐敘。」

在我還來不及想到藉口甩掉他的時候，被他半推半就地上了早已等在館外的計程車。

這時已是傍晚時分，計程車沿著新灣區行駛，我保持沉默對著車窗外，白綠相間的輕軌車廂在我們停等紅綠燈時，無聲地從旁超越了我們。

我突然想起敦妍今天下午和朋友去練習場打高爾夫不在家。既然如此，我正好也利用這個機會，把事情一次講清楚。

計程車在愛河邊停下，餐廳的名字叫「Seine」，連牆壁都貼上有著塞納河沿岸風景的壁紙，模仿意味濃厚。

我無意對餐廳的品味多做議論，也不管餐點是否美味道地，我決定在點完餐後，直接進入正題。

「我想談談關於樂評的事。」

「是的，」王昱捷因為我主動提起而頻頻點頭。「經過昨天，您應該已經認可我的能力了，觀眾的迴響也很熱烈。很遺憾，聽到老師您因為身體不適而提早離場——」

「這些都沒有關係，」我先一步深呼吸，正打算鄭重拒絕他時，侍者在此時端來開胃菜，打斷我們的談話。待他一走，我立刻接續說道——

「我不能幫昨天的音樂會寫樂評。」

「為什麼？」王昱捷一臉錯愕。「是因為昨天的演出不夠水準嗎？阿，我在說什麼傻話。老師，我想您太客氣了。對於老師在樂評界的地位，自然只有最頂尖的指揮和樂團才構得上標準，我擅自請您撰寫樂評，肯定是不自量力了。」

「不是這樣的。」

真奇怪，明明他說的一點都沒有錯，為什麼我當下反應卻是反駁他的說法。我為自己在關鍵時刻怯弱感到厭惡。

「我知道您可能覺得為難，推薦函的事我完全無話可說，這也不是您的錯；但是，昨晚的音樂會對我來說非常重要，尤其在疫情肆虐之下，國內外的演出機會大減，許多音樂家面臨殘酷的生存問題，也因為這樣，我得到一個千載難逢的機會，指揮《命運》交響曲，以及拉三鋼琴協奏曲。您想必也很清楚，這場音樂會的成功，將直接或間接影響一個星期後市立交響樂團的指揮徵選。在目前大環境如此艱難的情況下，是否能幫忙為這場音樂會寫一篇樂評？」

在他說這些話的當下，侍者陸續送來湯品和主菜。桌上擺滿精緻的瓷盤，卻沒有人有心情吃上一口。

由於我心裡一直記掛著今晚一定要把話講清楚，避免事情繼續糾纏下去，所以根本沒有認真看菜單。我這才發現王昱捷幫我點了阿米斯丹羊小排，而他自己只點一份螯蝦蔬菜捲，除此之外，還追加一瓶勃根地淡紅酒。

我鎮定地拿起刀叉，品嘗一口羊小排，我壓下想要評論的衝動，放下刀叉，拿起餐巾擦拭一下嘴角。

「沒錯，我很清楚這場音樂會對你來說有多重要。」

「這麼說，您是願意幫這個忙了？」

「正因為如此重要，所以我不能陷你於不義。」

「什麼意思？」

「我有什麼立場幫忙寫這篇樂評？一旦世人，或是我們縮小範圍——那些挑剔的評審委員，知道這場音樂會並非我自己買票進場，而是由指揮贈票，並事後以回饋的方式撰文美言，如今又在這裡接受款待，難道不會影響評論的說服力？」

「原來如此，」王昱捷恍然大悟。「原來您是擔心這件事。如果是這樣，據我所知，部分評審委員也有來聽昨晚的音樂會，當然，我並沒有贈票給評審，總之，我的意思是，沒有人比您更適合寫這篇樂評了。」

顯然，無論如何他都想要說服我，幫他這個忙。

「如果你一定要我寫這篇樂評，那麼我唯一能做的就是據實以告，我不能背棄我的良知與專業。」

「當然，那正是我所希望的。」

「不，你絕對不會希望自己的缺點被展示出來。」我注視著他眼裡的錯愕。「昨晚的演出，在我聽來是失敗的，指揮無法駕馭樂團，各自處在平行世界裡。隨便舉個例子，命運交響曲無法奏出激昂、令人動容的奮鬥感，而鋼琴協奏曲卻是由鋼琴在帶領樂團，到了第三樂章，樂團甚至跟不上鋼琴的節奏，音樂變得四分五裂。你身為指揮，卻無法發揮與樂團溝通的作用。很遺憾地，無論是貝多芬還是拉赫曼尼諾夫都是失敗的——」

「您在說什麼？」王昱捷露出勉強的笑容，似乎以為我在開玩笑。

「我說，昨天的音樂會是失敗的。如果你一定要我寫樂評，我只能把我的感受如實地寫出來，因為我不能違背我的專業，做出與事實背道而馳的評價。」

我看著坐在餐桌另一邊的他，雙眼像是身不見底的凹洞，不知道是因為太過震驚說不出話來，還是在思考如何反駁我的論點。

我喝了口紅酒，思索該如何結束這充滿壓力的一餐。

「剛才你提到，評審委員也有出席昨晚的音樂會，那麼，我相信他們會做出正確的評價，不管我有沒有寫這篇評論，都不會影響評審的決定。你不用太擔心，或許是我的理解錯了，畢竟音樂是很主觀的——」

我開始為剛才嚴厲的措辭緩頰，並安慰自己這只是出於本能，想突破這尷尬的氣氛，而非因為拒絕他人而產生的罪惡感。

「不是這樣的——」

不知道什麼時候開始，王昱捷開始喃喃自語。「昨天的音樂會毫無疑問非常成功，您提早離開，所以不知道觀眾的掌聲有多麼熱烈——」

「既然如此，你根本不需要我幫忙寫什麼樂評，非要我幫忙的理由是什麼？」

「因、因為……」

我看著王昱捷艱難地吐出幾個語焉不詳的字，我也沒有繼續追問。

結帳時，我堅持各付各的。

一星期後，市立交響樂團的新任指揮人選出爐，由某位曾在國外樂團擔任客席指揮的青年指揮家接任。

敦妍看到藝文版的新聞時，語帶責備地說道。「如果你之前願意為那場音樂會美言幾句，或許結果會有所不同。」

我對這番事後諸葛不予置評。

王昱捷有沒有通過甄選，與我一點關係都沒有。即便他得到這個職位，那也是他應得的，是評審和樂團給予他的肯定，無論我有沒有幫他講話，都不會改變結果。

我既不是評審，也沒有發表任何與之不利的言論，那麼他的落選，理所當然與我沒有任何關係。

四

樂團指揮徵選的結果，很快就被我拋諸腦後。

指揮家王昱捷在那次餐廳詳談後，沒有再出現在我面前，平靜的一個月就這樣過去了。我很高興這場鬧劇終於畫下句點，殊不知這只是往後我的悲慘遭遇的起點。

我主持的電台節目以往總是頗受好評，沒想到從上週開始接連收到聽眾投書，一開始是批評我在節目中給聽眾來信的建議，而後又說我經常在節目中推薦自己寫的書有瓜田李下之嫌。

原本以為只是無聊的好事之徒或玻璃心聽眾，製作人和我打算一笑置之。沒想到，投書還是不斷出現，有些是指出我在《收藏指揮家》引用文獻謬誤，或是針對我對音樂的某些見解持相反意見，數量之多已造成電台人員的困擾。

雖然這些投書的來信者都是不同的名字，但仔細從字句的使用習慣比對後，顯然都是出自於同一人。

我不知道這個人是誰、目的是什麼，但我相信他肯定有在聽我的節目，於是好幾次在節目中向此人以較隱晦的方式，告訴他身為節目主持人和作者，自然是非常歡迎與聽眾和讀者交流，但也希望能有一個良性的討論，彼此互相尊重。

我想那個人既然如此針對我，應該有聽到這段呼籲，但沒想到此舉似乎更加激怒對方，最新的一封投書不僅指控我的書抄襲，甚至要我辭主持人。

事到如今，我們已經不認為這只是一場玩笑，即使這名投書者的抗議內容在我看來是毫無根據與邏輯。

由於製作人不想節外生枝，以免被媒體拿來作文章，因此拒絕報警。在商討之後，為了避免事態變得無法收拾，決定先讓我休息一陣子，節目暫時由其他主持人代班。

我不得不同意這項決定。

這段時間為了投書的事，主持節目變得愈來愈煩躁，經常在 Call-In 時恍神，漏掉聽眾的問題；或是在廣告結束後，忘了及時接話進來。除此之外，我和出版社預定好的新書，也因為疫情取材困難，導致出版時程不斷推遲。

製作人安慰我，這只是權宜之計，他認為不會太久，很快就會讓我恢復主持工作。

我問他多快？他卻笑笑的顧左右而言他。

在決定暫停主持節目那天，我提早從電台返家。

敦妍為了轉職一事，出門去了。

早上出門前，她說接到仲介的通知，她先前看上的店面，店主因疫情無法支撐開店成本，有意轉讓，聽說連店內的生財器具都打算一併出售換取現金。因此，今天的早餐還來不及幫我準備，便急忙出門處理簽約事宜。

敦妍辭掉空服員後，一直夢想開一間店。過去擔任空服員時的外站經驗，讓她累積了不少靈感，店名也早就想好了。那間店的附近正在進行輕軌工程，完工後勢必會帶來商機。

她搬進我家那天，我的事業正步入高峰，爽快地答應投資她的新事業，前後借了她幾十萬，如今她的夢想正要起飛，而我則是跌進深淵。

我感覺步伐有些沉重地抵達家門口，有個陌生男人正試著按我家的門鈴。

男人穿著一件褪色的外套，當他察覺到有人走近，回頭一看，問我這裡是否住著樂評家于斯恒，我微微地點頭，男人接下來竟亮出證件表明他是刑警趙培世。

驚訝之餘，我急忙詢問是不是抓到了騷擾電台的瘋狂投書者？

然而，從趙培世的表情看來，顯然不知道我在說什麼。兩個大男人就這樣站在門口，我怕引來鄰居側目，只好請人進屋。

「在說明來意之前，我想先請你看看這封信。」趙培世拿出一紙信封，上面沒有署名，裡面是一封信的影本。

看到那只信封，一股既視感油然而生。

我感到一陣莫名奇妙，但還是遵照刑警的意思，讀著信上的內容——

我的妻子在車禍中失去生命，那是我所能想像得到，最恐怖的記憶。因為我當時人也在車上，我不能說是奇蹟，因為這世上沒有一個奇蹟是為了殺死一個人而存在。

我其實很膽小，也沒有什麼朋友，因為小時候曾目睹死亡車禍，所以連摩托車都不敢騎，日常生活都是由妻子照顧。那天早上，妻子一如往常開車載我到車站搭車，沒想到途中遭逆向超車的貨車撞上。駕駛座一側面目全非，我因為在後座研究總譜，幸運逃過一劫。

「去追求你真正想要的——」

妻子最後的一句話，竟然還在為我著想。我無法直視身上都是血的她……

然而，就在那一刻，我發現我真正無法直視的，或許是長期以來壓抑夢想的心，成為指揮就是讓我的人生重獲意義的存在。

有人說，墜落深淵可能會帶來影響一輩子的傷害，但是傷害的同時，也是重生的開始。

在充滿荊棘的命運之路上，貝多芬用音樂留下他對生命的解答。我決定連同妻子的份，一起活下去。然而，就在我即將抵達終點之際，有人卻選擇對他人的努力視而不見，並且無情地摧毀它。

事到如今，我絕不就此禁聲……

信到這裡就中斷了。讀到這裡，我的身心突然感到一陣毛骨悚然，並且極度不願繼續再看下去。

「你怎麼了？」趙培世問道。「知道這是誰寫的嗎？」

我翻到背面，信的結尾並沒有署名。然而，對於信的主人所寫下的陳述與控訴，我自然在內心浮出人選。

「在我回答問題之前，能否先說清楚到底是怎麼回事？」我將信紙放回桌上，觀察著趙培世的表情。

「看來你已經有答案，那我就直接說了。昨天在內惟車站附近的公寓，有住戶幫忙不在家的鄰居代收掛號，但是一連幾天，那位住戶都聯絡不上鄰居。就這樣過了一週，當那位住戶再次前往鄰居家按鈴時，聞到一股奇怪的味道，由於屋主是一個人獨居，該住戶因而產生警覺，立刻報警，會同鎖匠開門後，發現陳屍在房內的屋主。」

「這和我有什麼關係？」

「稍安勿躁。」

我看著趙培世的微笑，感到自己緊握著的雙手似乎在微微顫抖。

「幸好鄰居第一時間報警，有警察在場見證，節省了很多事。原本以為又是一起獨居死亡事件，但是當他們看到趴在地上的死者時，察覺這可能是一起殺人事件。死者頭部有因為撞擊留下的傷口；背上則是有著明顯的刀傷，初步判定是致命傷，而死者身旁的鋼琴和地毯也沾染血跡。」

我完全不知道對方在說什麼。

「現場初步調查的結果，支持他殺的論點主要有兩個：一是致命傷推測是背上的刀傷；二是屋主的家裡到處都找不到凶器。」

「為什麼要跟我說這些？」

「寫這封信的人，就是該名獨居的死者，他的真實身分是指揮家王昱捷。其實，這封信原本的信封是有署名的，上面的收件人就是你——于斯恒。」

五

警方懷疑我是殺人凶手。

在信裡寫下控訴的王昱捷，被人殺害於自家公寓裡，遺體一個星期後才被人發現，而身為收件人的我——于斯恒，理所當然被警方列為頭號嫌犯。

自從聽到電台節目製作人為了息事寧人不願報警到現在，我感覺到一種詭異的不安正糾纏著我。

法醫驗屍結果出爐，致命傷確實就是背上的刀傷，死亡時間估算至少過了一週，往回推，大概就是在鄰居代收掛號的前一至兩天左右。

發現屍體的住戶和送信的郵差很熟，那天連同自己的郵件，幫忙獨居的鄰居王昱捷收掛號。由於在這之前，那名住戶已有過幾次代收經驗，並與當時送信郵差的證詞吻合，因此警方便排除了該住戶的嫌疑。

隨著案件的調查，相關線索一一浮上檯面。

首先是令我極其困惑的那封信。

據說，在王昱捷的書桌上發現撰寫到一半的信紙，信封已經準備好放在旁邊，上面已經寫上我的姓名和地址，一旁的垃圾桶還有被丟掉的草稿。

令人遺憾的是，從我所讀到的內容來看，無非是為了將他人生至此為止的不幸都怪到我頭上。奇怪的是，信還沒有寄出，寫信的人竟然遭人殺害身亡。

接下來，警方開始調查王昱捷的人際關係，過濾出可能的嫌疑犯。不幸的是，這棟五層樓的公寓，沒有設置管理室，也沒有監視器。平時住戶上下樓只能走樓梯，此外，大概是為了住戶方便，還另外裝設一部搬家用的貨梯。

王昱捷的妻子，當年因車禍意外過世。此後，王昱捷長年專注在實現自己的指揮家夢想上，本身就不是善於交際應酬的個性。王昱捷似乎在那場音樂會後，除了等待指揮徵選結果外，沒有其他工作，身為獨子的他，也沒有較為親近的親友，極為單純的人際關係令警方一時找不到著力點。

因此，警方的注意力很快便集中在那封信的收件人身上。為此，我多次前往警局接受警方的詢問——

「你的意思是，死亡推定的那一天，你沒有不在場證明？」

「那天我沒有行程，正常情況都在家裡，也許有短暫出門，但絕對不是去王昱捷的公寓，我根本不知道他住在哪裡，也沒有任何聯絡。」

「雖然你自稱是無辜的，平時與王昱捷沒有往來。那麼，為什麼這封信的收件人是你？信裡面的指控，你怎麼看？」

「無辜並非是我一廂情願的自清，而是事實，請不要將某人的人生失敗，歸咎到一個毫不相干的路人身上。」

「我聽說你有一個封號——樂評界的法西斯，很多音樂家都吃過你的苦頭。王昱捷為了請你幫忙寫推薦函，飽嘗人情冷暖，他是不是因為指揮落選而對你產生恨意，而你也同樣因為無法忍受他的糾纏而感到憎恨？」趙培世又露出令人不明所以的微笑。

對於法西斯的定義，我忍不住嗤之以鼻。

「若有人該為此負責，那也是他和評審之間的問題。我和王昱捷的關係，我已經說得很清楚。從頭到尾，我都沒有答應寫什麼推薦函，他的落選根本和我一點關係都沒有，你們該做的是去找真正的凶手。」

「12月22日那天，王昱捷登門贈票；12月24日你去參加他的音樂會，隔天下午你們還一起到法式餐廳用餐，餐廳服務生、你的同居人，還有電台節目製作人，都已經證明了這些事。」

聽到這段話，壓抑的情緒自從被王昱捷纏上後，已經累積兩個月的我，簡直快要爆發。我甚至開始懷疑，我講的莫非不是中文，不然為什麼出現在我周遭的人好像都聽不懂我的意思，不斷地挑戰一個人忍耐的極限。

警方因為尚未找到證明我就是凶手的證據，無法將我逮捕，只能透過一次又一次的詢問，企圖突破他們幻想中的犯罪人心防，嚴重干擾我的工作和生活。

敦妍前陣子才因為從老家回來後感冒，臉色很差地在床上躺了好幾天；沒過多久又面臨我被指控為殺人凶手，被鄰居指指點點，連續好幾天都不敢出門，三餐只能叫外送。

然而，荒謬的事還不只於此。

我完全沒想到，生前默默無名的指揮王昱捷，竟然在死後成為一個媒體爭相報導的新寵，幾乎捧上了天。

一開始是刊登在藝文版的一個小角落，報導不得志的指揮家在家中遭人殺害，因為獨居，屍體晚了一個星期才被人發現，警方正以他殺方向進行偵查。

這則毫不起眼的新聞，被先前撰寫樂團徵選指揮過程的藝文記者注意到，由於對疫情期間音樂家的動向感到好奇，因此王昱捷的死亡事件立刻引起該名記者關注，甚至直接到王昱捷居住的公寓進行採訪，並在自己的社群網站撰寫個人評論。

王昱捷過去的人生被徹底掀開。

一個年輕時喪妻，帶著亡妻遺願勇敢追尋夢想的中年男子，在他生前最後一場音樂會上，代替無法來台的國外指揮家，帶領樂團和鋼琴家演出貝多芬第五號交響曲，以及公認難度最高的拉赫曼尼諾夫第三號鋼琴協奏曲，並且取得巨大成功……

我不知道為什麼那名記者對王昱捷會有如此解讀，他有親自出席聆聽那場音樂會嗎？記者的評價，顯然令拒絕王昱捷的樂團感到尷尬，迫使樂團出面說明評選過程一切按照既定流程進行，絕對公正和公平。

風向轉的很快。

那名記者不知道用什麼方法取得情報，得知當初王昱捷曾經贈票給我，並且希望我為音樂會的成功寫樂評，卻被我無情地拒絕，甚至連王昱捷死前曾寫信給我的事，還有內容提到我所寫的《收藏指揮家》涉及多項錯誤與抄襲等子虛烏有的指控，也被人挖出來。

一時之間，輿論討伐的對象全轉移到我身上，我順理成章地變成迫害勇於追求夢想之人的劊子手，甚至是殺死指揮家的凶手。

「樂評界法西斯」一夕之間成為過街老鼠。我個人過去的經歷和言行也全部被揭開來檢視。

網路上，不知道從什麼開始流傳，王昱捷在留學期間參加指揮比賽獲得佳績的影片。電視台注意到這股趨勢，抓準時間製作王昱捷奮鬥人生的紀錄片，並從中指向迂腐的體制，如何害死一名才華洋溢的音樂家。各界陸續發起紀念指揮家王昱捷的音樂會，檢討教育體制的聲音也不斷出現，甚至有評論家在電視節目上，將王昱捷的人生經歷，比喻為在音樂史上極其短命的舒伯特。

被我認定為庸才的王昱捷，一夕之間翻轉為追求夢想的天才輓歌。事情發展至今，簡直荒謬至極。

我既沒有撰寫批評王昱捷的評論害他落選，也沒有拿刀殺死他。然而，我卻成為這整起事件最大的受害者。別說是回去電台主持節目，早已談好的巡迴講座也被一一取消。就連原本已經充滿變數的新書出版進度，也成為看不見明天的惡夢。

不過，這些對我的人身攻擊還不足以將我徹底擊垮。壓垮我的最後一根稻草，竟是敦妍的離開。

因為我的緣故，敦妍承受「殺人凶手」同居人的壓力；而從我手中借到的資金，加上貸款好不容易買下的店面，也因為遭到激進份子的騷擾而被迫暫緩開店事宜。

敦妍沮喪地回到家，一臉悲憤地指責我——

「如果你當初願意幫忙，就不會有這些事了。」

「請尊重專業。」

「你真的很自私。」

「在妳心中，音樂難道只是一場笑話？」

「那我呢？」

「妳跟我在一起，不是嗎？」

隔天，我下定決心要帶敦妍離開城市，暫時到鄉下避風頭。沒想到出門當天早上，原本停在屋外的車子，半夜被人砸破車窗，引擎蓋上還有不堪入目的噴漆。當下，敦妍再也承受不住，流著淚將她的行李袋砸到我身上後，離開了這個家。

六

我感覺世界正以光速棄我而去，家裡只剩下空虛與黑暗。

那天早上，敦妍把行李丟下後，我檢查了被破壞的車子，除了駕駛座的車窗被砸破，還有引擎蓋上的噴漆，其餘部分沒有損害。

我回到屋裡，聯絡保險公司處理完車子的維修事宜後，又打電話給敦妍，但是，每每電話一接通就被立刻掛斷。

敦妍和我幾年來的感情，竟然這麼輕易被一個荒謬可笑的誤會打敗，難道她真的相信王昱捷的死是我的責任？

我嘗試打了幾通電話到她老家，但只換來對方家長冷漠的回應。

雖然多少擔心敦妍就此不回來了，但與其煩惱感情，敦妍未來打算怎麼過下去，反而是更實際的問題。還我錢的事小，但剩下的貸款該如何償還？

我自己也得生活，無法再拿錢出來幫忙還貸款。原本我打算好好和敦妍談還款計畫，沒想到她就這樣一走了之。

據說，人在黑暗中，感官會變得特別敏銳，重新梳理思路後，對於平常不會注意到的事，也會變得清晰可見。

我拿起手機瀏覽，讚揚王昱捷的文章登上搜尋排行榜，我的名字也緊接著排名在後，差別在於，我的名字是和某些負面的關鍵字結合在一起。

隨便開啟一個連結，穿插在文章中的影片，正好是王昱捷過去指揮《命運》的錄影片段。驟然響起的命運動機，此刻成為揶揄般的詭異音效，嘲笑著我的不幸。

我將手機轉為靜音，瀏覽其他文章也多半是正面評價。甚至有音樂系教授認為，王昱捷若能從小就接受專業訓練，很有可能今天已是享譽國際的指揮家，但是正因為他的大器晚成，在疫情阻礙音樂發展與交流的時候，使他留下的音樂和精神成為傳奇的一頁。

我當然不認同。

如果王昱捷真如他們所說的才華洋溢，為何他在實現夢想後依然沒沒無聞？為何業界不在他生前給予多一點舞台發揮？難道就只是因為「運氣差」？還是這世界已經變得容不下說真話的人？

大概是遭受太多抨擊，我對於專業的自信產生動搖。在經歷輿論大肆追捧後，連我也開始不禁懷疑，難道真的是我個人看走眼？

我決定重新檢討我對王昱捷的看法，試圖找出「我錯了」的證明。

然而，無論我看了多少遍歷年音樂會錄影，以及所有找得到的學經歷和作品，我對王昱捷的評價依然不變：音樂的處理過於標準化而缺乏想像，再加上無法與樂團有效溝通，導致無法帶出動人的音樂。

或許只能感嘆其出生的太晚。

命運動機再次響起，提醒我不能被輿論打敗。

我開始回想這整件事的過程。

我之所以會成為眾矢之的，主要原因來自王昱捷死前在信中對我的控訴。

如果這封信是遺書，那麼他或許是打算在寄出這封信之後自殺，意圖使我一輩子背負害死人的罪惡感，誰叫我無論如何都不願意幫忙寫推薦函。

然而，王昱捷卻在信寫完之前，被人在家中殺害，那麼，這個可以進入家裡殺人的凶手，很有可能是王昱捷的熟人。

我認為警察對我的懷疑，以及在此事上的調查極為可笑。

那名代收掛號的住戶明顯有極大的嫌疑，如果是那個人，殺害王昱捷簡直易如反掌。該住戶只需要隨便找個理由，便能進入王昱捷的家中。

根據報導，那棟公寓的門都有自動上鎖的裝置，殺人之後，只要走出去把門關上，門就會自動鎖上，帶走凶器回到家裡，裝作什麼事也沒有發生過的模樣。事後再以代收掛號為由，會同來開門的鎖匠，假裝成第一發現人，由於時間已經過了一個星期，正確死亡時間無法精準掌握，對於凶手來說更為有利，而平時熱心助人的形象，加上乍看之下找不到動機，自然也不容易被警察列為嫌犯，事後再找時機處理掉凶器即可。

我甚至懷疑，那封代收的掛號信，也許就是該住戶自己寄給王昱捷的，為了替後續發現屍體塑造一個完美藉口。

至於那位鄰居為什麼要殺王昱捷？找出殺人動機是警察的工作。

我將那名住戶的疑點，紀錄在手機記事本中。

打字打到一半，一股無力感襲來。

我放下手機，對於自己熱衷分析與找出凶手的想法感到可悲。

逮捕凶手明明是警方的責任，更何況，因為偵查不公開，我所知道的都是來自新聞媒體，實際上的辦案進度如何，是否有新的線索和嫌疑人出現，根本無從得知。

由於工作幾乎停擺，我也不願就此坐以待斃，猶豫一陣後，我再度拿起手機，找到先前趙培世留給我的電話。他原本的目的，是希望如果我想到什麼和王昱捷有關的線索，務必和他聯絡。

不過，我另有打算。

趙培世很快接起電話，一開頭就說道：「我聽說你的車子被砸了，還好嗎？」

「連這種事你們都知道，為什麼不趕快逮捕犯人？」

「我認為你最好先報警。」

「不必了，我打電話是想問你，王昱捷的案子目前進度到哪？」

「不是應該反過來，由你提供情報給我們嗎？」趙培世的笑聲傳了過來，我想像著他那令人不安的笑容。

「我已經說過很多次，我和王昱捷一點關係都沒有，我沒有殺他，也沒有去過他的公寓。我只是想知道，凶手找到了嗎？」

電話那頭停頓了一下，趙培世似乎在考慮要怎麼回答我的問題。

「我們已經過濾了一些人，但是大多都有明確的不在場證明。」

「他住的那棟公寓，你們都徹底搜過了？」

「偵查中無可奉告。」

「所以目前嫌疑最大的還是我？」

「理論上是這麼說沒錯。因為你有明確的動機，而且沒有不在場證明。」

「如果你還是堅持那套，那隨便你。」我掛斷電話。

這通電話，如我所料，只是浪費時間。

不過，從剛才趙培世的話聽來，這起案子很有可能已經陷入瓶頸。警方大概也知道我不是凶手，所以才沒有進一步的行動。

我因為王昱捷，名聲掃地，落到眾叛親離的窘境，甚至遭到人格毀滅般的攻擊，幾乎沒有人願意站在我這裡。思及至此，一個恐怖的念頭跳了出來。

難道這就是王昱捷的目的？

其實根本就沒有什麼凶手，王昱捷是自殺。他用他的死，報復我對他的漠視。他知道憑他的實力，幾乎不可能對我造成任何影響，於是策劃這起事件，賭上自己的性命，為得是讓我身敗名裂，從此無法在社會立足。

盲目的大眾多半追求的是風向，而不是真相，反正我拒絕幫忙推薦在先，至於後續我到底是不是殺人凶手，根本不重要。

如果只是自殺，依他的知名度，勢必無法引起普遍性的關注，於是利用平常會幫忙代收掛號的鄰居，寄信給自己，以便讓鄰居成為屍體的第一發現者。

這麼一來，就能充分解釋為什麼要留下那封寫給我的信，一旦警方找不到凶器和凶手，我的存在勢必為成為調查的目標。

幸運的話，經過輿論的推波助瀾，無論事實真假，我都會遭到各方的壓力與攻擊，而王昱捷則搖身一變成為死後成名的藝術家。

這番陰謀論，著實令人毛骨悚然。不過，仔細想想，這個推論存在兩個缺陷：一是王昱捷如何能預測自己死後能聲名大噪？另外一點就是凶器到哪去了？

如果王昱捷是自殺，他要如何為自己製造出那樣的傷口，又要如何處理凶器而不被警方發現？

無論如何，自救是我唯一擺脫這個困境的辦法，只要能找出真正的犯人，就能洗清自己的嫌疑。

話雖如此，為了找出犯人，不，憑我一己之力，要抓到殺人凶手簡直是不可能的任務，但我相信那棟公寓裡，一定還有警方遺漏的線索，或許凶器依然藏在房裡的某個地方。

七

王昱捷生前住的公寓，已多次出現在新聞媒體上，身為本地市民，要找出實際的地點並非難事。

我事先搜尋網路地圖，確認該公寓的位置，以及周遭環境的狀況，確實和報導出現的畫面是同一個地方。

出乎意料地，王昱捷居住的公寓竟然離我家僅二十分鐘的車程，難怪警方如此在意我沒有不在場證明。

我想起趙培世那天在電話中說我有殺人動機，問題是我根本不關心王昱捷的生涯發展，既然如此，又何來殺人動機。

我看著畫面上的公寓，決定此行一定要有所收穫。

週末正好碰上元旦假期，許多人都選在這個時候出遊，我決定利用這個時機前往公寓進行調查。由於那一區正在進行輕軌工程，道路縮減，讓我多繞了遠路才抵達公寓。

疫情影響，往年自聖誕節延續到跨年夜的人潮，明顯減少許多，而路上人人戴口罩的情況，正好也幫助我免於被人認出的窘境。

公寓一共五層樓，從信箱數目推測每層樓有四戶。從當時刑警進出現場的新聞畫面得知，王昱捷住在二樓，標示二樓的其中一個信箱上，也寫有「王」這個姓氏。

大門毫無疑問是鎖上的，試著往內推，紋風不動。

我猶豫該如何進入公寓時，突然有人開門推著行李箱出來，我見機行事，裝成住戶，隨機從信箱中抽出一疊廣告單，在大門闔上前走進公寓。

正當我暗自慶幸自己的好運，突然有人從身後拍了下我的肩膀。

「你來這裡做什麼？」

猛然回頭，竟然是刑警趙培世。

「你跟蹤我？」

「那天你在電話裡問的問題，讓我很在意。」趙培世聳了聳肩。

「我想你應該沒有權力限制我的人身自由。」

「確實是這樣沒錯。不過，如果我沒猜錯的話，或許你接下來會需要命案現場的鑰匙？」

我沒想到，一直以來視我為頭號嫌犯的警方會願意站在我這邊。

趙培世輕描淡寫地說，他只是出於個人直覺，認為我看過現場後，也許能提供線索。顯然，我的立場已經從殺人嫌犯轉為證人。

事情比我原先預期的簡單得多。

我跟著趙培世走上昏暗的樓梯，來到二樓。門上還拉著封鎖線，趙培世先是給我一副手套，接著拿出鑰匙，輕而易舉地打開王昱捷的家門。

我一踏進玄關，一股噁心怪味透過口罩吸進鼻腔，我忍不住咳了出來。

「忍耐一下。」趙培世穿著鞋子，走進室內，打開客廳的窗戶。「雖然已經過了一陣子，味道還是散不掉。」

我知道他說的是屍臭，但第一次聞到還是令人作嘔。我在走廊上調整好呼吸，再次踏進屋內。

房子的格局並不大，家具也不多，連電視都沒有，只是站在玄關就足以將室內一覽無遺，全部也不過就是兩房一廳一廚。

首先映入眼簾的是一架平台鋼琴，琴身上的「Steinway & Sons」字樣有部分被汙漬蓋住，底下的地毯也有變成深褐色的血跡，上頭有一圈由防水膠帶圍成的人形。想必當時王昱捷便是倒臥在這裡死去的。

我突然產生一股不協調感，但我說不上來是什麼。

趙培世看著我。「有什麼發現嗎？」

我繞過地毯，走向一面書牆，上頭依照樂派和作曲家，排列著樂譜、CD和各種音樂書籍。光是貝多芬九大交響曲的CD就有上百張，當中不乏名演，總譜也宛如珍寶地套上書套。在書架一隅，竟然也包含我的著作。

書架旁邊的門是開著的，探頭一看是主臥室。

趙培世率先走進房間，指著一張書桌。「我們在這裡發現王昱捷寫給你的信。信還沒有寫完，但是信封上已經寫好你的姓名和地址，檯燈下還放著你的書。」

我無言地看著桌上那本被貼滿標籤貼紙的《收藏指揮家》，對於王昱捷執意將自己的失敗，歸咎到我身上感到不以為然。雖然做為證物的信，已經被警方取走保存，但一想到他曾在那張書桌上振筆疾書，一字一句寫下對我的仇恨，便感到全身不舒服。

「對了，你之前工作的電台是不是被人投書騷擾？我們調查過王昱捷的電腦，發現資料夾裡留下許多投書的草稿。」

沒想到會聽到這個幾乎被我遺忘的事件。雖然聽到這個答案並不意外，但既然人都不在了，我也不想再多做評論。

我轉向門邊的衣櫥，打開後，發現身為指揮家的王昱捷，竟然只有兩套正裝。一套是演出用的燕尾服，那天在音樂會上看到的，應該就是這一套衣服；另外一套，則是隔天在演講會後的法式餐廳穿的深色西裝。其餘的衣物，僅有幾件襯衫和日常穿搭的休閒衣褲。

只有少的可憐這幾個字可以形容，連衣櫥容量的一半都不到。除了演出用的燕尾服是有品牌的之外，其餘都是廉價品。

我在王昱捷的家中四處走動，發現這個家所使用的家具和物品，都是賣場常見的產品。突然之間，我意識到剛才一進來時，不協調感的來源。

我不禁退回到牆邊，注視著眼前幾乎占據整個客廳的史坦威鋼琴，然後再度上前，繞著鋼琴走了一圈。從這架鋼琴的型號推斷，王昱捷家中的史坦威價值至少二百萬。

依靠亡妻遺產過活，經濟狀況並不樂觀的王昱捷，有多餘的能力擁有名琴？

「鋼琴有什麼問題？」趙培世問道。

「你們有調查過王昱捷的財務狀況嗎？」

「他的財務狀況確實頗為吃緊。以一個中年指揮家來說，他的存款甚至比不上大學畢業幾年的上班族。我們認為，這或許就是他極度渴望獲得樂團指揮職位的原因。」

「也就是說，遺產已經差不多見底了。」我若有所思地想著。如此一來，王昱捷根本不可能有能力擁有這台鋼琴。

「你想說什麼？」

「王昱捷沒有那個財力購買史坦威鋼琴。」我開門見山地說道。

「這台鋼琴上，只有發現王昱捷一人的指紋。雖然有同仁注意到這琴的價格不斐，不過，身為一個曾經留學國外的指揮家，家裡擁有一台名琴，應該也不是太稀奇的事。他很有可能為了培養專業，省吃儉用。根據鄰居的證詞，王昱捷十年前歸國後就一直住在這裡，當然，這也是妻子留下的遺產，也是他名下唯一的不動產。」

「如果是錢的問題，賣掉房子應該可以解決燃眉之急吧？」

「也許他有不得已的苦衷……」趙培世望向擺在書桌上的相框，裡面是王昱捷和妻子的結婚照，新婚的兩人，笑容看起來無憂無慮。

「不對，肯定哪裡有問題。王昱捷身為指揮，的確需要一台鋼琴，但他並不是鋼琴家，再加上經濟拮据，怎麼可能買超過能力範圍的頂級鋼琴。」

我在史坦威旁邊來回踱步，因為無法理出頭緒而焦躁不已。突然傳來敲門聲，回頭一看，一個似曾相似的婦人出現在玄關。下一刻，我想起自己曾在記者採訪影片中看過這個人，就是幫忙代收掛號的那位住戶。

「不好意思，我看到隔壁的門開著，所以就過來看看，你們是警察嗎？」婦人似乎剛從超市回來，菜籃裡裝滿了生鮮食材。

趙培世拿出證件，婦人才鬆了一口氣。

我突然想起自己先前的推論，脫口問道。「你還記得當時代收的那封掛號信，寄件人是誰嗎？」

「掛號信？我不知道是誰寄的？那時候警方曾經要求檢查，因為認為和案件無關，後來就還給郵差退回寄件人了。」婦人說完望向趙培世，似乎在向對方求證。

「她說的沒錯，那封信的確沒有可疑的地方。」

「妳仔細回想一下，寄件人該不會就是妳吧？」

「你在說什麼？」婦人似乎受到驚嚇。「那封信絕對不可能是我寄的，我怎麼可能會寄英文信給鄰居，我根本看不懂英文。」

「英文信？所以也不是王昱捷自己寄的。」我喃喃自語道。

那位婦人大概是覺得受到冒犯，說了句「莫名其妙」就離開了。

「原來你在懷疑王昱捷自殺，那是不可能的，我們確實已經仔細搜過這間房子，就連書架上的每一本樂譜都翻開過，到處都沒有找到凶器。關於那封掛號信，我可以告訴你，寄件人是王昱捷留學過的音樂學校，內容似乎是想邀請他擔任助理指揮。至於剛才那位住戶，我們比對過所有相關人的證詞，確認她不是凶手。」趙培世一臉遺憾地搖頭。

王昱捷得到國外樂團的邀請，擔任助理指揮？對於這個遲來的好消息，再多的評論也毫無意義。

「我也不是凶手。」我義正嚴詞地說道。

事實證明，我原先的推論全都錯了。

我焦慮地在室內來回走動，在看到牆上一張拉赫曼尼諾夫彈鋼琴的黑白照片時，突然靈光一閃。

「說不定王昱捷曾拍下鋼琴的照片。」

沒錯，只要找到王昱捷家中鋼琴的照片，就能知道我的想法是否正確。

我急忙請趙培世幫忙確認。然而，不管是房裡的實體相簿，還是王昱捷的手機，都找不到有關的證據。

白忙一場後，我突然意識到，證明這台史坦威是不是王昱捷所擁有，最簡單的方法，不就是問調音師本人嗎？

調音師理當是主人以外，最了解這台琴的人。

我立刻在鋼琴內部和書架等各處尋找是否有調音紀錄，但是哪裡都找不到。我只好再次走進臥室，在王昱捷的書桌抽屜裡翻找。趙培世聽了我的話，也在房裡四處尋找。

最後，我在抽屜深處發現一個名片匣。裡面的名片不多，足見王昱捷的人脈狀況，翻到第二張就是調音師的名片。名片上的調音師，還身兼中古琴行的老闆。

為求謹慎，我確認過所有抽屜，只有這唯一一張調音師的名片，也就是說，我最後的希望全寄託在這張名片上了。

趙培世從我手中接過名片，由身為刑警的他聯絡。電話很快接通，但是因為趙培世對鋼琴並不熟悉，雙方溝通了幾句後，最後還是將電話轉交給我。

調音師斬釘截鐵地說，王昱捷的鋼琴是在他的中古琴行買的，十年來都是交由他負責維護，最近一次調音是三個月前。

調音師還說，他賣給王昱捷的鋼琴絕對不是史坦威。

八

王昱捷家裡的平台鋼琴，竟然會從中古日系琴，變成百萬名琴，這到底是怎麼回事？

調音師說，最後一次到王昱捷家調音已經是三個月前的事了，當時的鋼琴確實是他賣給王昱捷的那台日系琴。原本他還想推薦王昱捷換一台新琴，沒想到王昱捷卻說自己有可能要賣掉鋼琴，換一台較不占空間的直立式琴。

如果調音師的話屬實，時間往回推算，大概是我第一次接到王昱捷電話，要我幫忙寫推薦函的時候。也就是說，當時王昱捷正在為了樂團徵選指揮煩惱，財務狀況已經出現問題，甚至打算賣琴解決燃眉之急。

警方後來也調查王昱捷的銀行帳戶，其中並沒有一筆如此大的款項足以購買史坦威，因此，這台鋼琴究竟是怎麼來的，變成此案的突破點。

由於出現新的線索，趙培世立刻打電話回警局要求支援，並要求我先離開。但是，事到如今，好不容易發現可能是破案關鍵的線索，說什麼我都不可能在這個時候離去。

更何況，現在也還無法完全確定鋼琴的事，是否真的與王昱捷被殺有關，我無法待在家裡，什麼都不做地乾等。

「這裡的住戶都是些什麼人？」

「什麼人都有，畢竟這是一棟屋齡超過三十年的公寓，住客來來去去在所難免。可惜的是，我們調閱了案發前後幾天，附近路口所有的監視器，沒有發現可疑的人。」

「三十年以上的老屋，可是看起來沒那麼舊，是因為裝潢的關係嗎……那座貨梯是怎麼回事？」我望向走廊盡頭，提出疑問。

「這棟公寓一開始主要是租給附近大學的音樂系學生，為了方便搬運樂器才會加裝貨梯。不過，後來學生愈來愈少，建商將外觀重新整修後將公寓賣掉，開始有一般住戶搬進來，為了搬家方便，特別保留那座貨梯。王昱捷的亡妻，當時似乎也是為了投資，而買下其中一戶。」趙培世解釋道。

王昱捷住的公寓，位置處在住宅區的巷弄裡，附近不是商業區，一直要到外面的大馬路上才有店家，因此，會出現在路邊監視器裡的人，幾乎都是住在這個住宅區裡的居民。如果這樣都沒有發現可疑的人，那麼凶手會不會也住在這棟公寓裡，這正好也符合凶手是王昱捷熟人的論點。

看來，有必要再重新調查這裡的住戶。

支援的刑警不久後抵達，看到我出現在王昱捷的公寓裡，一臉驚訝。

趙培世告訴對方我是發現新線索的人，因為他們沒有人懂樂器，希望讓我留在現場。

這棟五層樓公寓，除了一樓部分做為停車空間只有兩戶之外，其餘每一層樓都有四戶。出乎意料地，目前實際住在這棟公寓的人，似乎沒有想像中的多。

我跟隨刑警逐層樓訪查，一樓只有一戶有人在，一名教師退休的老先生，因為重聽，回答問題總是文不對題。

來到二樓，樓梯上來的第一戶人家，就是那名代收掛號的婦人。

「藝術家都是那種個性。」

她充滿警戒地說自己雖然熱心助人，但是從來沒有進去過王昱捷家裡，對王昱捷家裡的鋼琴完全沒有概念，也沒有看到有人搬什麼鋼琴過來。

大概是看到我們又要挨家挨戶進行調查感到不耐煩，那位婦人直接告訴我們，第二戶人家因為連假出去旅行了；第三戶因為隔壁鄰居發生凶殺案，在案發後不久就搬走了；而第四戶就是王昱捷的家。

我站在封鎖線前，注意到用來搬運的貨梯就在走廊尾端，距離王昱捷的家門不到兩公尺。

接下來，三樓和四樓的調查，也是差不多的情形。大部分的住戶都不在家，不然就是對王昱捷的事不甚了解，徹底體現現代人的冷漠。

不過，住在五樓的一名國考生說了一件事。

「那天我睡到中午，醒來就出發到圖書館念書，在自修室待到晚上九點關門才回家。我記得那天晚上，大概是半夜兩點多吧，念了整天的書覺得有點餓了，所以起床泡杯麵。因為廚房靠近門邊，在等麵熟的時候，好像聽到輪子在地上轉動的聲音，那個聲音很小，而且斷斷續續的，因為過幾天就是考試的日子，我還以為是壓力太大出現幻聽，我已經連續考了五年，今年再不上榜，就只能回老家幫忙種菜——」

該考生還說，隔壁原本住著一位鋼琴老師。

大概是因為這裡沒有電梯的關係，五樓的房租比較便宜，自己租了其中一戶，另外兩戶都被那個老師租下，一間做為住家，另一間做為工作室使用，偶爾會看到來學琴的學生在這裡出入。

趙培世問他，為什麼一開始沒有告訴警察。考生一臉嚇壞地說，因為他忙著準備國考，沒有心情管鄰居的事。

「那位鋼琴老師是什麼時候搬走的？」趙培世問道。

「聽樓下的歐巴桑說，那個鋼琴家早就買好新房子了。住家那間在輪子聲出現前就已經搬空，但好像因為演奏和教學行程太忙，一直沒有時間處理工作室的搬遷。我記得是考試結束隔天吧，我和久違的朋友聚餐回來，發現用來當琴房的那戶也已經搬空了，如果我這次有上榜，也要搬走——」

「你知道工作室的鋼琴，是什麼牌子嗎？」我不禁上前問道。

「我怎麼知道，我最不喜歡的就是古典樂。」

趙培世進一步詢問那次考試的日期，竟與王昱捷推定的死亡時間相差一天。也就是說，輪子聲出現的那晚，很可能就是王昱捷遇害的那天晚上。

由於代收掛號的婦人一個星期後才發現王昱捷的遺體，自然沒有人聯想到在命案發生前就已經搬走的鋼琴老師。

如果出現在王昱捷家的那台史坦威，其實是五樓的鋼琴老師所有，那麼他很有可能與王昱捷的死有關。

問題是，為什麼要大費周章掉包雙方家裡的鋼琴？

不管怎麼想，都只有一種可能——王昱捷不是在家中遇害。換句話說，第一現場不在二樓的家中，而是五樓的某戶人家裡。

我想到地毯的事，立刻請趙培世再次打電話向調音師求證，而調音師的回應也沒有人令人失望——王昱捷家的鋼琴底下，沒有地毯。

事情到這裡，已經沒有我的事了，距離真相只差一步。《命運》第四樂章的勝利聲響起，停滯不前的案情，終於迎來曙光。

我沒來由地升起一股無力感，彷彿奮力追查真相的慾望，像是消了風的氣球，無聲地掉落在地。

九

沒工作的午后，我從家裡步行到住家附近的一間咖啡館。這裡從去年開始，因為周遭住宅區的發展，逐漸形成一個微型商業聚落，清新的經營風格，頗有文藝氣息。

到目前為止，真相引發的後續效應，仍舊籠罩著我，工作既沒有恢復，警方也隨時有可能聯絡我。我的世界在短時間崩壞，一切歸零。

我獨自坐在靠窗座位，對著人行道的造景，以及偶爾經過的行人發呆。上次坐在這裡，是疫情剛爆發的時候，整個下午，咖啡館只有我和敦妍兩個人。因為覺得店員的目光有些尷尬，我和敦妍不斷加點東西來吃，直到再也吃不下後，我們兩人才終於起身離開。

像這樣和敦妍有趣的回憶，充滿我的記憶，可是，一如我先前的預感，敦妍在那次離家後，我便再也沒見過她。即使真正的殺人凶手已經落網，我的殺人嫌疑徹底洗清，敦妍依然沒有回來。

不，應該說她無法回來。

因為，我怎麼也想不到，一直在我身邊朝夕相處的敦妍，就是殺死王昱捷的犯人。

上個週末，警方在美術館特區的豪宅公寓裡找到那名鋼琴老師，以及同在屋內的趙敦妍。兩人看到警察出現，似乎明白大勢已去，也沒有過多的掙扎。

警方在屋內找到王昱捷的鋼琴，被人用棉被包裹住，靠在牆邊。警方拆掉束縛後，裡面的鋼琴正是王昱捷家中的日系中古琴。大概是因為體積的關係，無法及時處理，只能將琴暫時留在家中。在緊急聯絡王昱捷的調音師到場後，也證實了此事。

不過，搜索整棟公寓，沒有發現所謂的凶器，後來，根據犯人的供辭，那把造成王昱捷致命傷的刀子，已被丟棄在附近的河道中。

警方根據兩人提供的位置，派人進行搜索，最後順利找到凶器，以及當時砸傷王昱捷腦部的鈍器；另外，在位於舊公寓五樓家中的客廳，也找到微量的血跡反應，經過鑑定，屬於王昱捷的血。這起案子也隨後宣告破案。

在那之後的某一天，我接到趙培世的電話，告知我做為證人，必須到警局一趟。

那時候我才知道，那位住在公寓五樓的鋼琴老師，正是王昱捷最後一場音樂會合作的鋼琴家——那個以超技演奏拉三鋼琴協奏曲的蕭傅瑞。

過去，我一直都有疑問，為何王昱捷會堅持找我幫忙寫評論？

除了財務問題帶來的生存恐懼，希望能藉由樂評的加持獲得樂團青睞；另一個原因是，他看到同住一棟公寓的鋼琴家，曾經出現在我的樂評中，不僅評價正面，還上過我的電台節目，前途指日可待。出身在普通人家，求學時期甚至沒有自己的鋼琴可以練習的蕭傅瑞，靠著後天努力爭取獎學金到國外留學，還贏得國際比賽，因為有知名樂評的加持，工作機運似乎變得更加順利，經常受邀演出。

由於經濟狀況改善，蕭傅瑞很早就有購屋的打算，藉由勤奮的教學、演出，以及作曲出版累積買房資金。

敦妍之所以會和蕭傅瑞產生交集，便是在那時候。

我先前便因為工作的關係，與蕭傅瑞有過往來，敦妍和他也因此有過一面之緣。當敦妍委託仲介找尋適合的物件開店時，碰巧遇見來看房的蕭傅瑞，兩人看中的標的竟然在同一棟大樓。

就如同大多數的肥皂劇，敦妍一邊拿著我的錢籌備開店，一邊劈腿更年輕有才華的鋼琴家，趁我成為過街老鼠之際把我甩掉。

警方在蕭傅瑞的手機，發現我在音樂會當晚，幫敦妍和音樂會看板拍的合照。音樂會結束後，敦妍被王昱捷纏上是謊言，實際上是和蕭傅瑞約會；就連隔天我在總圖演講時，和敦妍在高爾夫練習場揮桿的朋友，也是蕭傅瑞。

告別，原本是可以很優雅的。

只可惜，疫情不僅沒有結束，還因為王昱捷在此時攪局，破壞了兩人共度未來的美好計畫。原本擔綱演出的外國指揮家取消來台計畫，主辦單位為了避免音樂會取消，只得尋找代打上場的新指揮。

做為該場演出的鋼琴家，蕭傅瑞眼看音樂會即將因為沒有指揮開天窗，主動舉薦曾住在同棟公寓的指揮家王昱捷。原本無法得到推薦而沮喪的王昱捷，因為接獲新的演出機會而重燃希望，並打算好好利用，主動送票給我。

線頭一旦解開，許多不合理的事情都有了解答。

蕭傅瑞與王昱捷的緣分，理當隨著音樂會結束畫下句點；然而，隨著我拒絕為音樂會寫樂評，以及王昱捷在徵選中落選，事情註定走向無可挽回的局面。

指揮一職落選的王昱捷，回家翻開戶頭，只見即將見底的存款。聽趙培世說，他們在王昱捷的電腦，還發現「加入外送員」的網頁瀏覽紀錄。

我想起王昱捷在信裡提到自己不敢騎摩托車的事，現實真是殘酷地令人鬱悶……

就在王昱捷在書桌振筆疾書的當晚，想起造成自己悲慘命運的罪魁禍首，除了我之外，還有另一個人，那就是住在同棟公寓的鋼琴家蕭傅瑞。

由於蕭傅瑞在那場音樂會後，不願再幫王昱捷背書，多次拒絕幫忙說服我為其寫推薦函。原因除了他和我的女友交往，更不願意為了王昱捷得罪我，只不過，當時的王昱捷並不知道這些內幕。

怨恨的累積一觸即發。

王昱捷始終想不透，為何曾經一同在音樂會合作的蕭傅瑞要拒絕自己的請求？於是他丟下筆，上了樓梯到五樓，正好遇見回來處理琴房搬遷的蕭傅瑞。

當下，他找到了答案。

一直以來將自己拒絕於門外的樂評家的女友，竟然出現在鋼琴家的工作室，而且顯然兩人關係匪淺。原本情緒已經不穩定的王昱捷，揚言將兩人的關係公諸於世，但隨即遭到阻止，悲憤之餘，王昱捷隨手拿起桌上的美工刀，刺向蕭傅瑞。

一旁的敦妍在情急之下，隨手拿起音樂比賽得獎的獎盃，砸向王昱捷的後腦，拯救了差點被刺傷的蕭傅瑞。趴在史坦威鋼琴上的王昱捷，沒有就此陷入昏迷，反而撲向敦妍，雙方在一陣打鬥下，蕭傅瑞奪過刀子，刺進正掐住敦妍脖子的王昱捷的背。倒在地毯上的王昱捷，最終在鋼琴旁斷氣。爭吵當下，國考生人還在圖書館念書，因此沒有人注意到五樓發生的悲劇。

蕭傅瑞和趙敦妍，一直等到深夜，擬定好計畫後，使用公寓的貨梯，將王昱捷的鋼琴和自己沾了血跡的史坦威和地毯互換過來，再把王昱捷的屍體搬回二樓家中，放在原先王昱捷倒下的位置。同時，還不忘擦去兩人的指紋，重新將王昱捷的指紋沾上琴鍵，塑造成王昱捷是在家中遇害的假象。

那天半夜，國考生聽到的輪子聲，便是蕭傅瑞和敦妍在走廊上搬琴的聲音。我佩服蕭傅瑞和敦妍可以完成這個艱鉅的任務，兩人搭乘貨梯搬運沉重的鋼琴和屍體時，想必還是吃足了苦頭。

事後，敦妍隱瞞在蕭傅瑞家中發生的悲劇，謊稱從老家回來感冒，臥病在床，試圖掩蓋因打鬥留下的傷痕，若無其事地繼續跟我生活在一起，實在令人難以想像和接受。

那天敦妍在門口和我吵架離去後，便直奔蕭傅瑞的新家。諷刺的是，位於美術館附近的豪宅公寓，竟與舊公寓不到五百公尺的距離。兩者以車站綠廊為分界，呈現出新舊不同的兩個世界。

兩人在那個新家，不僅藏著殺死王昱捷的證據，還企圖利用社群媒體製造風向，讓我成為輿論抨擊的焦點。

這個事件，最終造成四個人生的毀滅。

指揮家遇害一案的真相，一連三天登上藝文頭版。然而，對於被影射為凶手的我，卻沒有得到任何道歉，一切就像一場惡夢。

被破壞的車子，因為保險公司一再延宕理賠事宜，最後還是沒有修理，索性申請報廢，讓拖吊車拖走。

借給敦妍的錢是不可能拿回來了。然而，在這段時間失去工作，生活變得拮据的我，最終決定賣掉這幢小洋房，僅帶走幾箱行李和成千上百的ＣＤ、書籍和樂譜。

早上，搬家公司已經將我的行李和幾件簡單的家具載走。離開前，我回頭看了一眼我和敦妍共同生活過的家，心裡的感受實在矛盾的無法用言語形容。

昨天下午，我到看守所去探望敦妍。她已經不是我所認識的那個年輕、充滿夢想的趙敦妍，過去建立的感情消失無蹤，我甚至感覺自己好像不認識這個人。

我問她，為什麼在出事之後，依然選擇站在殺人犯那邊，而不是回來找我，相信我可以陪她一起面對。

敦妍沒有正面回答這個問題，只是冷淡地說：

「因為他比你更懂什麼是音樂。」

「那妳懂嗎？」

「當然，那就是明知不可能，還是堅持到底。」

「但是你們殺了那個想要堅持到底的人。」

敦妍在離開會客室之前，回頭對我說了什麼，我沒聽清楚。離開後，我才意識到，她是在說這一切都是我的錯。

搬到租來的套房已經三個月，工作以緩慢的速度回到正軌，雖然對比全盛時期還有一段很長的路要走，但對於現況，我已相當滿足。

我看著自己剛完成的文稿，此時的音響正在播放貝多芬第五號交響曲。那是我剛搬到新家時，電台製作人寄來給我的音樂會錄音，帶領樂團的正是已故指揮家王昱捷。

我想，這就是命運敲門的聲音。

短評／〈命運之聲〉推理之外，音樂之內

國立台灣大學中文系兼任助理教授 劉建志

〈命運之聲〉這篇犯罪小說以樂評家、指揮家、鋼琴家為小說核心人物，作者融入豐富的音樂知識，建構出栩栩如生的音樂藝界生態，使讀者在犯罪小說的情節外，更有豐富的音樂觸發點。若熟悉日本作家村上春樹的作品，對文學融入音樂文本，甚至以音樂為作品主軸的創作手法必不陌生。我們無從想像村上春樹小說《1Q84》少了楊納傑克的《小交響曲》，或是《挪威的森林》少了披頭四的〈Norwegian Wood〉，因為這些音樂揀擇賦予了文學作品生命力。與此相仿，〈命運之聲〉這篇作品，使以貝多芬的第五號交響曲《命運》為主軸。

小說主角于斯恆是品味特殊的樂評家，從一則見解獨到的廣播節目《午夜間奏曲》開始，帶出《命運》的主題：「你可曾想過，命運若在此時來敲門，那會是什麼樣的聲音？」這個主題，進而貫串於作品中，一如貝多芬交響曲的「命運」動機遍布於全曲。舉例言之：于斯恆與趙敦妍在薩爾茲堡音樂節「命運」相遇、指揮家王昱傑在冬至造訪的敲門聲、王昱傑多舛的命運、「浪漫琴炫——協奏曲之夜」的演出曲目正是《命運》、于斯恆被媒體與輿論攻擊時聯想到貝多芬的命運、案情露出曙光時的《命運》第四樂章。凡此種種，可看出作者欲將《命運》交響曲織入這篇犯罪小說中，使之成為作品主調。貝多芬開始《命運》交響曲創作，本

是在聽力嚴重惡化，寫下「海利根施塔特遺書」的兩年後。命運不懷好意的敲門聲，于斯恆想必深有所感。

欲塑造一位樂評家的形象，得仰賴豐富的音樂知識，與獨到的音樂品味，作者在文中不時流露出音樂素養。在廣播節目中對指揮家版本的揀擇已初步呈現，更精彩的品評則是在聆聽音樂會時，對王昱傑毫不留情的批判。不論是貝多芬的《命運》、或是拉赫曼尼諾夫《第三號鋼琴協奏曲》，文中皆有精緻的描寫。鋼琴協奏曲本就像是鋼琴家與交響樂團的競技，而代表樂團的指揮家若是無力駕馭樂團，自是慘不忍睹。指揮家與鋼琴家在音樂上的競技，更顯化到後文的爭鬥、凶殺之中。

本文在推理的部分，以史坦威鋼琴為關鍵突破點，隨著警員與于斯恆查案過程，得到調音師的證詞、住戶聽到的滾輪聲響，文中提供一些線索供讀者推理。在凶手面貌浮出檯面之後，前文埋下的伏筆也豁然開朗。不論是趙敦妍略顯古怪的言談舉止，或是在音樂會中帶出的新銳鋼琴家蕭傅瑞，都使最後的真相揭露顯得自然。一首《命運》之聲，交織了于斯恆、趙敦妍、王昱傑、蕭傅瑞四人的命運，每個人懷抱著各自的動機，以不同的生命與行動做為樂器，在〈命運之聲〉中合奏了一場悲壯的交響曲。

踏繪

1

好像聽到了電話的鈴聲。

關掉水龍頭，浴室瞬間安靜下來，僅餘最後幾滴水落在地上的聲音。我不確定電話是真的在響，或者只是幻聽。現實和幻覺之間的界線從很久以前就變得模糊不清了，我也早就習慣了聽到不存在的聲音。

雖然因為隔著浴室的門而很微弱，但電話確實在響著。

——該不會又是弟弟哲男吧。

兩個小時前他曾經打過電話來，又或者是三、四小時前，我完全記不起了。他似乎說了一堆話，但我連一句都聽不明白，只能不斷以「是這樣啊」和「嗯」之類的說話打發他，最後以疲勞為由半強硬地掛掉了電話。

處於迷幻狀態下聽別人說話，就像在聽一首聽過很多遍的外語歌曲，即使能記住歌詞也無法理解它的意思。

用毛巾擦乾手，走出浴室來到一片漆黑的走廊。電話鈴聲仍然迴響著，聽起來像是某種生物死前發出的低鳴聲。迷幻藥的效果已經減弱了不少，應該是最後的餘韻階段了。

現在恐怕已經過了凌晨一點吧，這種時候會有誰打電話來啊？

雖然我有手機，但除了聯絡女人以外就不常使用，無論是工作上的人或是其他朋友，一律都是利用客廳的電話聯絡我，必要時也能留言。但說到現在的來電者，我完全沒有頭緒。

我拿起話筒，等候對方主動說話。停頓一下後，話筒傳來一把電子合成的人聲。是變聲器嗎？

「是馬哲聖先生嗎？」

我沒有說話。

「是馬哲聖先生吧？藝術家的那個……」電子人聲重複道。

「嗯。」

「你老婆現在不在家對吧？」

我皺起眉頭。這個人到底是誰？怎麼忽然提起她？

「你是誰？」我問道。

「你別管。她不在家對吧？」

「唔——」

我用鼻音給出曖昧的回答。對方顯然不懷好意，等待他主動說下去比較好。

「我就直接跟你說了，她被我綁架了。」

「什麼？別說笑了！」

我不由自主地大聲叫了出來。

「我不是在說笑，現在只是通知你這件事而已，畢竟已經很晚了。至於交贖款的方式，明天中午會再聯絡你。當然，不可以報警。」

電子人聲說完後就直接掛掉了。

我軟弱無力地癱倒在沙發上，整個身軀深深陷了進去。

絕對是惡作劇電話吧。可是對方說得出我的名字，還特地用了變聲器，實在無法就這樣無視掉。

我心神恍惚地凝視著掛在牆上的油畫，畫中的女人——也就是電話中的人宣稱綁架了的、我的妻子羅樂宜——彷彿在回望著我，鮮艷的顏料在黑暗中顯得份外駭人。在我眾多的作品中，這幅畫有著獨特的不祥感。它有著能夠把包含創作者的我在內，所有看過它的人都變得異常的魔力。

忽然間，全身戰慄地顫抖起來。無法用意志制止的恐懼襲來，宛如一直隱身在黑暗中的怪物無預警地撲向自己，我忍不住發出奇怪的呻吟聲。是迷幻藥失效後的副作用嗎？

不可能。那個女人才不可能被綁架。

拖著沉重的腳步走上二樓的睡房，明明今天已經多次來回，踩在樓梯上的觸感仍然很陌生。

睡房的電燈一星期前被我弄壞了，房間內僅有的光源，就只有剛才為了打掃而特地從車庫拿來的手提燈箱。柔和的橙光下映照著地毯上一個個不規則的幾何圖案，由於迷幻藥的效力，即使早就看慣了也不禁頭痛起來。

我脫力地倒在床上，明知是不可能的事，我卻覺得床上有人體的餘溫。遺留下來的，屬於妻子的體溫。

樂宜是不可能被綁架的。要說為什麼的話，因為直到幾個小時之前，她仍然躺在這張床上——**在這個睡房，被我殺掉的妻子**。

那通綁架電話響起的時候，正好是我把她的屍體埋到後園、把泥土重新鋪上後在浴室清掃的時候。

絞著她脖子的觸感依然殘留著，雙手彷彿在拒絕我的個人意志般抖個不停。

2

早上六點多，昏藍的天色映入眼簾。不確定自己有沒有睡過，迷幻藥的效果已經褪去，剩下猶如宿醉的頭痛。

昨晚的一切是夢嗎？難道是迷幻藥導致大腦產生了不存在的記憶？雖然想欺騙自己，沒有床單和被子的床卻冷冷地提醒我殺了妻子的事實。

重新鋪上床單和被子後，我再三檢查地毯，確保沒有濺上血液。雖然絲毫看不出任何痕跡，我依然無法安心。

走下樓梯，穿過走廊來到後園。驟眼看來，完全就是個普通的、疏於打理的後園，沒有人會想像到下面埋藏了一具屍體。即使現在重看，我自己也不確定到底埋了在哪兒。我記得昨晚拚命地挖了又挖，直到挖出的洞足夠深後，就把屍體、樂宜的東西和所有罪證一併丟進去再埋起來。

無目的地沿著後園徘徊，又想起了那通綁架電話。到底是什麼回事？不管如何都想不通。對方說會在中午的時候聯絡我，但明明根本就沒有綁架這回事……

想到這兒，腦海中浮現出一個念頭。

警察來到家裡的時候，剛好早上八點。

他們一共有六人，帶頭的是一個自稱楊隊長、臉頰凹陷，目測四十多歲的男人。他簡單地自我介紹過後，我把收到綁架電話的始末告訴他。

「對方在凌晨兩點多聯絡你？」

楊隊長問我。他的樣貌好像一直都很疲倦，慵懶的態度完全不像一個刑警。

「是的。當時客廳的電話一直響，硬是把我吵醒了。」

「所以他不是打電話到你的手機，而是家裡的電話？」

「我平常幾乎不用手機，工作上的人也是用那個號碼聯絡我。」

「你剛才說你是畫家？」楊隊長一臉狐疑地看著我。

「嗯，雖然偶爾也會做做雕塑或其他東西，但主要都是畫。」

明明只是普通的對答，我卻莫名地緊張。楊隊長微微瞇起眼睛，沒有繼續問下去。

「可以帶我看一下這所房子嗎？我想一邊走一邊談，而且其他人也要著手準備。」

我戰戰兢兢地帶著楊隊長走，即使之前多次確定過沒有可疑的地方，就連家中的精神藥物都丟掉了，我還是憂心忡忡。

「最後一次見到你太太是什麼時候？」

「昨天早上。我們起床後不久吵了一架，然後我一怒之下就跑到台南的溫泉會館……只要心情不好我就會去那裡，你們可以查一下。」

楊隊長把溫泉會館的名字和抵達的時間抄下後，皺了皺眉。

「然後晚上又回來了？」

「傍晚時我突然很不安，就是覺得她該不會做了些什麼吧……比如說把家裡的東西打破得一團糟之類的。不過，晚上八點多到家後發現她仍未回來，家裡的東西也都好好的。」

「就因為這種理由而特地從台南回來？溫泉會館很貴吧？我果然無法理解藝術家的想法呢。」

殺了人後，我對他人的懷疑也變得格外敏感，楊隊長說出的每句話都宛如針刺。不過細心想想，換了聽到的人是我恐怕也會覺得很奇怪吧。

「你們的關係很差嗎？」

被他突然一問，我也想不到該如何說明我跟樂宜之間的關係。

「這個嘛……只能說不太好。」

所謂不太好，僅僅是結論而已。一旦成了夫妻，關係就會以幾何級別變得複雜。快樂、衝突、厭倦、不滿、怨恨……無數的情感會排山倒海地出現在日常生活，隨著時間推移，對於對方的想法也會大幅改變，不能再僅用關係好或差就足夠說明。最令人煎熬的，是多種互相矛盾的感情交錯著——比如說既想脫離可怕的輪迴，卻又心有不甘的「相愛相殺」關係。

「原來如此。」楊隊長不以為然地和應。「你知道她昨天去了哪兒嗎？」

「她說過三點要去中山區參加一個展覽活動，除此以外我就不知道了。」

楊隊長把展覽的地點和時間抄下後，打開從走廊通往後園的玻璃拉門。

一來到後園，心臟就像要從體內跳出來似地劇烈加速。我們正踏在埋著妻子屍體的泥土上。呼吸變得急促，現在我的樣子一定很奇怪。

「警察接下來會有什麼行動？」我為了掩飾不安而開口。

「老實說，現在除了等待犯人聯絡就沒有什麼能做的了。我們會在客廳的電話裝上反偵察裝置，一旦犯人打電話來就盡量拖延時間，像是要求確認你太太沒受傷，或是要聽一下她的聲音等等。」

聽到這兒，我才想起對方根本沒有證明過樂宜確實被綁架。一般來說，為了證明自己綁架了他人，不是會這樣做嗎？當時因為樂宜已經被我殺掉了，加上迷幻藥讓人無法專注思考，我從一開始就認定了是惡作劇而沒有提出這種理所當然的要求。

如果真的是惡作劇，報警的舉動就跟自投羅網無異。本來會這樣做，就是因為我無法合理化妻子的失蹤，畢竟認識她的人太多了。於是我想到，乾脆順理成章地把這件事推到「綁架犯」身上就好了。

可是事實上，我根本無法確定他會再次打電話來。如果他不打電話來，恐怕我就會成為樂宜失蹤的第一嫌犯……

我們繞到後園面向客廳的一側，裡面的警察仍然在忙著。楊隊長停下腳步，透過玻璃門注視著牆上的肖像畫。

「那幅畫裡面的就是你太太嗎？」

「嗯。」

畫名為《踏繪》。那幅畫的確是樂宜，但也不是她。我畫的雖然是正面的她，但無論怎樣看，畫中人的視線也不像是在看著前面，而是凝視著某個只有她才能看得見的遠方彼岸般。這是我對這幅畫最自傲的地方，它完美地呈現出了我希望表現的意象。

「是個美人呢。」楊隊長就像在描述天氣般，毫無感情地說著。

3

初次見到樂宜，是在八年前我的某個畫展上。當時以版畫藝術家成名好幾年的我，正為自身的創作瓶頸而苦惱。儘管持續交出新作品，但比起舊作完全沒有突破，人們也逐漸變得厭倦。

畫展在台中一個小型畫廊舉行，本來只是為了調整心情才特地過去，沒想到卻成了人生的轉捩點。即使在人群當中，樂宜也格外顯眼，彷彿她的存在本身就是其中一件作品。那時候的她是兼職打工的會場服務員，臉上掛著使人安心的笑容，卻又散發著一股難以接近的氣質。用抽象的說法，就像在同一具驅體內埋藏了多個完全相反的人格。

本能使我靠過去，企圖一窺這份神祕感的正體。看到吸引的女性就會忍不住出手，這個老毛病雖然使我吃過不少苦頭，但從沒想過戒掉。女人就像毒品一樣，帶來的興奮和痛苦總是相對的。會場的客人並不多，空閒的她也在漫無目的地邊逛邊看畫。

「妳是真的喜歡畫，還是純粹打發時間而已？」

她帶著微笑轉過頭來，沒有被我突然的提問而嚇到。

「那麼你呢？你是真的喜歡宗教，還是因為這種題材能賺錢而已？」她的聲音聽起來總是有點悲傷，不知道是天生還是故意的。

我的作品大多圍繞宗教題材，描繪不同教派的著名故事，或是它們的聖人像等等。事實上，我對宗教毫無敬意，甚至可說是蔑視。要是有認真了解過宗教的歷史，就會明白相信那些故事是多麼的愚昧了。會選擇它們做為畫的題材，只是因為我相信「人對不喜歡的東西反而會看得透澈」的說法。因為不喜歡，所以能夠客觀地看透事物的本質。

「妳最喜歡那一幅？」我故意無視她的反問。

「沒有。」她毫不忌諱地說。「我對你畫的那些主題沒興趣。」

「好嚴格呢。怎樣才能滿足妳？」

我不但沒被惹得不悅，反而對她更有興趣了。

「嗯……宗教題材的話我大概只對『踏繪』有興趣吧。」她懶洋洋地說。

所謂「踏繪」，是日本在德川幕府時期發明的儀式。當時幕府明令禁止基督教，為了判斷誰是基督徒，老百姓們要一個個排好隊，用腳踩踏繪畫著耶穌或聖母瑪利亞的踏板，以示自己並非基督徒。如果拒絕踏繪，就會被定罪處刑。雖然我知道這段歷史，但沒想到會從眼前的她口中聽到。

「踏繪？為什麼？」我問。

「不覺得那種情感掙扎很美麗嗎？為了保住性命，不得不去踐踏自己的信仰……但即使性命是保住了，親自破壞信仰這件事卻又讓人承受更大的精神痛苦。信徒們一方面不斷責怪自己，被自我厭惡所折磨，一方面又卑劣地繼續藉踏繪生存下去。逼迫別人毀滅自身的信仰，破壞掉組成自己的東西什麼的，放眼歷史也簡直是最殘酷的精神酷刑呢！」

她漠然的眼神搭配興奮的語調不但毫無違和，反而交織出一道魅惑感，深深地震撼了我。這剎那的她，是我這輩子見過世界上最美麗的東西。

樂宜的父母經營一家雜貨店，她這輩子幾乎都待在台中。當時二十三歲的她自從大學畢業後，僅靠著各種兼職來維持生活，沒有找正職的意願。儘管比她年長十二年，我們的感情並沒有因此受到阻礙，倒像一團燃燒得極為旺盛的火。

她沒有希望追求的東西，對一切都顯得很從容。即使是金錢和名譽，似乎也只是可以不屑一顧的東西，世界在她眼中只是個巨型遊樂園。她會因應心情去迎合身邊的人事，卻從不隨波逐流，雖然偶爾會突然對某些東西產生熱情，但我從未見過她真正感到滿足。

樂宜是我長年追求的「美」。最顯而易見的當然是她的外貌，尤其是那顆眼角邊緣的痣，猶如在一幅已然完美的畫作上再添加一道神來之筆，使其再躍升到凡人無法想像的藝術層次。不過，她真正的美還是那道輕蔑一切的氣質——這個世界沒有東西是真正重要的，所有事物的價值都終會全然消逝……

之前的我是個看不起婚姻的人，但卻在交往短短半年後向樂宜求了婚。我想得到她的全部，像個非得把瓶中美酒喝得一滴不剩的重度酒精成癮者。

婚後她搬到了我在台北的家，這時候我才開始了解做為「人」的樂宜。她完全不做家事，兩人間的話題也變少了，就像個放在家中的藝術擺設而已。但是，這一切都不重要。對我而言，樂宜的存在是一個「象徵」。

我提出要畫一幅她的肖像畫，接著就日以繼夜地埋首在畫作上，把初次邂逅時她的神情，還有足以吞沒整個空間的存在感用畫筆重新呈現出來。我持續燃燒身為畫家的靈魂，只為了令那一瞬間再現。

我故意把她的痣留到最後一筆，把它點上的瞬間，一股強烈的成就感擴散開來，甚至連臉上的表情也因為這份至高無上的喜悅而變得僵硬。

這幅畫成了我最受好評的傑作，即使沒人知道為什麼我會把它命名為「踏繪」，讚賞的評價依然源源不絕。拜它所賜，連帶我的其他作品也價值暴漲，現在住的這棟位於台北郊區的大屋也是那時候買下來的。雖然有不少人希望高價收購「踏繪」，但唯有這幅傾注了我所有的畫，不管價錢再高也絕不放售。更意外的是，後來我也宛如被這幅畫拓展出新的境界般，不斷湧現新的創作靈感。

另一方面。「踏繪」完成後我就對樂宜失去了興趣。眼前活生生的她，赫然成了一個普通不過的女人。那種落差簡直就像一旦畫作完成，模特兒就再沒有存在的意義一樣。

「你心中總是有別的女人。」

某天她突然冒出這樣一句。

「妳在說什麼？才沒有這種事呢。」

事實上，我的確偶爾會在外面找女人，不過那些都只是排遣性慾的對象而已。

「算了，反正所有關係最終也會變得沒意義。」她說。

自此之後，我們的關係陷入了無法回頭的地步。

名氣越來越大後，除了畫展、各種藝術相關活動外，聚餐邀請也隨之變多。為了配合社交慣例，我總是帶同樂宜一起出席。

我們表面仍是一對相敬如賓的夫妻，不只是經理人郭旭凌和弟弟馬哲男，我也把樂宜介紹給每一個人：畫廊的營業者、雜誌編輯、評論家和其他藝術家。對我來說，只要樂宜在公眾場合扮演好「美麗的妻子」這個角色就可以了。

意想不到的是，之後的她完全超出了我的想像。最初，是弟弟哲男有份投資的咖啡店希望找人幫忙挑選擺設，於是我就提議讓樂宜去幫忙。沒想到她明明對理論和技術一竅不通，卻突然展現出優越的美學品味，連一向冷淡的哲男也讚不絕口。

接著不知從何時開始，樂宜跟藝術界的人建立起聯繫，逐步融入了這個圈子。當我注意到的時候，她已經建立了自己的地位。她憑藉天生的感性俘虜了都市人的心，不但成為了媒體寵兒，日常跟名媛往來，還在幾本時裝雜誌擁有自己的專欄，甚至能夠以不純熟的外語跟外國人聊天。

她不再是我認識的樂宜，她被追求「美」的人包圍，利用獨特的卓越魅力征服他們。在我們共同出席的場合，她不再是以「馬哲聖的妻子」，而是「羅樂宜」的身分被邀請。

奇怪的傳聞就是從這時候開始的，先是畫廊營業者，之後是某個已婚富商、接下來是比利時的行為藝術家……關於她跟男人的傳聞層出不窮，當中就連雜誌記者都有。

那時候我們的夫妻關係早已名存實亡，即使另一人晚上不回家也毫不關心，我甚至曾在樂宜聲稱「到台南出差幾天」的時候把好幾個女人帶回家。即使如此，我還是對那些傳聞極為不悅。我並不在意樂宜被別的男人占有，但要是影響到自己的名聲則另作別論。就連經理人郭旭淩都曾向我說過：「管一下你老婆比較好啊」。

可是，我們最終都沒有把話明說，就這樣維持著扭曲的夫妻關係。要說為什麼的話，因為我認為樂宜的目的是為了向我報復，打算使我蒙羞。一旦我忍不住對她發脾氣，她肯定會毫不在乎地取笑我並樂在其中。她就是這樣的女人，必須輕蔑世間的一切價值才能確認自己的存在。

取而代之，我更頻繁地找女人，到了猶如性上癮的地步。我曾經故意留下別的女人的痕跡，而樂宜也會巧妙地裝作察覺不到。我們在心底彼此憎恨，也因為這份惡意而無法離開對方。我們必須互相傷害對方，直至其中一方被徹底摧毀為止。

4

昨天早上我如常地下樓，發現樂宜坐在客廳的沙發上，目不轉睛地盯著《踏繪》。我逕自走到廚房沖咖啡，思考著要做的事情。因為不久前剛完成了一件作品，我打算在開始新創作前讓自己放鬆一下，順道找女人。

「妳今天要去哪兒？」我問樂宜。

「嗯？啊……三點在中山區有一個展覽活動。」她有點神不守舍地說。

「這樣啊。」

我知道那個展覽活動，主辦人就是之前傳聞跟樂宜有不純關係的比利時行為藝術家。恐怕他們是藉此幽會吧。一想到這兒，就連咖啡也變得難喝起來。

乾脆把女人叫來家裡吧，反正即使被她撞破也沒關係。不，或許我根本是希望被她撞破。

「果然是這樣呢……」

我猛地望向樂宜的方向，以為她看穿了我的想法。她仍然凝視著肖像畫，宛如自言自語般說著意思不明的話。

「沒事吧？」

她緩緩地把頭轉過來，不知為何我感到一股寒意。

「是為了這幅畫吧？」她說。

「妳在說什麼？」

她雖然在微笑，但眼神混濁得如同死人，彷彿連最後的生命力也被那幅畫吸乾殆盡。

「之前就覺得很奇怪了，但越看就越覺得果然是這樣……你是為了這幅畫才會跟我結婚吧？從一開始，我就只是為了完成這幅畫的工具罷了。」

樂宜的聲音在顫抖，整個人神經兮兮的。她走近《踏繪》，輕輕撫摸著它，像是要把被畫奪走的自我一點一點拿回來。下一瞬間，她突然用力吐了一口口水在上面。

「妳在幹什麼！那不是妳的肖像畫嗎！」我激動地衝過去。

「這個才不是我！你愛的是這個女人！我只不過是這個女人的影子而已！不管做了什麼事情，你也連瞧都不想瞧我一眼吧？因為要是正面看我，這個女人的身影就會逐漸消失對吧！」

我從未見過這樣的樂宜。她似乎完全崩潰了，發出不知道是尖叫還是在笑的聲音。無預警地，她抓起沙發前的桌子上的玻璃杯，用力地扔向肖像畫。玻璃應聲碎裂，我的心似乎也是。

我發出咆哮，用力捉緊她的手腕。我從未對女人使用過暴力，那刻卻憤怒得下意識舉起手想打她，結果在最後關頭停住了。

我無法打她的臉。

「你根本不知道我做過什麼事吧？不，你或許連我的感受也察覺不到吧？真可笑，為了奪回你的注意力，我把本來的自己都抹消了……我變得差勁透頂，你還是毫不在乎。」

我想反駁她，但喉嚨無法發出聲音。樂宜見我沒說話，乾脆捉著我的手，再把嘴湊到我的耳邊，近乎用氣音說道：

「打我吧。難道你不想試一下嗎？真正的踏繪？親手破壞掉構成自我的東西，雖然會造成極大的痛苦，但也會得到無可媲美的快感。我是你製造出來的畫具，存在的價值僅是為了讓你完成這幅信仰般的畫作……只有打了我，你的創作才能攀上更高境界。你知道嗎？人一旦摧毀過信仰，再次建立的信念必定會更強大，因此並不一定是壞事。來吧……」

樂宜的雙眼閃著光芒，她在期待……不，是懇求我打下去。時間的流逝失去了意義，彷彿只有我們兩人的空間被分隔開來。要打下去嗎？內心在掙扎著。要是打了她，一切都變得無可挽回——我們的關係、之後的人生、一直以來構成自我的東西……

我用力把她推到沙發上。樂宜的眼神變得黯淡無光，彷彿剛才的興奮在一瞬間煙消雲散。

「**懦夫。**」

她沒精打采地離開了客廳。我馬上檢查肖像畫的狀況，幸好因為是版畫，表面看來沒有任何損傷。

回過神來，我已經身在台南那家常去的溫泉會館了。我無法忍受跟樂宜身處同一個空間，光是想到她那種瘋狂般的表現就不寒而慄。

進入房間後，我馬上把迷幻藥放進嘴內，點起一根菸。連找女人的心情都沒了，於是我打算就這樣在房間內渡過一整天。三十分鐘後迷幻藥開始發揮效果，牆上的花紋像微生物般動起來，大腦也變得飄飄然，我躺下來任由思緒引導自身的感覺。

不知道過了多久，我突然進入了所謂的「不良體驗」，變得極度恐慌及抑鬱，困在當中無法解脫。我想起那幅肖像畫，想像自己跟畫中的女人對話，告訴她她就是我的一切。同時，樂宜破壞它的妄想也不停出現，她用不同的方式摧毀那幅畫，臉上還掛著輕蔑的冷笑。

不知不覺哭出來了。即使明知是幻覺，但體驗感實在太強烈，恐慌徹底支配了我。不行。我不能讓這種事發生，《踏繪》就是我的一切，甚至比生命更重要。

身體不聽使喚，但我仍勉強收拾東西離開。大腦無法思考，連如何搭上高鐵也忘記了，只記得自己一直全身顫抖，像個準備行刑的死囚。回想起來，以那個狀態能夠平安回到家實在很不可思議。

再次踏進家門的時間是晚上八點。跌跌撞撞地走到肖像畫前，只見它依然完好無缺。反覆檢查多次後，我才總算安心下來。繃緊到極點的精神一放鬆，我虛弱地倒在沙發上。此時桌子上的物件吸引了我的視線，那是一把刀子。

眼前浮現出樂宜手中緊握刀子，精神恍惚地跟肖像畫對峙的映像。恐怕她掙扎了很久，最終還是無法下手毀掉自己的肖像畫。這次她沒有下手，但不代表以後不會。光是想到這一點，身體又開始顫抖起來。

就在這個時候，樓上的睡房傳來人的聲音。迷幻藥的效果依然很強烈，讓我無法分辨是不是幻覺，於是輕輕地走上樓梯。

「我再也受不了，那個懦夫……」

我確實聽到了，樂宜在跟某個人通電話。說來奇怪，令我在意的並不是電話另一頭的人，而是她說的「懦夫」這個詞。當下的屈辱感令我拋棄了所有理性，我要徹底摧毀這個人，不管是肉體還是精神，我要破壞掉她的全部。

我輕輕推開睡房的門。因為電燈壞了，漆黑中只看到手機微弱的光源和她的背影。

「在跟誰通電話？」我無意義地問她。

黑暗中的她沒有回答，似乎是沒想到我會突然回來，驚訝得不知該說什麼。她緩緩地轉身，我們在黑暗中對視。

一切都發生在一瞬間。我沉重地吐了一口氣，迅速地勒住她的脖子。雙手竟然可以發出這麼大的力氣，自己也感到有點意外。她的脖子觸感很柔軟，簡直就像是為了這一刻而特地準備的。

她拚命抵抗，卻不知道該攻擊我還是扯開勒住脖子的手才好，結果只能無意義地揮動雙手。過了一陣子，她的身體開始痙攣般地抽搐，每一下顫動反饋到我身上時都轉化成快感。可惜因為漆黑，我看不見她痛苦的表情。

表情。某個念頭浮現出來，現在不正是好時機嗎？

「難道你不想試一下嗎？真正的踏繪？」

樂宜的這句話迴響著。雖然是幻聽，但真實得彷彿她正在我耳邊說。

我伸手到床邊抽屜的方向，摸黑拿到了想要的東西——一個沒有頭和手的天使雕像。這是我早期接觸雕塑時做的作品，它一直放在這兒當裝飾。毫無猶豫地，我朝樂宜的頭用力地敲下去。

短促的「嗚」一聲，緊接著我又敲了一下。含有鐵的味道的液體濺到臉上，但我完全不在乎。樂宜很快就不再動了，我則是著了魔般不停敲打。我打碎的不只她的臉，還有自己的內在，奇妙的是全身湧出前所未有的快感。

「我看見那把刀子了。妳想毀掉那幅畫嗎？我才不會讓妳這樣做！再說我是懦夫啊！妳喜歡看別人踏繪吧？現在滿意了嗎！」

我發瘋似地不停朝著早就沒有反應的樂宜打，直至累得停下手為止。

拿出打火機點火，微弱的火焰照亮了那慘不忍睹的景況。那已經不能再稱為臉，比較像是意外弄壞了的黏土作品。跟迷幻藥無關，那是真正的抽象——紅色和黑色奇妙地混合，散落在做為色盤的稀爛容器上。好想用這種顏色畫一幅畫。

5

客廳的電話在中午12點13分響起。所有人互相對望，唯獨楊隊長一副氣定神閒的模樣。

「記得拖延時間。」他對我說。

負責偵測裝置的警察示意可以接聽後，我拿起話筒。

「喂？」

「是我。」對方說。

我愣了一下才意識到是經理人郭旭凌，於是朝楊隊長搖搖頭。

「怎麼了？」

「你老婆在家嗎？」他說。

我不知道該怎麼回答，只好用曖昧的答法。

「你找她有什麼事嗎？」

「剛才有個用變聲器的傢伙打電話給我……他說自己綁架了你老婆。」

我張大嘴巴說不出話。楊隊長也察覺到不妥，皺起了眉頭。

犯人為了防止電話被反偵測而打電話給經理人，要他把指示轉告我。

「我綁架了馬哲聖的妻子，老實地跟從指示的話，這件事就能簡單地完結。雖然已經警告過他，但你也一樣不要報警。至於贖金，24小時內把一千萬新臺幣用加密貨幣付給我，確認收到錢後就會馬上放走那個女人。」

根據經理人所說，對方只說了這些話。

「你有要求聽樂宜的聲音嗎？」我問。

「我問了，畢竟太可疑了吧。但那傢伙說因為下了藥讓她睡著，所以沒辦法。」

話筒的另一邊傳來沉默。

「總而言之，我先過去你家，反正也要把加密貨幣的地址交給你。」

經理人掛線後，我跟楊隊長說明狀況，他的神情變得有點洩氣。

「加密貨幣嗎……真麻煩呢。」他喃喃自語道。

其他警察也好像感到很困擾，我有種只有自己被排除在外的感覺。

「請問，什麼是加密貨幣？」

警察們的視線集中在我身上，楊隊長嘆了一口氣。

「簡單來說，加密貨幣並不是真實的錢，而是一種電子交易媒介。你就當成是網絡上的金錢吧……雖然實際上差很遠，但為了讓你理解大概就只能這樣說明了。」

被當成笨蛋讓我有點不悅，但確實就像楊隊長所說的，我幾乎不明白他在說什麼。

「那個加密貨幣……是無法追蹤的嗎？」我問。

「因為加密貨幣的特性，雖然每個帳戶的交易資訊都是公開的，但即使是警察都沒辦法透過這些資訊追蹤到犯人。具體來說，每個人都能在網絡上看見A錢包付了一千萬給B錢包，但沒辦法知道A錢包和B錢包的持有人，除非本來就知道那個錢包地址是屬於誰。」

現代的科技就連交贖金也變得如此方便？難以置信的同時，還隱約有種被時代拋離的失落感。

經理人的車不到一小時就到達，看見在場的警察後，他露骨地表現出厭惡的表情。

郭旭凌擔當我的經理人至今超過十年，見證著我一步步取得現在的成就。他對藝術絲毫不感興趣，單純因為這個領域能夠賺錢才會當起經理人。當初聽到我結婚時，他先是露出了難以置信的表情，接下來冷笑著說了句「這樣啊」就不再理會了。

「你怎麼報警了？」把事情簡略說明過後他指責我。

「不然你要我怎麼辦？」

他把一張寫有一串數字和英文字母的紙交給我，驟眼看來就像是亂寫一通的東西。楊隊長說這就是加密貨幣的地址，這下子我更加不懂了。

「我完全不懂，你能幫我處理嗎？」我問經理人，他露出一副誇張的「不是吧」表情。

「你真的打算給贖金嗎？根本無法證明他綁架了你老婆不是嗎？說不定她只是去了某個地方，剛巧把手機關掉了吧。」

儘管用了隱晦的說法，我還是馬上明白他想說的話——難道樂宜不是跟某個男人在一起，所以才聯絡不上嗎？

「既然如此，我們就等到晚上吧。要是還聯絡不上樂宜，到時候再交贖金也不遲。」我故意裝作聽不出話中之意。

「加密貨幣的事你問哲男吧，我也不太熟悉。」郭旭凌的口氣聽起來只是懶得再管。

弟弟馬哲男在中山區從事金融業，為人沉實穩重，各方面都跟不守常軌的我完全相反。他從小就跟我保持著微妙的距離，彷彿時刻在提醒著自己不要成為像我這樣的人。自從父母去世後我們就變得更疏離，甚至前陣子在街上碰巧看到他跟一個女人走著，我也故意繞道來避免打照面。

我詢問楊隊長的意見，他說由於加密貨幣的匿名性質，所以實際上由誰支付也沒有差別。

「可是，我也不贊同就這樣交贖金。我們現在完全處於被動狀態，只能聽從犯人的指示，卻連你太太的聲音也未曾聽過，起碼要確定她在對方手上。相信犯人在期限前不會再聯絡，但不付錢的風險也冒不起……既然如此，我認為先付一半的贖金，收到錢的犯人應該暫時不會對你太太不利，為了剩下的一半也會再度聯絡。你們認為怎麼樣？」楊隊長說。

經理人望向我，用沉默表示由我決定。我的思緒混亂一片，要考量的事情實在太多了。雖然不知道犯人的身分和目的，但整件事的本質就只是詐騙而已。儘管如此，我也不可能告訴他們樂宜已經被我殺掉了。

對我來說，這起詐騙事件的好處是能夠把樂宜失蹤的責任嫁禍給犯人。只要付了贖金，我就成了受害人，不但可以擺脫自身嫌疑，也能順理成章地把樂宜的失蹤推卸給犯人不守信用。

這樣想的話，或許跟犯人的聯絡越少越好。要是被識破這是一起假綁架案的話，困擾的反而會是我。不過，現階段還是應該接受楊隊長的建議，扮演好妻子被綁架了的無助男人。

「我明白了，就這麼做吧。」我向楊隊長說。

6

收到我的電話後，弟弟哲男下班後在黃昏時分來到家中。我向他說明狀況後，素來沉著穩重、不常表露感情的他也扳起臉來。

「我可以申請一個新的加密貨幣錢包來幫你，但錢怎麼辦？」弟弟說。他說話的時候毫無抑揚頓挫，就像沒有感情似的。

「我跟你買的股票和債券什麼的應該值一千萬以上吧？你先把那些換成錢，再把一半的錢轉過去。」

哲男打了幾個電話，又在手提電腦上的鍵盤上敲了一會兒。

「有部分沒辦法馬上換成現金。但如果只是一半的話應該沒問題。全部完成要花點時間，而且這次因為我說是緊急情況才特別通融，之後也有些文件要你補簽回。」

「太好了。」

我鬆了一口氣。

哲男不發一言地在電腦上把我的錢轉移，我主動跟他打開話匣子。

「抱歉，一找你就是這種事情……最近怎麼樣？」

「還是老樣子。」

「前陣子在街上看見你跟一個戴眼鏡的女性走在一起，是交了女朋友嗎？」

「不。」弟弟皺起眉頭。「只是公司的同事。」

他似乎有點不快，畢竟我們一直過著各自的生活，突然開始關心起對方反倒奇怪吧。不過事實上，這只是我的鋪陳而已。

「對了，你昨晚打過電話來吧？那時候我剛好在睡覺，迷迷糊糊的都忘了內容……」

我故意用楊隊長能聽到的音量說，希望在他心中強調我昨晚一直在睡覺的印象，儘管可能根本沒意義。不，或許我並不是想騙人，而是想騙自己而已。

弟弟停下敲鍵盤的手，一臉狐疑地看著我。

「你真的完全不記得了嗎？」

「嗯，那時候好睏，完全想不起來了。」我說。

他嘆了一口氣，用力得像是刻意做給我看似的。

「你之前不是說過對一個基金有興趣，然後要我去調查一下嗎？不過你現在已經不需要了吧？」

「對對，我想起來了。」我裝作突然記起。

「差不多準備好了。要馬上把錢發過去嗎？」

哲男拿起經理人寫下的紙揮著，這時候楊隊長走過來了。

「先把一半的錢發過去吧。考慮到犯人之前是凌晨才聯絡你，在收到電話前我和下屬們會一直留在這兒，馬先生應該沒問題吧？另外，因為犯人可能會聯絡經理人，所以請郭先生也一併留下。」他清晰俐落地下指示。

「什麼？太麻煩了吧！」

經理人大聲地抱怨，但無奈之下還是勉強答應了。

弟弟在晚上8點22分把等值五百萬新臺幣的加密貨幣發送到犯人指定的地址。所有人屏息以待，可是一直都沒有再收到犯人的聯絡。一個小時後，在場的人除了楊隊長以外都變得無精打采，彷彿被無意義的等待削去了所有精力。

「除了乾等就沒辦法？好麻煩喔。」經理人不斷抱怨。

過了晚上10點後，弟弟因為早上需要上班而先行離開，我答應一有消息就馬上通知他。楊隊長也在12點左右讓部分下屬離去，僅留下幾個人監察著。經理人擺出一副事不關己的態度，大搖大擺地在沙發上睡得直打呼。

我想起自己幾乎沒有睡過覺，儘管十分疲憊，卻完全沒有想睡的意欲。一旦閉上眼睛，各種各樣的映像就會浮現在眼前。幾何圖案的幻像、《踏繪》、整張臉破爛一片的屍體……

「想睡的話就睡吧，電話來的時候我會喚醒你的。」

楊隊長瞧了我一眼之後說道。

「不用了，即使想睡也睡不著。」

「我在外面抽菸可以吧？」他拿出菸指向後園。

「那我也一起去。」我說。

雖然應該不會露出馬腳，但讓楊隊長獨自待在後園還是很可怕。我們穿過走廊，打開通往後園的玻璃門後，一起坐在階級上點起菸。

這種情況下似乎應該說點什麼，但我想不到有什麼好說，結果楊隊長先開了口。

「你是犯人嗎？」

他平靜地吐出，就像只是呼出的一口煙而已。心臟像被重重打了一下，甚至被菸嗆到了，不停地咳。

「你在說笑吧？」我好不容易才說出。

「不是。」

「我可是受害人，還付了五百萬啊。再說，經理人收到電話的時候，我一直跟你們在一起吧？」

楊隊長不徐不疾地吐出煙霧，似乎早就預料到我會這麼說。

「不管怎說，你的行為也太奇怪了。跟太太的關係很差，付贖金卻這麼乾脆？」

「關係再怎麼差，她也是我老婆吧？換了別人也會做同樣的事吧？」

雖然我這麼說，但楊隊長的話確實有道理。如果這宗綁架事件不是在我殺了她之後發生，恐怕我會直接無視掉，覺得樂宜死了反而更好。

「你特地從台南的溫泉會館跑回來這點也很奇怪，雖然想不通為什麼，但應該是想製造某種不在場証明嗎？」他繼續邊吐出煙霧邊說。

無法反駁。雖然理由單純就是我吃了迷幻藥而胡思亂想，但總不可能跟楊隊長直說。

我們陷入了沉默。楊隊長在菸熄滅後也似乎沒有回到客廳的打算，凝視著天空又點起新的一根。明明沒有必要，我卻跟隨他點起了新的一根。

「你知道解決一宗案件的關鍵點是什麼嗎？」他的視線沒有離開天空。

「……不知道。」

「是『合理性』。事實上，現實中的犯罪大多都是受害人身邊的人做的，西方的警察甚至有『如果妻子死了，犯人十之八九是丈夫』的說法。雖然只是玩笑話，但也有它的道理。」

一股寒意充斥全身，雖然楊隊長應該不會想到樂宜已經死了，但被他懷疑會讓我的情況變得十分不利。

「一般來說，警察辦案也是遵循這個大原則的。現場遺留的痕跡、誰人有動機、案件中的最大得益者等等，這些都是最容易判斷犯人的因素。但是，從相反的角度來看也是成立的。因為警察利用合理性查案，所以『不合理』的案件對我們來說就十分棘手了。假設某天你想體驗一下殺人的感覺好了，如果你特地跑到台南的鄉郊地方，深夜時隨機選了個獨自走在路上的陌生人，趁他不備時用刀刺死他……基本上我們是不太可能抓到你的，當然這只是在沒有留下證據的前提下。」

變得過長的菸灰掉在地上了，這才發現我除了最初的一口外完全沒吸過。楊隊長沒有理會我，就像在自言自語地繼續說下去。

「案件本身的合理性也對一般人有很大影響。人們會對獵奇案件感到興奮，對平凡的案件則興致缺缺。本質上，我的主要工作是透過提供名為『犯人』的答案，撲滅大眾病態般的好奇心。」

「你到底想說什麼？」

氣氛越來越不對勁。楊隊長的視線轉向我，他現在的感覺比起刑警更像一個流氓。

「這麼說吧，這案件似乎會變得很麻煩，我希望你就是犯人。你跟太太的感情不好，於是僱人綁架了她，讓她永遠也不再出現在你面前，而所謂贖金就是犯人的報酬……怎麼樣？聽起來很合理吧？要是順著這個前提去查的話，或許意外地會找到很多間接證據也說不定。當然，即使你是犯人也絕對不會承認，並堅稱是冤罪吧？這也是人之常情……不過到時候就是別人的問題了。」

我懷疑自己聽錯了，直到拿著的菸蒂灼到手才回過神來。

「你該不會想說……就算是誣罪也要強行把我當成犯人吧？」

「不，我只是『希望』你是犯人而已，畢竟這樣對我的工作來說最方便。很多人都誤會了警察的工作，維持秩序什麼的根本就是過分理想化。警察倒是跟毒販有點相似，不過我們販賣的是和平的幻覺。這份工作的要求從來都不是『解決事件』，而是『給出人們能接受的答案』。」

楊隊長冷冷一笑，這個人十分不妙。

「警察說這種話沒問題嗎？」我咬著牙關說。

「除非你有在錄音，不然就沒問題了。如果你擅自認定警察一定是風紀良好的，那就證明了我們販賣的和平毒藥很有效不是嗎？總而言之，在你我的立場都好，犯人儘快聯絡是最好的。」

他說完後伸了個懶腰，慢慢走回客廳。我的雙腳發軟無法站起，只能一根接一根地不斷抽菸，為自己的處境感到想吐。

7

睜開眼睛，發現經理人郭旭凌正躺在旁邊呼呼大睡。我記不起什麼時候睡著了，也沒有睡過的感覺。客廳的警察們也顯得很憔悴，只有楊隊長看起來仍然精神奕奕。時鐘上顯示著早上八點三十三分。

「犯人有聯絡嗎？」

楊隊長不以為意地搖搖頭，他前一晚說的話殘留在腦海，沉重的壓力使我的精神快要到極限了。除了連續兩天沒怎麼睡過，殺了人的現實感也越來越強烈。

要是犯人不再聯絡，搜查的方向一定會改變，我會成為首個被懷疑的對象。能夠做到不露出馬腳嗎？或許我會抵受不住壓力而自首也說不定。

中午一點，犯人說的二十四小時期限已經過了，但依然毫無音訊，在場的警察也開始露出不耐煩的表現。

客廳的電話僅響過一次，但只是弟弟哲男打來詢問情況而已。另一邊，雖然經理人郭旭凌的電話響了數次，但全都是工作上的電話。難道真的是單純的詐欺電話嗎？我變得坐立不安，開始為報警這件事感到後悔。即使是詐欺電話也好，好歹做到最後啊。竟然無助得祈求對方有專業操守，我知道自己已經窮途末路了。

這樣下去，楊隊長一定會把我列為最大嫌疑人。對那個人來說真相並不重要，只要能把案件解決得讓人能夠接受就沒問題了。假如他真的決定這樣做的話，我已經等同束手就擒的獵物了。

可是，一通電話把事情的發展拉向了更混亂的地方。響起的既不是客廳的電話，也不是經理人的手機，而是楊隊長的手機。

「什麼事？」楊隊長甫頭問道。

就在他說完這句之後，他沉默了好一陣子，臉上的表情變得十分凝重。

「你確定嗎？」

「是什麼時候的事？」

「最新的情況是？」

問了幾個諸如此類的問題後，他以「我明白了，之後再聯絡」作結。在場的人同時把目光投向他，大家都意識到有什麼事情發生了。楊隊長面向我，我無法解讀他眼神中的情感。

「兩個小時前，疑似是你太太的屍體被發現了。」

我愣在原地良久，懷疑他在故意說謊來測試我的反應。

「開什麼玩笑！」

我用力叫出來，聲音卻比想像中無力。

絕對是搞錯了吧？樂宜的屍體？她的屍體明明就在外面的後園，就在伸手可觸及的地方……

「不……不會的……怎麼回事？」

無法分辨精神混亂是因為聽見樂宜的屍體在別處出現了，還是因為我到現在才真正感受到她的死亡。

「今天稍早之前，在淡水信義線的竹圍站外面的公園草叢，有晨跑人士發現了一個奇怪的行李箱，於是上去查看。因為行李箱沒關好，他一發現裡面裝了個人後馬上報了警。警方發現裡面除了一具女性屍體外，還有你太太的錢包……」楊隊長緩緩地說。

「即使這樣也不能確定是樂宜吧？」我發現自己的聲音在顫抖。

「嗯，因此需要你去認屍，為了確實起見經理人和你弟弟也一併去比較好。不過……」他欲言又止。

「不過什麼？」我問。

「你最好先有心理準備，因為屍體……稱不上完整。」

「那是什麼意思？」

「她的臉……被完全打爛了。」

我感覺到自己臉上的表情完全僵硬了。被完全打爛了？那不就是我殺害樂宜的情況嗎？到底發生什麼事了？

「打爛了……？」我很勉強才能重複這句說話。

「詳情我也不清楚，只聽說她的臉部有非常嚴重的損傷，甚至連五官都無法看到了……」

之後到底是怎麼到達警察局的，我完全想不起來了。

8

實際站在那具屍體面前，我才真正感受到這是現實。

「就是這具。」

除了楊隊長外，另外有一個姓周、聲稱是檢察官的人陪同著認屍。

把屍體臉上蓋著的布翻起時，我幾乎在原地嘔吐，幸好來得及用雙手掩住嘴。猶如黏土塊般的臉。頭部一陣天旋地轉，雙腳脫力倒在了地上。

楊隊長和檢察官以為我因看見屍體而受驚，趕緊扶起跌倒的我。雖然這也是一部分的原因，但主因是不管怎麼看，這簡直就是把那天晚上我做的事重現。

「初步估計死者是因為遭到硬物多番毆打臉部致死，導致嚴重變形，暫時無法確定凶器……」檢察官像在背書般說。

雕像，我在心中說著，凶器是個沒有頭和手的天使雕像。這個沾著不應該出現的液體的雕像，被我連同樂宜的屍體一同埋在後園了。

「可以請你確認這是你的妻子嗎？」楊隊長說。

我想避開那張「臉」不看，但不知為何無法做到。身體的線條和穿衣風格確實跟樂宜很相似，但我無法百分百確定，畢竟已經很久沒有仔細看過她了，當然也沒有性生活。

我傾向告訴他們這具屍體是樂宜。為了洗脫自己的嫌疑，這樣做應該是最好的，畢竟我一直都跟警察在一起，不可能殺人和棄屍。

「雖然無法百分百確定，但我認為……」

說到這兒，我突然發現了一件可怕的事。屍體被毀壞的臉上，有一個剛才沒有注意到的東西。

在眼角下方的邊緣處，有一顆痣。我不可能裝作注意不到這顆痣，腦海變得一片空白。

「不，這具屍體肯定是樂宜。」

濃烈的悲傷從胃部擴散到全身，再無暇思考為什麼樂宜的屍體會出現在這兒了。我跪倒在地上放聲痛哭，哭的原因就連自己也說不清。

我坐在太平間外的椅子上雙手掩面，腦海一片混亂。雖然想嘗試思考發生了什麼事，但根本不可能做到。

「節哀順變。」

弟弟和經理人從冷房走出來，我從未見過他們這麼凝重的表情。

「那個是樂宜吧？」

我彷彿抱著某種不現實的希望問他們。他們兩人對望了一下，好像不知道該如何回答。

「我是不敢確定哩……」

經理人裝作不知道，弟弟則是沉默地望向地面。沒有人開口說話，接著楊隊長跟檢察官也走了出來。

「這件案件的規模已經完全不同了，我們也會加派人手去調查。我代表警方答應你們，一定會盡力解決這案件。」楊隊長說，態度跟之前完全不同。

「難道不是因為你指示只給一半錢而惹怒了犯人，所以他才殺了樂宜嗎？」

我咬牙切齒地說。明明自己才是殺人犯，這刻卻毫無廉恥地責怪他人。楊隊長沒有辯解，用公事的語調繼續說下去。

「今天請各位先回去休息吧。遺體接下來會交給法醫解剖，明天我會帶同部下到馬先生的家。慎重起見，還是要從你家採集指紋來確定屍體的身分。」楊隊長說完後就跟檢察官離開了。

對了，指紋。只要檢驗指紋，不就能知道那具屍體是不是樂宜了嗎？但是，這樣又會產生其他問題。根據可能出現的結果，我應該要考慮不同的自保方法，我需要一個能好好思考的地方。

「我會在附近隨便找家旅館過夜，哲男你明早可以來接我回去嗎？」回家的話，或許我會就此精神失常也說不定。

「沒問題。早上8點左右我在旅館門口接你吧。」弟弟說。

「那麼我明早也直接去你家吧。」經理人平日總是一副事不關己的模樣，但真的出事了他也不會置之不理。

我躺在旅館的床上，腦海一片混亂。

那具屍體無疑是樂宜，也就是說她真的被綁架了？如果是這樣的話，我殺了的女人又是誰？我嘗試喚回那天晚上的記憶，但片段十分零碎。

從台南的溫泉會館回家。檢查家裡的東西和畫。發現刀子。聽到睡房的聲音。懦夫。房間漆黑一片。手機的光源。她轉向我。我勒住她的脖子。幻聽。拿起雕像。不停地敲打她的臉。用打火機確認屍體的狀況。弟弟打電話來。到車庫拿手提燈箱和剷子。把屍體和所有命案相關的東西埋到後園。清理睡房的痕跡。到浴室清洗乾淨。收到綁架的電話。

那一晚的順序大概是這樣。換言之，我從頭到尾都沒有確定過那個女人是樂宜。因為睡房有女人，我就下意識認定了她是樂宜。莫非那是我以前帶過回家的女人？因為房子位於台北郊區，附近也沒有其他人家，所以我沒有鎖門的習慣。難道因為這樣，某個女人就擅自進來了？可是那樣也太沒常識了吧，無法想像有人會做出這樣的事。

假如我殺掉的女人是別人的話，也就是說樂宜被殺的事件跟我完全無關。可是，為什麼死法會完全一樣呢？被我殺掉的女人又是誰呢？我甚至想過所有的一切都只是迷幻藥造成的幻覺，但這個就太荒謬了。

幻覺？

回顧當天的過程後，我想起了一件事。那個不知名的女人的手機去了哪裡？她有手機這一點是確認的，即使她用手機聊天的聲音是幻聽，但我進去房間時她的手上確實拿著手機，畢竟那是漆黑的房間中唯一的光源。那部手機應該在我敲打她的臉時脫了手，但後來我有把它一併埋起來嗎？我沒有印象。越是努力回想，記憶就變得越混亂，就連自己也變得不可信了。

不管如何，眼下最首要的還是必須知道那具屍體是不是樂宜，這一點必須等楊隊長採集指紋後才能知道。如果真的是樂宜，既然人不是我殺的，應對起楊隊長來應該不會有破綻。但如果不是……到時候不只是女屍的真實身分，還有樂宜的下落也會一併成謎。

這麼一來，我又會再次被捲進事情的中心處。因此現在唯一能做的，就是祈求那具屍體確實是樂宜。我抱著這個念頭進入夢鄉。即使過了兩天，我依然無法睡好，一旦閉上眼睛就會浮現出各種可怕的映像。

9

第二天早上，弟弟駕車來到旅館門外接我回家。再次踏進家門時有一股陌生的感覺，彷佛這所埋藏著屍體的房子正在拒絕我。

幾乎同一時間，經理人的車子也來到了。再過二十分鐘，警察們的車子也來到了。帶頭的人依然是楊隊長，他帶來的人數比當初綁架案的時候還多。

「現在要採取馬太太的指紋，方便的話，可以告訴我們哪個地方會比較容易採集到嗎？比如說她常觸摸的地方或東西……」

楊隊長這麼一說，我才發現這個問題或許比想像中的難。事實上，樂宜的個人物品可說是少之又少。當然衣服之類的基本東西還有，但我不確定能否在上面採集到她的指紋。由於性格的緣故，她常常隨便地丟棄身邊的物品，可說是崇尚極簡的生活主義。從另一方面來說，是因為一切對她來說都毫無價值可言。

事實上，要想出她會觸摸到的地方更難。由於我經常帶不同的女人回家，恐怕真要採集起來的話，會出現無法數清的、屬於不同人的指紋。

「抱歉，恐怕會有點麻煩……」

我向警察說明狀況，當說到我經常帶不同的女人回家後，可以感受到多股蔑視的目光。

「如果是這樣的話，我們也只能盡力了。反正即使採取到多數不同的指紋，總有一個是她的吧？」楊隊長不悅地說，顯然覺得很麻煩。

警察們開始四處灑下白粉的時候，弟弟哲男突然開口。

「有沒有什麼東西是只有大嫂才會觸摸的？比如說杯子或廚具之類的……」

聽到「廚具」的時候，我猛地從沙發站了起來。對了，那把刀子。那一晚樂宜想用來毀掉《踏繪》的刀子。

「我想起來了。廚房的那把刀子她曾經用過，應該能夠採集到她的指紋。」我向楊隊長說。

我們從來不會在家中下廚，廚具什麼的從一開始就只是擺設而已，因此刀子也只有一把。結果，警察在刀柄上取得了鮮明的指紋。最後他們草草檢查了樂宜的個人物品，覺得沒有什麼值得調查的地方就離開了，哲男和郭旭凌則留在家中陪住我。整個過程花了大約兩小時。

不知為何有種釋放一切的感覺，是因為接下來我只能等待結果宣告了嗎？就像幕府時代的日本基督徒般，失去一切自主性，只能等待別人宣告自己的命運嗎？意識到這件事後，我竟然不知不覺間在沙發上睡著了。自從那天之後，我未曾睡得如此安祥。

幾個小時後，電話的響聲響起來了。我迷迷糊糊地坐起身，看見弟弟正坐在旁邊用手提電腦處理公司的事務，經理人則是在另一邊的飯桌上抽菸。我趕緊拿起客廳的電話，另一側傳來楊隊長的聲音。

「就像你說的，我們從你家中搜集到了多個不同人的指紋。不過從刀子上取得的指紋跟屍體的吻合，應該可以確認是羅樂宜了。」

太好了。我在心中這樣說。雖然整件事還有很多奇怪的地方，但至少我的壓力減少了。

「另外，法醫的報告也收到了。死者是在昨天凌晨12點至2點這段時間遇害的，但死因並非我們認為的硬物毆打致死，而是勒死。不過，也有可能是凶手在勒住她的同時不斷毆打她……」

頭部又一陣天旋地轉。聽到死亡時間的時候，我確實鬆了一口氣，因為那代表我不可能是犯人，而楊隊長也很清楚這件事。但是，為什麼樂宜的死亡方式跟我殺那個女人的方式如出一轍？

「也就是說我洗脫嫌疑了吧？」我說。

「明明太太才剛證實遇害，你倒是在意起別的地方呢。」

後背一陣發涼。我太焦急了嗎？不過考慮到他那天說的話，我會有這種反應也不算奇怪吧？

「我之前就說過吧，或許你是指使了別人去做也說不定。對了，我們也問過了那個展覽活動的負責人，他說展覽完結後你太太就走了，也就是說那是她最後一次被人看見的時候了。」他說的是那個比利時的行為藝術家。

「所以你仍然在懷疑我？」

「這麼說也不對，我知道不是你殺的，不過你在這件事裡面參與到什麼程度則有待調查。」

楊隊長掛線後，我再次變得不安起來。聽他的語氣，恐怕他已經決定了要把我做為重點調查對象，方便儘快解決案件。

我向哲男和郭旭凌說明了最新狀況，連同楊隊長之前說的話全部告訴了他們。

「那傢伙太過分了吧！我要找律師！」

經理人大怒，準備撥電話給相熟的律師，但被我阻止了。

「我們沒有證據，根本拿他沒辦法。要是被他知道了，搞不好情況會變得更壞。」我說。

「可是……」經理人欲言又止。

這時候弟弟開口了。

「我認同哥的說法。既然肯定他沒有殺人，即使那個警察再怎麼想隨便結案也不可能硬是把他當作犯人，至少現在沒有任何根據能證明哥哥有參與這件事。要是在這個時間點正面與他為敵，搞不好他急起來還會偽造證據之類的。」

哲男的分析雖然很合理，卻令我更陰鬱了。就像他說的，如果出現任何證據能導向楊隊長想要的結果，相信他會毫不猶豫地接納的。更讓我不安的，是他提到楊隊長可能會偽造證據，確實這也並非不可能的事。

毫無預警地，這幾天累積的一切終於壓垮了我。不安、恐懼、迷惑等等的負面情緒侵蝕了身體的每一個細胞。理性的弦徹底斷裂，我趴在沙發上大哭，哭過後又轉為大笑，把弟弟和經理人嚇得不敢作聲。

「喂，你沒事吧？該不會又偷偷吃了迷幻藥吧？」經理人戰戰兢兢地問。

失控的情緒持續爆發，我撕破喉嚨趕走他們兩人。他們猶豫了一下，為免刺激到我就離開了。

他們離開後，我硬生生把沙發的皮革撕開，把廚房的東西扔得到處都是，甚至連電視也打破了。即使如此，體內依然有股龐大的破壞慾。還不夠。我搞不清這股慾望的來源，也不知道應該指向的對象。是楊隊長嗎？還是已經變成屍體的樂宜？或許，其實我最想毀掉的是自己？

混亂中，我注意到了牆上的《踏繪》。藉由自己的魔力令人瘋狂，冷冷地看著這一切的《踏繪》。

10

我跟肖像畫中的女人對視，即使現在她依然在望向不存在的遠方。

「妳還是在輕蔑世界的一切，包括自己嗎？」

我向畫說道，就像個瘋子一樣——不，這一刻我無疑已經瘋了。

要使人滅亡，最簡單的方法就是令他瘋狂對吧？妳故意給我無上的成就，就是為了這一刻吧？妳魅惑所有人，包括創造妳的我在內，同時也毀滅所有人。越是美麗的東西，內裡就埋藏著越深的惡意。哈，我竟然一直忘記了這麼簡單的道理。

樂宜說得沒錯，完成畫作後畫具就變得沒有意義了。只是我沒想到不只是她，連我自己也是畫具之一。創造出妳的同時，本來的我也被毀滅了。

可笑的是，本來的我還是個會嘲笑他人信仰的人。我從來都無法理解，為什麼人會認同信仰，甚至看得比自己更重要。但是，我在完成妳的一刻也變成了這種人。

要是沒有妳，我跟樂宜會怎樣呢？或許會過著不算富裕但平淡的生活？事到如今，我竟然無法想像那種情景……即使讓我再重新選擇一次，我也會把妳畫出來。換言之，我和她的毀滅是從一開始就注定了的。

妳現在一定在嘲諷我吧？不對，就連嘲諷這個行為，對妳來說也是無意義的吧？妳令別人瘋狂，再冷眼看著他們自我毀滅，就像新陳代謝一樣自然。明明早就知道，我卻還是被妳吞噬了。

說到底是因為傲慢。我以為能掌控妳那目空一切的美，但如果我真的能駕馭這份美，它不就失去了本來的意義嗎？結果，我只不過是在追逐不可能得到的幻覺而已。

那種視一切如塵芥的虛無，根本沒有人能夠掌握到。就像人類不可能成為他們幻想中的、擅自被人格化的神；就像自古至今只有佛陀能到達真正的涅盤境界……但是，假如只是一瞬間的體驗呢？

踏繪不就是這樣嗎？親手去破壞信仰、破壞賴以維持自我的信念，將自我人格徹底打碎，再祈求可以重組……所有的信念和價值都被摧毀得蕩然無存之後，我能看見妳眼中的風景嗎？哪怕只有一剎那都好，我想試試看……

「難道你不想試一下嗎？真正的踏繪？」

我用力搖晃畫框，不一會它就從牆上脫落，掉到地面發出巨響。雖然畫框破了，但畫作依然完好無缺。

腦袋一陣飄飄然，明明天色已黑，我卻覺得被一股亮光包圍著。我跑到廚房拿刀子——就是之前樂宜用的那把——不停割畫中女人的臉。乾涸的顏料碎逐漸剝落，就像從那女人身上流出來的血一樣。

用刀子太花時間，我把隨手能拿起的東西都用力擲向肖像畫。花瓶、椅子，甚至客廳的電話。看著畫作的損傷越來越多，我不但毫無惋惜，反而感到異常興奮。再沒有東西可以扔後，我直接用腳不斷踩它，濃烈的快感從腳底擴散到全身。

我乾脆抓起畫框的邊緣用力踩下去，可是因為衝力而整個人跌倒在地上。再嘗試一次，這次更用力抓緊，再用右腳全力踩下去。版畫「咔」一聲斷開了，我的腳也流出血來。

那是一種連最高級的毒品和性愛都無法媲美的快感，整個身體都在旋轉，彷彿重力和時間的基本規則不再適用於我般。越是破壞這幅畫，我就越是感受到體內有某些部分被逐漸削去。構成自我人格的元素正在消去，腦海變成一片空白，僅是在執行最簡單的傳遞和接收的作業，窮盡身體的每一個細胞去體驗和品嚐這份快感……

連記憶都變得錯亂了。上一秒明明還在踩踏那幅畫，下一秒我卻身處在沙發上發呆，甚至還出現自己身在溫泉會館的錯覺……我會死嗎？不知為何，我知道自己要是在這個狀態下「決定」死亡，真的會就此死去。沒有任何原因地，意識會就此消亡，遺留下失去機能的肉體……

意識越來越模糊，但快感依舊強烈。經歷過真正的踏繪後，我已經不再是我了。歸根究底，本來的我到底是什麼？沉淪在這種快感下，這種問題還重要嗎？我………

11

有人在搖我。

發生什麼事了？有種彷彿睡了好幾十年的感覺。有人在叫我。我聽到聲音，卻不明白對方正在說什麼。

「沒事吧？搞什麼啊？」

眼睛勉強睜開一道縫，弟弟哲男的臉出現在眼前。

「怎麼回事？該不會有強盜吧？」他說。

我想坐起來，身體卻用不了力，而且右腳傳來劇痛。

客廳宛如發生重大災害般凌亂一片。我花了好幾分鐘才記起前一天的事，右腳的血已經完全乾涸了。

「現在幾點？」我問。

「下午一點了，你到底做了什麼？」

頭仍然很痛，無法想像自己睡了這麼久。

「沒事……你是怎樣進來的？」

「你從來都不鎖門吧？」弟弟沒好氣地說。「到底發生了什麼事？」

「沒什麼，情緒有點失控而已。」

「這也失控過頭了。」

我請他幫我拿杯水，馬上全部灌進喉嚨。水通過喉嚨流到胃部後，體內的細胞彷彿全都活性化過來。儘管如此，大腦依然充斥著一片虛無感。身體變得好輕盈，但比較像是快要走到生命盡頭，迴光返照般的輕盈。

「你為什麼來了？」我問哲男。

「還不是你昨天突然發瘋趕走我們，今天我才特地向公司請假過來看你……沒想到一來到就是這幅景象。」

前一天的記憶零碎地浮現出來，但還不是能夠思考的狀態。

「對了……案件有進展嗎？」我問。

「我怎麼知道？一般來說不是會先通知你嗎？」

弟弟的視線投向地上被我弄壞了的電話，用鼻嘆了一口氣。

「當我沒說。」

哲男問我要不要吃什麼，我拒絕了。雖然好像很久沒吃過東西，但我毫無飢餓的感覺，就像身體拒絕再執行這個機能般。

「紅酒呢？本來只是順道帶來，但看來你需要放鬆一點。」

「紅酒可以。」

哲男在廚房拿起兩隻杯子，把紅酒倒進去。我們坐在飯桌面對面，不知道有多少年沒試過了。

「好像很久沒有兩人好好聊天了。」我開口。

經過前一天的體驗後，我就像精神被搾乾了一樣。感覺不到任何東西，僅靠著本能來迎合身邊的事。

「即使有機會，恐怕我們其中一個也會拒絕吧？」弟弟喝了一口紅酒後說。

「也對，畢竟你討厭我吧？」我也喝了一口紅酒。

「也不是討厭，再怎麼說你也沒對我做過什麼。我們的個性原本就相差太遠，生活方式也完全不同，會這樣也是理所當然的。要比喻的話，就像各自生活在陸地和海洋的生物，平日幾乎不會有交集。」

「有點意外呢。你從小就一直故意跟我保持距離吧？」

「這麼說也沒錯。不過這也不代表我討厭你吧？」

我回以一個微笑。

我們沒有再說話，默默地在啜飲紅酒。意外地，我並不覺得這陣沉默尷尬。

「說實話，我已經不知道之後該怎樣才好了。」我突然吐出這句話。

「你指的是？」

「之後的人生。怎麼說呢……這次事件讓我開始反思，至今為止的人生到底都在幹什麼。」

「你該不會是想說現在才來反省人生吧？」

「不，你也知道我不是這種人吧。只是因為這次事件，我開始不明白到底什麼才是對自己真正有意義的東西。」我說。

「我可沒有這種藝術家的感性。」

「這麼說吧，比如說你每天在投資市場上賺錢，看到數字一點一點地累積就會有滿足感吧？我從來沒有這種小小的喜悅。不管再怎麼努力，最終也只能依靠藥物或女人才能得到短暫的快感。」

「我無法給予建議呢。」

「我從小就在毀滅身邊的一切，小時候也是吧？爸媽說什麼都不聽，總是逆他們的意，好像是故意要讓他們失望似的……」

「即使如此，爸媽對你的關注還是比較多吧？」哲男說。

我沒有回答，又喝了一大口紅酒。內臟像是被掏空了，宛如今天之前的自己已經死了。我想起樂宜說過，破壞掉自我後再重新構建的信仰會更強大，可是我現在除了虛無什麼都感受不到。

「哥……我有事想說。」一陣沉默後，哲男突然說道。

「什麼事？」

他開口之前，我的頭突然像被重擊了一下。

我知道這種感覺。這是每次服用完藥物後，效力開始發作的感覺。意識變得昏昏沉沉，一股強烈的睡意向我襲來。

這是怎麼回事？哲男的身體向前傾，嘴巴唸唸有詞地不知道在說什麼。

我想抵抗，但身體不聽使喚，全身的力氣都被抽乾了。紅酒裡混了某種藥物。我好不容易才想出這個結論，在意識徹底遠去前拚命盯著哲男。你做了什麼？我張開嘴，卻發不出任何聲音。

「哥……」他的聲音聽起來好遠。「是你殺了大嫂吧？」

12

第一次看見大嫂的時候，我就被她的美貌迷住了。不只是美貌，她充滿知性的氣質也深深吸引住我。為什麼像她這樣的女人，會喜歡上你這種人呢？

幫我的咖啡店挑選擺設那時，她的感覺完全不同了。即使美貌依舊，但她變得憔悴了。不用說，我也知道是你在一點一點磨削掉她。

我從小就知道你的品格是多麼有問題。吸毒、濫交、自我中心……奇怪的是，即使你擁有一切最差勁的特質，偏偏受到眾人的關注。不過就像剛才所說的，我並不討厭你。只要保持恰當的距離，互不干涉對方的生活就好了——我本來是這樣想的。

後來聽說大嫂也開始發展自己的事業時，我打從心底為她感到高興，以為這樣她就不會再輕易被你影響，我甚至在心中偷偷希望你們就這樣分開。

收到大嫂要求私下見面的電話時，我是既驚又喜的。但當見面的時候，我的心又突然一沉。要形容的話，就是她與生俱來的美，突然蒙上了一層粗製濫造的人工化。

我們才喝了幾杯，她就開始說起你的事情。她知道你有別的女人，若是玩玩的還好，但你的心中藏著某個人，只是她不知道是誰。當她說到為了向你報復而做相同的事時，我彷彿身體某處被用力刺了一下。

大嫂是真心愛你的……雖然我不確定這能不能稱為「愛」。沒錯，她誘惑了我，而我也回應了她。儘管如此，不管發生了幾次關係，她的心也一直在你身上。甚至有一次，她乾脆地向我承認：「我會跟你維持這種關係，單純就是對你哥的報復，每次想像著他知道真相時的樣子我就會感到興奮……不過這根本沒用，不管做了多麼不堪的事，我們都不會直接告訴對方。也就是說，我一直都在欺騙自己，假裝這些不倫行為能對他做成傷害……」

聽到她這麼說，我也徹底死心了。但我們仍然保持著這種關係，滿足她對你的報復心。

前陣子我看中了某只加密貨幣，擅自挪用了顧客的錢大筆投資下去。沒想到過了不久，它就開始價格暴跌。我虧損了一大筆錢，需要馬上把錢補進去。公司內有一個會計部的女人很迷戀我，雖然我對她完全沒興趣，但為了填補虧損了的錢，我也只好硬著頭皮去跟她商量。

「這麼大筆錢，要對公司的帳簿做許多修改呢……而且風險也很大……」

她臉上那不懷好意的笑容，我到現在都忘不了。為了不讓她把虧空公款的事說出去，我被逼滿足她的一切要求，不論身心都變得污衊。或許你會看作是艷遇，但我只覺得自己很嘔心。唯一有點安慰的是，她的身材線條跟大嫂很相似，因此跟她上床的時候我在某程度上可以把她幻想成是大嫂。

可是，她對我的痴迷越來越偏離常軌。她很清楚我並不喜歡她，但卻因為掌握了我的一切而沾沾自喜，確信終有一天會完全得到我。我很想脫離她，無奈在找到解決辦法前，只能扮作乖乖配合。

最可怕的是，她不知為何知道了我跟大嫂的關係。難以置信的是，她不但沒有生氣，反而開始模仿起大嫂的一切。她在雜誌和網絡上收集所有關於大嫂的資訊，模仿她的穿著、說話方式，甚至特地去整形加上一顆跟大嫂一模一樣的痣……

「還有什麼做得不夠的儘管告訴我吧，我會去改變的，你喜歡這顆痣吧？」

她氣定神閒地說出這句話，眼神充斥著瘋狂。從這時候開始，我就知道再不擺脫她的話就危險了。

那天你以為大嫂在跟人通電話，根本沒想到房間還有其他人吧？幸好那時候睡房的電燈壞了，你看不到躲在門後的我，否則後果難以想像。接著，你就在我眼前發瘋似地殺了大嫂。

我差點大叫出來，好不容易才忍住了。當你一邊敲打大嫂的臉一邊大叫時，我就知道你又吸食迷幻藥了。為了偷偷溜走，我只好用手機打電話到客廳讓你留在那兒。當時吸了迷幻藥的你，根本連普通地對話也做不到，更別說會注意到家中有其他人。

我一邊跟你聊電話，一邊把大嫂的手機和其他東西拿走，偷偷溜出屋外。要是被你查看她的手機，我跟她的關係馬上就會暴露，只是沒想到順便拿走她的東西會成為後來的關鍵。

雖然我對大嫂確實懷有感情，但人已死也就只能接受。當想到或許可以利用這個機會，跟公司那個女人的關係切斷時，就連我自己也無法相信。

因為是衝動殺人，你肯定不知道該怎麼隱瞞吧？畢竟認識大嫂的人太多了。於是我拋出這個假綁架案的餌，而你果然上鉤了。為了扮演受害人角色，你一定會乖乖付贖金，我知道你就是這樣的人。對了，我虧空了的錢實際上只有五百萬，要求一千萬只是因為我想再多賺一點，沒想到被那個警察妨礙了。

收到錢的當晚，我馬上走到那個女人的家，提出把五百萬還給她並從此斷絕關係。沒想到她竟然說錢要照樣給她，但關係不能停止。我跟她大吵一架，不過當時還沒想到要殺了她。

但是，當我看到了她廚房的刀碰巧跟你家的一樣，這個念頭就如同惡魔般突然出現了。對，就是那把看起來隨處可見的刀。當你還在溫泉會館時，大嫂就告訴了我自己差點毀掉那幅畫的事，她還說做夢也想不到自己竟然輸給了一幅畫。

我勒死了公司的那個女人，再用槌子敲爛她的臉，偽裝成大嫂的屍體。老實說，我也沒想到會這麼順利。我早就有心理準備，一旦被發現那並不是大嫂就馬上逃到外國去。我猜到警察會提出驗指紋，因此如何把兩把刀子調包，並且引導警察從中取得指紋就是整個計畫中最困難的事。

而這兩點，你都完美地配合了我。認屍後你說要去旅館，我就在之後來這兒把刀子換掉的。雖然即使你不去旅館，我也能在第二天接你回來後偷偷換掉就是了。只是，讓警察採集及相信刀子上的指紋就是大嫂的這一點，我一直沒有把握。沒想到，你竟然主動說明家中很難採集到大嫂的指紋，並且在我暗示的時候馬上想到那把刀子……該說你是自取滅亡嗎？

我用那個女人的電郵給公司發了辭職信，並在她的家留下了偽造的自白書，假裝她是因為虧空公款而潛逃。或許這種程度的手腳無法隱瞞太久，但直到被揭發前我絕對有充足的時間做出逃亡的準備。

事實上，本來我還在掙扎要不要對你下手，畢竟殺了你大嫂也不會活過來……但昨晚聽完你說那個警察的事情，再加上今天看到這裡的情況後，本來還有猶豫的殺意也就變得確定了。對於那個警察來說，雖然這件案不多不少都會有奇怪的地方，但只要能解決就沒關係吧？

話說得有點太多了，恐怕你早就已經聽不到我說的話了吧？哥，希望你安心睡吧，以後不必再尋找生命中有意義的事物了。

13

「光從現場環境來看的話，他是服用氰化物自殺。」年青的警察說。

楊隊長挑起眼眉，表情似笑非笑，不發一言地到處觀察混亂一片的客廳。由於不管打了多少次電話都無法打通，他乾脆帶同部下直接來到馬哲聖的家，結果看到意料之外的現場。

客廳變得亂七八糟，被破壞的傢俱散落一地，就連那幅肖像畫都折成兩半了。馬哲聖倒在桌子上，旁邊有一瓶喝光的紅酒和顯然有問題的液體小瓶。馬哲聖的屍體前面有一部筆記本電腦，螢幕畫面顯示著一封遺書。

「根據遺書的內容，馬哲聖承認自己因為跟妻子羅樂宜的關係極度惡劣，於是委託了某個犯罪集團來策劃假的綁架案，實際上是為了殺害她。可是，因為這件事被楊隊長發現了，他既不願意被捕，但又無法承受壓力，唯有了結自己的生命。」

楊隊長差點忍不住笑了出來。

「所以這不是強盜殺人？看到現場這麼凌亂我還以為……」年青警察歪一歪頭。

「不，你看他的腳有乾涸了的血吧？應該是馬哲聖自己做的，十之八九是破壞那幅畫的時候。」楊隊長用下巴示意屍體的右腳。

「原來如此，可是為什麼遺書為什麼要用電腦寫呢？」

「我們不會明白他當時的精神狀態和想法的。」

楊隊長拍一拍他的肩膀，他也就沒再追問下去。

周到得太過分了。楊隊長猶豫著，雖然周到但還是太粗糙了。

馬哲聖一定不是自殺，問題是應不應該裝作沒發現，直接把羅樂宜案也一併結束掉。馬哲聖雖然不是直接殺害羅樂宜的凶手，但他在這件案子上絕對隱瞞了某些事情，只是楊隊長想不通那是什麼。

羅樂宜案有太多奇怪的地方了，他找不到一個能夠解答所有疑點的答案。事實上。「遺書」所寫的委託某個犯罪集團來策劃假的綁架案這件事，本來就不合理。如果馬哲聖本來就以殺害妻子為目的，他根本不用特地搞一場假綁架案，直接請犯罪集團偽裝成是意外就好了。偽裝成綁架案不只多此一舉，甚至還會令警察懷疑自己，根本是吃力不討好。

換言之，這是某個真凶嫁禍給馬哲聖的手法。有一個比較大的可能性，就是真凶知道他之前對馬哲聖說過的話，於是乾脆順應而行，偽造出一個能夠結案的狀況。楊隊長之所以覺得真凶做得太周到，是因為遺書上提到了是他察覺到真相才導致馬哲聖走投無路，該說是貼心得令人不快嗎？

儘管不是百分百確定，但他對真凶的身分也有眉目——很大可能是馬哲聖的弟弟馬哲男。

假如凶手真的是故意配合自己結案的話，也就是說必然是馬哲男和經理人郭旭凌其中一個。然而在羅樂宜死亡時，郭旭凌因為犯人有可能打電話他而留在馬哲聖的家。換言之，凶手就是馬哲男，不過直到這兒也僅是推論而已。

決定性的一點只有楊隊長知道。在羅樂宜案中，警方跟隨的其中一條線索正是贖金的去向。就像他之前解釋給馬哲聖知道的，加密貨幣的交易紀錄都是公開的，因此警方能夠一直監察著犯人的加密貨幣錢包有什麼動作。

「每個人都能在網絡上看見A錢包付了一千萬給B錢包，但沒辦法知道A錢包和B錢包的持有人，除非本來就知道那個錢包地址是屬於誰。」

楊隊長知道警察在這條線索上犯了失誤。首先因為加密貨幣的特性，即使持續監察犯人的錢包（B錢包），警察也無法從中推敲到犯人的身分，於是他們對這條線索也不太在意，寧可把資源放在其他線索上。

第二點可說是警方的盲點，加上本來就不抱希望，所以他們一直監察的都只有犯人的錢包，**沒有理會當初把贖金發送過去的A錢包**。

由馬哲男創建、應該還有五百萬新臺幣的A錢包，裡面的錢在之前就被提取了。提取的時間，正是羅樂宜死亡前的兩個小時前。換言之，馬哲男在犯人沒有聯絡、羅樂宜的去向也未明前就把理應做為另一半贖金的錢提取了。

除了他就是犯人以外，楊隊長想不到馬哲男這樣做的理由。當然，即使問他大概也會被隨意的藉口打發。楊隊長的推測是，馬哲男因為某些原因急需在當晚要錢，但又不想馬上用B錢包提取而讓警方把注意力放過去。畢竟即使被發現A錢包的錢不見了，他也可以隨便找個理由掩飾。

唯一想不通的，是馬哲聖和馬哲男在這件案件中的關係。目前來說楊隊長能夠想到最接近的答案是，馬哲聖請弟弟幫他殺掉妻子，再偽裝成綁架案使自己不會被懷疑，而那一千萬則是報酬。但要是這樣的話，特地偽裝成綁架案的理由就沒有了，如果羅樂宜不是馬哲聖殺的話，偽裝成單純的失蹤比起綁架簡單得多了，警察辦案的規模也有天壤之別。

不過這種事情已經不重要了，這件案件已經有了一個儘管粗糙，但也算是可以接受的結果。真相什麼的，楊隊長並不在乎。他在心中盤算著，應該把這件案以犯人自殺作結，還是盡力緝捕真凶馬哲男。

過了一會後，楊隊長用自己的手機打電話給馬哲男。

「馬先生你好，我是楊隊長。」

電話的另一側傳來一陣沉默，馬哲男現在是什麼表情呢？

「……請問有什麼事？」

「現在方便嗎？因為有重要的事跟你說，希望你最好是自己一個……」

「嗯，公司剛剛通知我可能臨時要去國外出差，我現在正在準備，請說吧。」

楊隊長聽到他這麼說，差點忍不住沒有笑出來。去國外出差？太巧合了吧？

「很遺憾通知你，我們剛剛發現你哥哥馬哲聖的屍體。」

沉默。

「發生了什麼事？」

「因為一直無法聯絡馬哲聖，於是我們直接到他家去，結果發現他已經身亡。在屍體的旁邊，有一瓶應該是氰化物的液體和寫了遺書的筆記本電腦……遺書中他承認自己委託了犯罪集團把妻子殺死再偽裝成綁架案，可是最後承受不了被發現的壓力而自殺。」

楊隊長冷冷地說明，電話的另一邊再次進入沉默。

「請問警方現階段有什麼看法？」

馬哲男的聲音幾乎沒有起伏，楊隊長有點佩服他。

「目前為止，我們相信馬哲聖先生就像遺書上所寫的，指使他人殺害妻子羅樂宜後畏罪自殺。」

楊隊長瞇起眼睛，嘴角不自覺地上揚，等待馬哲男的回答。

「我明白了，謝謝您。」馬哲男隔了好幾秒後說道。

「不用，我也謝謝您。」

短評／〈踏繪〉

王卉竺

近年來台灣影視界購買小說版權改編成影視作品已經成為業界趨勢，筆者也曾受託改編過幾部作品，觀察到幾個普遍存在於犯罪推理類小說的現象：作者往往將許多心力放在如何讓犯罪手法新奇、解謎過程燒腦的布局，卻忽略了人物的塑造，又因不能讓真凶太早浮出檯面，往往造成一種結果：第三幕揭露真凶時對人物犯罪動機的敘述草草帶過，有頭重腳輕的遺憾。

然「踏繪」卻有別於大部分推理小說重解謎布局，一開篇就先揭曉凶手，並用第一人稱的手法將犯罪動機描繪得非常細緻，將一名極度自戀的藝術家，因不懂愛而摧毀愛的心理過程寫得栩栩如生，更巧妙呼應了小說名「踏繪」的緣由。

先揭露凶手，凶手在掩蓋真相過程又出現新的謎團，這布局的巧思也看出作者架構故事的成熟度，在結構面上非常完整。部分細節還不夠精巧，成了首獎的遺珠之憾，但在筆者心中仍瑕不掩瑜。

筆者以創作為業，在有限的創作生涯中得到了一些感悟：如何布局懸念、解謎等問題可藉由田調、收集資料去做創作技巧上的升級；但如何洞察人性，直擊人性內在最深層、脆弱的一面後化為角色，且真能躍然紙上，引發讀者的共情共鳴才是創作者最難越過的關卡。筆者看完全篇至今一個月，對角色的印象仍深印在腦海中，久久揮之不去。這不正是成功的作品一直想追求的典範？因為「能留在讀者和觀眾心中的永遠是角色」。

如果說「嫌疑犯X的獻身」是東野圭吾創作生涯中，用「最純粹的愛情、最好的詭計」創做出最催淚的愛情故事，那「踏繪」有很大的潛力成為一名不懂愛的自戀狂如何以愛為名摧毀愛的經典故事。

筆者期待作者補強遺珠之憾後的「升級版」，若能補足被害者視角觀點，且能細膩描繪另一關鍵人物的犯案動機，與主角做個映照，相信這部小說不僅是一部優秀的犯罪推理小說，更會是深刻剖析人性的作品。

來者

天空還裹著一層雲的晚間七點，穿著白色汗衫、破工作褲的楊再恩騎著老舊、窄小、發著噪音還沿路拖著白煙的50 cc機車轉彎進巷子，窄縮的巷道只能直走或左轉。他來到這個T字形交會處，左轉。他家就在這條街底右側一塊圍起來的空地旁，一間兩層樓高的老屋子。

今天下工比較晚，他在外面隨便吃了麵配滷菜，繞了點路才回來。

晚風不太涼還帶著濕氣。他哼著不成調的曲子扭轉鑰匙熄火，車流暢地滑停在自家欄杆狀的牆邊。老遠就知道主人回家的黃狗搖著尾巴對著他發出歡喜的吠叫聲。

他摘下沒扣上的西瓜皮安全帽，戴在右邊的後照鏡上，下車同時拔下鑰匙去轉開車廂取出裡面的狗糧。

「不要叫啦，我買新的囉！吃飯吃飯——」

他推開門鎖已壞的大門來到窄小的前院，映入眼簾的東西讓他嘖一聲幹。

「又丟在這！嘿。」他俯身撿起，那是用橡皮筋綁十字扔進來的信件，剛好落點在地板略為下陷處。屋簷的漏洞一直都沒補，只要下雨這邊都會有一小攤積水。今天下雨。

他甩了甩信件，幸好墊底泡到水的是包著塑膠膜的DM。他通常不會有什麼重要信件，不過之前有次電費帳單泡水糊到刷不到條碼，很麻煩。

他把甩過水的信捲起來塞到口袋，拎著狗糧來到黃狗面前。狗兒發出期待的嗚嗷聲。清脆的叩囉叩囉聲後，原本繃緊的狗繩鬆了下來，牠低頭大快朵頤。

他摸摸狗頭，站起身把狗糧放進勾在牆沿的架子裡，壓在舊的那包上；他抓了抓肚子，再度掏出鑰匙開門，同時把口袋裡那捲信抽出來。

除了水電單之外不太會有他的信，偶爾會有之前住客的單據、催繳單，他曾拆開過，對著裡面的金額與銀行告知發笑——人都不知道跑哪去了，還寄。其他像ＤＭ翻看一下聊算有趣，至少會有與社會接軌的感覺；剛收到的還能跟上一期做比較，看看商品比較便宜還是更貴。他就曾發現促銷優惠比原價還貴的怪事。

今天信件比平常多了一兩封，都不重要吧……嗯？夾在中間的一封牛皮色信封引起了他的注意。

「這啥？」他邊走進家門邊抽出那封信，順手把其他的擺在門口右側的鞋櫃上。

信封上沒有署名，只見歪扭的字跡寫著「東明街六號」，地址沒錯。他撕開封口、取出裡面的信紙。

一張標準格式的信紙上手寫著：

敬啟

我要提醒你　錢要記得還　之前約好　每個月算起來　那些而已　不要拖　我提醒你　做人　要講信用

知道我是誰　我……

「啥小。」他冷哼一聲，把信塞回信封，翻到背面發現角落處歪歪扭扭地寫著地址，應該是寄件人的。

他搖了搖頭，把信擱在鞋櫃的另一端。

「唉，安全帽……」想到歸想到，都進門了他也懶得出去拿進來。

他決定休息了，今天一早就上工，實在很累，幸好明天沒班。

他從冰箱取出一罐啤酒，壓縮機發出刺耳的噪音，他想著要不要找房東來處理，畢竟這是租的時候附的，另外還有電視……

邊想邊來到客廳老舊的長條藤椅上，他隨手按開電視，畫面略為扭跳著，而且沒聲音。

他打開啤酒灌了一口，冰涼的口感與香氣讓他放鬆地歎了口氣。前方的畫面不知道在播什麼，他不在意，開電視只是隨興的習慣動作，他反倒拿起桌上的筆在桌面散亂的紙上寫著。

「我叫楊再恩……」

寫著寫著，他決定喝完這罐後就去睡覺。

總覺得才閉眼沒多久，刺耳的電鈴聲把他的意識給釣了起來。

「系咧靠杯喔，幹。」

他艱難地起身，預期放假就是要舒服地自然醒，這下被鈴聲響爛了。到底是哪個雞巴毛王八蛋來找他？

「來了來了啦！」他丹田擠出力喊道。

電鈴聲停了，取而代之的是黃狗劇烈的吠叫。

「小黃！」

他轉開門，濕涼的風撲面，這時才知道外面又下雨了。

他推開紗門，小黃的叫聲變成嗷咕嗷咕。

熟悉的人影，靜默地立定在他眼前。

※

停好車後，西裝革履的影子飛快地開門、關門、踏上分局前的半圓形階梯，感應自動門前先甩了甩手。這天氣實在太不巧了。

「嘿！幹麼？穿這樣是有好事膩？」靠在櫃檯前的老學長揶揄了他一下。

「找我學弟啦。」

鄭佑宏有點尷尬地笑笑，轉往偵查隊辦公室走去。今天他休假，剛剛 LINE 學弟林元詳確定他人在辦公室。

「喔唷！現在是怎樣？黑道還是日本刑警？」

他一進辦公室就被虧，林元詳則是探著兩顆眼睛在座位上盯著他看。

打發那些損人的同事之後，鄭佑宏來到辦公桌旁。

「今天怎樣？」

林元詳邊從 M&M'S 捏出幾顆邊一臉受不了地說：「學長，休假不好好躲著，跑來這幹麼？」把巧克力扔到嘴裡嚼嚼後：「你說要問問題？LINE 上面問不就好了？不會要問案子吧？別鬧了啦，今天沒事。」

他的語氣如此無奈，畢竟自家妹妹今天就是要跟眼前這位西裝學長約會——對啊！居然穿西裝耶?!

「我是想問如果要送禮物的話，什麼比較好？」鄭佑宏的語氣聽起來比較趨近命令。

這個問題他揣摩很久，原本堅持要自己想出來，但臨要挑選的時候腦袋一片空白。好像不能太一般？可是不一般的話又要買什麼？

果不其然被阿詳一臉不可思議地看著。

「不會吧？學長你、你耳朵過來一下。」

等他湊近後說：「我早說過她不用什麼禮物，你跟她扯一些辦案的故事就好。她那個樣子你買啥都會給你吐槽喔，你第一天認識她？」

「可是我想了想，一般來說不能什麼東西都沒有吧？推理小說咧？」

阿詳翻了個喪屍白眼。「推理小說你是有比她熟喔？你不如去停屍間拖一台大體給她，我保證她會興奮得雙眼發光。」

「這怎麼可能啊！誰會喜歡屍體？而且這犯法。」

「她喜歡的是上面的謎題。ＭＭ要不要？剩幾顆。」

「你也沒啥好建議就是了？」他很順手去接阿詳捏著袋子倒來的巧克力豆，兩三顆摔到地上去。

「你當辦案要物證是不是？怎麼碰到我妹就變蠢了。」

「誰蠢了？你小心……」

話還沒說完桌上的電話就響了，阿詳趕緊接起來。

「喂，偵查隊你好……啥？殺人案？在哪？東明街六號？你大概說……」

確認完狀況的林元詳放下電話才打算通報隊長的時候，他這位西裝學長已經把他揪了起了。巧克力豆又回到袋子裡。

「走啦，去現場。」

「你……」

「我跟隊長說了，假之後再處理，我們兩個先過去。」

「你……」

「快點，你開車。」

「你今天不是要跟……」

「發生重大案件，小茵能體諒的啦！」

阿詳突然有點困惑，這西裝柴頭怎突然又好像很懂我妹了？

算了，出動吧。

現場在東明街，這是一條老舊住宅街——說是街其實更像條巷子，位於城市的邊陲。六號位於街底，這不太合乎一般街路的編號邏輯，是因最早從接著的大路算進去，之後市區拓展，那一條大路被重劃，一大半蓋了房子，留下一條小巷子連接東明街，此外別無變動，導致這裡與其他平行街路相反的門牌編號。

都市更新已經延展到此處，不少老舊住宅都被協商買下，六號的隔壁已經是空地，對面的屋子也已人去樓空。

發現異常的是住六號斜對面兩間的大嬸，她一直強調因為原本覺得下小雨愜意，去鄰近市場買菜之後想多散個步才會從T字邊的巷子轉進來。她走到六號對面的時候聽裡面的狗一直吠，大門看起來沒關上，才近前查看，推開門竟然看到沒關好的紗門後面倒著個人，更靠近點發現院子裡好像有血，呼喚了幾聲那人沒反應，覺得出事了，趕快報警。

到場勘察的派出所員警確認倒在屋內的人已死，旋即通知偵查隊。此時是上午九點四十五分。

現場圍起警戒線，附近寥寥幾名住戶散在外圍探看，議論紛紛。有人評論著六號住戶的言行舉止，也有人嚷著今天這條街很不平靜。

鑑識人員正在現場採證。鄭佑宏領著林元詳觀察著整個現場，吠叫個不停的黃狗則是先委託附近的鄰長牽走。

「我們在二樓的床邊櫃上的皮夾裡找到身分證，確認死者名叫楊再恩。」林元詳說。

死者右手外伸地仰倒在進門的鞋櫃旁，僅穿著內衣褲，身中三刀。他嘴裡被塞著破布，左手臂有擦傷，判斷發現到遇害時間不超過一個小時；他穿的藍白拖一只在腳上另一只則是掉在門檻與紗門之間，因此使得紗門關不上。

大部分的血跡在陳屍的位置拓開，特別的是鞋櫃上也有血跡，加上屍體右手緊抓著東西，推測是他在死前用最後的力氣從櫃子上抓下來的——一封牛皮紙質的信。

「看這樣子，是仇人找上門囉。」林元詳說。

「那他可能沒有認出是仇人。」鄭佑宏回。

「怎說啊？」

鄭佑宏指著門檻。「他有一隻拖鞋掉在那裡，可以想像他推開紗門、一腳踏出去就遭到凶手攻擊。在他面臨這狀況之前，應該能透過紗門看見來者是誰吧？所以他有開門、踏出一步的動作，應該是不曉得對方帶著殺意前來。我猜來的人很清楚這裡的狀態。剛剛看外面的大門鎖是壞的，凶手直接走到那小院子。不然照理說現場比較可能在大門那邊。」

「會不會是他剛好要出門，要死不死碰上？」

「死者只穿內衣跟內褲，鑰匙皮夾都沒帶，是要去哪？」

「你剛剛也見識到那隻狗叫成那個樣子，這樣他應該會更留意來的人是誰。」

「餵狗？」

「說的也是。所以他下樓、聽見狗叫、察覺有人進來然後去開門，看到來者沒問題，所以開了紗門？」

「什麼叫來者沒問題？」

「呃，熟人吧？這樣要從人際關係下手。」

「你都說仇殺了，就算不是也要搞清楚死者的人際關係。凶器呢？」

「還沒找到，這間屋子裡面都沒有發現，剛剛已經請人在周圍擴大搜索。我覺得很可能是凶手帶走了。」

鄭佑宏點點頭，一看到現場就感受到犯人動手的俐落，應該早有計畫，如此一來凶器留在原地的機會不高，他轉向遺留在死者手中的線索。「還有死者手裡抓著的這封信，」他從夾鏈袋裡將它拿了出來。「凶手刺殺得手之後我想是馬上離開，才讓死者還抓著這個。這樣看來，死者在被攻擊之後想到了什麼，用了最後的力氣去抓這封信。」

「也就是死前留言囉？」

「信封上並沒有署名收件者，也沒有寄件人的名字，不過後面有寄件人的地址……應該沒錯，郵戳上的地區跟那地址都是田上區。」

他取出信紙，展開來跟阿詳一起看。

「這個……討債的？字有點醜還沒標點。」

「嗯，看起來是這樣，可是裡面居然也沒提到人名。」

「既然死者抓這封信，表示殺他的跟寄件者有關囉？」

「我倒覺得債務人幹掉債主比較合理……感覺有點奇怪。」

屍體已被運走進行進一步的相驗，鄭佑宏走到人形旁對著紗門往外看。今天到底是誰出現在那小院子裡對死者痛下殺手？

終於，他從意識深處泅泳到存在光與片段色彩的地方。

在哪裡？他自問。
我是誰？他又問。
先不管所在何處，自己發生了什麼事？
不知道。
記憶似乎在某處堵塞，只好往前越過去，他看見一條街景。
微雨中的街景，對，相較於當時的狀態，雨簡直微不足道。
倒退、倒退、倒退。閃現的門牌號碼依稀可辨，最後停在那扇破損的紅色大門前。
噢，對，他騎著車呢。
原來如此，是這裡啊。他總算記起那一段記憶。
繼續倒回。
他取出紙袋，裡面包著刀子跟手套。擦拭刀子的動作回放，上頭沾滿了血。
接著他抬頭看見仰倒的那個人，那個該死的人。
刀子回到那人的身體裡，三、二、一，在第二刀捅進去前，他將一塊破布塞到那張驚恐的嘴中。
倒回。
他準備好刀子，他知道那個人將會開門，也會打開紗門；今天就是送他上路的好日子。
他知道他在家。
狗吠聲這時候才回到記憶之中，刺殺之時，所有聲音都呈真空。
他知道這扇紅色的門的鎖是壞的。
回憶中，他再度停下車，確認了殺意。

鄭佑宏叫阿詳去附近詢問是否有目擊證詞。採證的工作差不多一個段落，除了刺殺現場之外，屋內沒有入侵或是打鬥的痕跡。

在二樓發現的被害者楊再恩的物品，除了皮夾之外，只有一支傳統手機、鑰匙串、捏扁的香菸盒；看起來應該是外出用的衣褲放在床的一邊，其他物品乏善可陳。

「感覺就是睡覺的地方而已。」

他思考著事件經過可能是怎麼回事？或許被害者聽到樓下的狗一直吠才匆匆下樓嗎？回到樓下。廚房與客廳都很單調，只有冰箱不時發出奇怪的噪音。客廳比較像是有生活過的地方，桌上好幾張紙，旁邊的椅子上更是疊著一落ＤＭ。

他坐到藤椅上，以這個視角環視整個空間，這時才赫然發現建築包裹起來的氛圍很像他小時候去過的外婆家。這是一棟非常老舊的屋子呢，他想。

目光落到桌上，有東西引起了他的注意。

名字？

他撥了撥桌上的紙，發現空白處好幾個筆跡，寫著「楊再恩」以及「楊駿龍」，前者是被害者的名字，那後面的是誰呢？筆觸頗符合「龍飛鳳舞」四字。

「字寫得還不錯，這也算是種興趣？」他順便記著等等要查一下這個「楊駿龍」是誰。

桌上除了空白紙之外還有幾封信簡，他發現收件人的名字不是楊再恩也非楊駿龍，而是奇怪的兩個字。他拿起來看，前面這是姓氏吧？革斤？名字的部分應該是濫觴的「觴」，很罕見又怪的命名，筆畫看起來也不舒服。他判斷一下老屋子裡的痕跡，不像有其他人共同生活的跡象，也許是前任屋主或是租客的，還要再確認。

他接下來取出楊再恩的手機，隔著夾鏈袋點開，通訊錄只有少少幾個，房東、許哥、工頭這三個最近還有聯絡紀錄。並沒有楊駿龍或是革斤觴的名字。

林元詳來到屋外，先問過在周邊搜索的同事，依然沒有發現凶器；他決定去問問圍觀的群眾。

發現現場的大嬸就在其中，基本上她看到、聽到的資訊都不知道加幾層工給左鄰右舍知道了，每個人聽到的版本又會加上自己的判斷。圍觀的人們議論紛紛。

林元詳再跟她確認一次資訊，她說她大概九點半左右經過這裡，強調了下雨、散心、菜便宜多買了兩把之後說聽到狗一直叫（平常沒叫成那樣）才去看到底怎麼了。他稍微忍了一下大嬸強調當時她多害怕、多夭壽一分鐘後，發現說的內容都重複，於是轉而問周遭群眾有沒有人注意到狗叫聲，結果只有大嬸隔壁那戶的外傭怯生生地舉手說有，連帶幾個人也跟著表示早上有聽到，但只有該外傭說她大概九點二十分左右注意到狗叫，當時她正在洗衣服。

「確定是那一間的狗嗎？」

「應該是啦，那個方向狗只有那間有的啦。」

接著他問有沒有人注意到任何可疑人物，見大家面面相覷，都搖了搖頭。稍早因為還在下雨，所以路上沒什麼人；其中一個住中段一點的大嬸表示早上她們開著坐在門口聽雨聲，同時還跟屋內的媳婦說話，但也完全沒有發現可疑人物出沒。

「那間住的人喔，一定是有問題啊！」某住戶驀地發言。

詢問之下得知，楊再恩約莫是去年年尾搬進來的，跟周圍鄰居沒什麼交流，偶爾會在路上碰到，他散發出來的氣質就像個地痞流氓。不過進一步問他是不是真的有不好的舉動卻沒人有反應。

不熟、看起來就是壞人啦……大概是這樣的評價。

林元詳來到隔壁，剛剛跟周圍的人確認了對面的兩間屋子一間是空屋，另一間屋主最近出國不在，那或許鄰居會有什麼資訊。

他按下電鈴，刺耳的鈴聲響徹。

「潤伯啊！」他聽到身後有人這樣大喊，但隨即被旁邊的人制止說「聽不到啦。」他又按了一次電鈴，之後才有人說這一間裡面住著嚴重重聽的老伯伯。這時間只有他一人在家，超大的鈴響現在也沒輒。

才尋思接下來的行動時，人群出現了騷動，一個看起來應該有七旬的老人騎著嘎吱響的腳踏車過來，周圍不少人都認識他，紛紛跟他說「出事啦」。

老人臉色很臭，還沒等林元詳上前問，他就說：「我是六號的房東啦！」

老房東一直叨念著剛剛被通知出事了，說是有人死在他的老房子裡。他將腳踏車停在那台小50旁邊時既嘆氣又搖頭。林元詳發現有頂西瓜皮安全帽掉在機車前車輪跟圍欄之間，裡面盈滿了雨水。

鄭佑宏人已經在小院子，他先告知老房東現場的大概狀況，再請他進屋子裡詢問關於被害者的背景。

「金夭壽喔！」

房東鄭重地自介姓陳，陳進勇。他報上姓名後重複了好幾次「那A安奈啦」，直說這屋子是他小時候住的地方，父母過世後留給他的資產，是因為自己的孩子怎樣又怎樣才離開……進紗門前差不多把那段歷史說了遍，看到鞋櫃跟地上的痕跡嚇得連唸「阿彌陀佛」。

鄭佑宏觀察著他的反應，不著痕跡地問他從哪裡過來，得知他一早都在菜市場那邊的朋友店家裡喝茶，接到消息連忙趕來。

「這棟是租給楊再恩嗎？」

「對啊。我捨不得賣啦，空著也是空著，剛好朋友轉介紹說有人需要租房子就租給他了。我想說有得租就租啦，不然這種老屋子沒人想住了，之前……」

「呃，我想確認這裡只有租給楊再恩一個人嗎？」

「對啊，只有他而已。唉……」說著，他很自然地在藤椅上坐下，目光環顧著周遭。

「他沒有家人還是朋友一起住嗎？」

房東皺了皺眉，搖了搖頭說：「我是聽他說他一個人，有沒有其他人一起住我是不知道啦。我來收租的時候只有看過他一個人……啊，還有那隻狗，啊那隻黃仔去哪了？」

提到狗的時候房東神情柔和了一些，得知狗被鄰長牽去照顧才安心。他說來的時候會順便帶一些狗點心，並且提到後來看楊再恩養了那隻狗也照顧得不錯，覺得之前自己的擔心是多餘的。

「擔心？」鄭佑宏問。

「嘿啊，聽說他犯過罪被關過，去年出獄的吧。我看他的樣子就覺得背景不單純，但朋友掛保證說沒問題，說他早改過了……我想想還是租給他了，阿現在喔……」

「被害者是更生人啊……」這是很值得推敲的線索，當然這一點在隨後的身分調查也會得知。鄭佑宏拿起桌上的紙，問房東知不知道上面的人名。

「喔……啊楊再恩就是楊駿龍，這我有聽他說過，他說他改過名。另外這個喔……靳先生，之前有住在這裡啦，去年搬走了，這個信件還一直寄過來。」說著臉上浮現困擾的神色。

房東的回答釐清了人名的問題，同時讓他記著「靳」這個姓氏的發音。前任租客的話應該跟事件無關吧？

「楊再恩大概什麼時候搬來的？」

「他是去年十一月底、十二月初那時候吧。對，沒錯。」

「他房租繳款正常嗎？有聽說他欠人錢或是有人來找過麻煩嗎？」

房東眉頭又擰了起來。「他房租沒問題啦，但其他我不知道。有人來找麻煩嗎？這個是沒聽這附近的人提過，如果有出什麼問題應該會有人跟我說才對。」

「你剛剛說他是你朋友介紹來租的？那個朋友是？」

「阿德仔，做帆布的。喔，他是楊再恩的表哥。」

鄭佑宏點點頭，問了對方的姓名才知道表哥叫許德，這讓他想到剛剛在楊再恩的手機通訊錄裡看到的「許哥」，也許是同一人。

再跟房東了解一下租屋當時的狀況後並沒有讓人感興趣的資訊，接下來重點還是要擺在楊再恩的背景上。

送房東到小院子時，鄭佑宏想到某個疑問，關於那隻狗是否會對進來這屋子的人一直叫。

「最早會啦，但後來知道我就比較不會了，牠足乖的啊。」

房東在離開前話還不少，重複回顧著自己在這棟房子裡的細碎以及後來租出去碰到的問題，之後又說警察很辛苦，下次有時間可以去找他泡茶。出大門時提到今天這條街一定煞到，街頭（其實算是街尾）的路口一早就出車禍，後面自己家這邊竟然鬧出人命。他邊說話邊上腳踏車，臨行前對他們強調辦案要多注意安全、一定要把壞人都逮住、稅金不要浪費掉之類云云。

「學長，這老頭話真的是有夠多。」差點忘了留下對方聯絡方式的林元詳咂著嘴評論，但也覺得原本的老臭臉在說一堆話之後看起來好多了。

「是啊，我們回去進一步調查這個楊再恩吧！」

倒退暫停。

他在雨絲的回憶之中反覆。

慢慢地，場景又往回轉。

感受到接近東明街六號前心情的忐忑，隨著天氣與周遭的人跡比自己預計的更加合適，今天就是最好的機會，剩下的關鍵在於：那個人在不在家。

慢慢地，重新經歷還未動手前的步驟。

在他家對面時確認了，那台破舊的小50停在牆邊；狗開始叫，似乎查覺到不善的來者。目標在腦中演練過好多次，真的決定動手的當下卻感到陌生。

停車。

按下電鈴、準備好刀與包裝。

不後悔，因為這是應該做的事，注定該是如此。

在小院子中的場景反覆。

狗叫聲消失，取而代之的是心臟的搏動。

紗門打開，是他。反覆思索的動作沒更多思慮，下手就收不回了。

殺。殺。殺——

原來刺殺是這樣的觸感。爸、媽，我做到了。

於是他的思緒跳轉到父母那一對臉上，記憶中洋溢著幸福與笑容的臉，隨後變色，被那男人的貪婪與諂媚取代，接著，雙親只剩下憂愁與苦惱。

他那時不明白家裡發生什麼事，只是少年的感官察覺有異。

家庭破碎。

他的記憶接下來很難跨過去，因為曾目睹過的景象成為他日後夢境深處的惡魘。

所以，自己是誰呢？

突然有些恐慌，如果忘了自己是誰，那剛剛那些恨意與殺意不就毫無意義了？

他跳換著記憶中的場景，那男人的出現，曾稱呼過的：

黃先生、黃太太……

對，沒錯，自己姓黃。

名字？

賦予他名字的兩人卻身在回憶中那個他不敢觸及的門後，他很怕再度看見，但若沒看見他又如何持續著恨意呢？

他甦醒一半的這個時候，陷入了意識的矛盾之中。

被害人楊再恩，改名前的名字為楊駿龍，民國六十一年生，今天早上九點四十五分被發現陳屍於東明街六號的租屋處。他未婚，父母早已過世，唯一的親人是表哥許德，此人確認是他手機裡通訊錄中的其中一個名字。

楊再恩的背景複雜，有數件犯罪與入獄紀錄，主要是詐欺、偷竊、傷害，於去年九月刑滿出獄，根據獄中人員描述他最近這次的坐監紀錄良好。過去他曾在一個頗具規模的詐騙組織中待過，組織被查獲後他跟一票前線作業的詐欺犯同被處刑，那是他第一次入獄，之後幾次據稱都是重回社會後適應不良的犯罪。

楊再恩的周遭關係就目前取得的資訊來看，除了表哥許德、房東陳進勇與當前工地工頭之外沒有其他人與他聯絡的紀錄，就連打零工的單位也沒人與他熟識。

屍體被發現時仰臥在一樓門口，身中三刀，兩刀在腹部較淺，一刀在胸部刺穿右肺，是致命傷。在屍體的衣物上發現有噴濺的浸溼痕跡，當時戶外正在下雨，推測凶手可能穿著雨衣行凶，刺殺的時候把雨水甩了過去。令人在意的是部分水漬是藍色的，也許是某種墨水，還在調查來源。

現場從紗門處到小院子的一個凹處中間有發現滴落的血跡。在屋內與周遭的搜索都沒有發現凶器，應是凶手行凶之後將其帶走。

六號處於整條街的尾端，一側是空地、對面是空屋，隔壁住著一個瘖啞人士。早上下雨，幾乎沒人在街上活動，然以住在中段的主婦敘述，她家家門一直開著她也看著屋外，雖然看不到六號，但期間並沒有讓她感到異常的人事物，也沒有送快遞、包裹的貨車出入。

關於監視攝影機的部分，在街尾與新華東路的路口可以拍到東明街這邊的那一台是壞的（里長表示早故障很久，沒經費處理）；在街頭的T字底邊那條小巷子交接處有一台朝著小巷外，在那段期間就只有拍到買菜回來的那位大嬸身影。整條街的住戶也沒人裝置私人的監視器。

空屋的部分也進行了調查，沒發現有人入侵的跡象。

關於房東提到的街頭發生的車禍，跟交通課了解後是有一輛車撞到送那附近的郵差，事故後的兩人先後送醫。

「看來這個凶手準備的很周到，又剛好雨天幫了他。」鄭佑宏說。

「怎會沒人注意到啊？根本神出鬼沒。」

鄭佑宏搖搖頭。「很難說，是人又不是鬼，也許是住戶看漏或忘記了，不會有人沒事一直盯著街上看吧，況且還下雨。」

「也對。凶手運氣數值點很高喔。」

「我們先去問問被害者的表哥，接著再去田上找寄出那封信的地址。」他對著阿詳勾勾手指。「你馬上把查案的數值點高一點，出發吧。」

許德經營的帆布店距離東明街大約十分鐘車程，驅車前往的途中，鄭佑宏頻頻敲著手機。

開車的林元詳瞥了他一眼說：「一個西裝革履的警察不查案在車上用手機虧妹餒！」

「我不是——」

「虧我妹啊！哪不是。」

鄭佑宏苦笑，否認：「根據內容，我是被虧的一方。證據就是，我快被她的貼圖灌爆了。」

「我建議給她一個說法，她才有可能閉嘴，不然她盧小小的吼。」

「我跟她說現在得先處理案件，結果她說她很有興趣——」

「哈，當然啊，她好奇又很自以為，我不是早就說過了？你就稍微給她點一下嘛。」

鄭佑宏白了他一眼。

「點了。我說民宅發生謀殺事件，她還是問，但辦案的細節不能透露。」

阿詳忍不住揚起笑，心想林元茵很行啊，把自己這個學長搞得很矛盾。

「嘿嘿，那我妹被你追到了，她一定巴著你不放……學長，原來不用我提醒，你這招不錯。」

「什麼不錯？案情不能隨便透露！」說著卻紅了耳根子。

他把訊息通知轉成靜音後將手機收回口袋。剛剛說是那樣說，訊息裡面還是提到老巷子、狗，甚至送出「刺殺」兩字。

許德的店到了。

二人停好車走過去，一名發福的中年人一臉看不出是憂心還是厭惡的表情、兩手在腰際間搓扭著看著他們到來。

「你是許德？」

「是。」這時可以確定他是憂慮的。

「我是第四分局偵查隊的鄭佑宏，我們是來詢問關於楊再恩的問題。」

許德一臉苦澀地點點頭。「好。我有接到通知了，來，我們到裡面說。」

他領著兩人走入店裡，告訴店內看起來是他妻子的女人說警察來確認一些問題，沒事。

三人走到店內的小房間裡，許德沒有端上茶水的意思，直接問：「到底是發生什麼事，我聽說他死了？」

鄭佑宏取出照片讓他確認，他看了一眼倒吸一口氣。「唉。」嘆了氣停頓了幾秒表明死者就是他的表弟楊再恩。他搖了搖頭說：「結果最後真的這樣死了，歹路不可行啊。」

「怎麼說呢？」鄭佑宏試探地問。

「阿龍……啊！他原本叫做楊駿龍，我比較習慣叫他阿龍。阿龍他從小就不太規矩，常常惹麻煩。他常說出社會後說要賺大錢，記得有一陣整身西裝皮鞋看起來很體面，我一開始也以為他真的有出息了，結果是去做詐騙，後來被抓到就去關了。我那時候出事前就有跟他說不要搞那種失德的歹事，一定會有報應，結果騙到的錢都給上面的拿了，跑了。阿龍就是害自己被關進去而已。阿他進去也不好好想，出來亂搞又進去，好幾次了啦，唉，真的製造很多麻煩，這就叫不會想。」

看他的樣子是對楊再恩比較懊惱，覺得他的死是自找的，反而沒有續問案情或是抓到凶手沒。

「那你知道有誰可能會殺他嗎？」

許德皺了皺眉並沒有聯想到哪些名字。「我只知道一定是他做過的那些事惹到人了，但不知道有誰可能會做掉他。我跟他喔不算很親啦，他是有麻煩才會來找我，我只是覺得好歹是有點血緣的表兄弟才幫的，無奈啦。」

「朋友、同事之類的……沒有嗎？或是有誰跟他比較有聯絡的？」

許德搖搖頭。「他交朋友、認識誰我不知道，誰會聯絡也不知道啊。我也不太想管啦。喔，不過去年他出來我是覺得他有變了，你看還改名了。他說他在裡面想通了，人還是要腳踏實地做人，這次出來就不想再進去，要重新開始，所以名字改『再恩』。我看他那樣子真的比較誠懇，給了他一點錢，幫他問了工作也找到房子讓他住。說起來是真的改了，還收留我家附近的流浪狗，說要跟狗一起重新開始。唉，都什麼年歲了，但重新開始是不錯啦。可是你看，今天知道他被殺了我就覺得是他以前做的歹事報應到他身上。」

聽起來許德只是楊再恩覺得有必要的時候聯絡的遠親而已，而且對於他的遭遇覺得是報應，但鄭佑宏還是試著問：

「觀察他家的狀況，楊再恩經濟應該不太好吧？他是否有欠債的問題？」

「這個喔，他沒講我也不知道。他是有欠我一些錢啦，租房的押金也是我先幫他出的，不過租金應該正常在付，不然房東應該會聯絡我才對。」

「那麼他在東明街租屋的地址有其他人知道嗎？」

「這我不清楚。警察先生，阿龍他喔我就幫一些忙而已，他要做什麼或是碰到什麼他沒說我也不會問。今天聽到他死了我也是難過，但很多事情都是人自己造出來的。我知道的就這樣而已。」

鄭佑宏抿著嘴點點頭，對方似乎真的沒有更多的資訊了。

「那最後跟你確認一下。今天早上九點到九點半之間你人在哪？」

「我？我都在這裡啊……欸！阿龍不會是我——」

「抱歉我還是得釐清你的嫌疑，畢竟你是他少數還有聯絡的人。」

許德不太高興，但還是表明自己今天早上還沒什麼事，人在客廳看電視，老婆也在，附近開店的鄰居應該也有看到他。

兩人感謝他的配合之後離開了帆布行。

小慶……耀慶啊……

啊！

停滯的空間盪來了耳熟的呼喚，深處的回憶喚起了他的記憶，他掌握了自己的名字，與此同時，一連串的訊息朝著走過卻漫漶的來時路鋪回去。他看清了自己的一切。

黃耀慶，編號，以及單位與組織。

他來回著那些路段，原本覺得人生就這樣過下去也未嘗不好，不管前方是否有什麼希望，至少慢慢地跟過往的惡夢斷尾；至少走出監困自己的領域。

沒想到那個「希望」驀然降臨，他想起了最初發現端倪的悸動，不會吧……

那個男人擦亮了他的「希望」，也就是復仇。楊再恩？呵呵，楊再恩？

確認的機會不僅出現一次。

沒有錯，即使他當時的印象有限又模糊，偏偏就是這一點印象深刻。記憶中的一筆一劃，學過的與他看見的不同，更不用說那明顯的特徵。

不僅一次的機會，他觀察又觀察。

沒錯，這就是他的「希望」。過去早已萎靡、荒涼的意念搏動起來，因果與命運中的牽引就是如此。他開始計畫。

希望＝復仇＝殺人＝擺脫惡夢。

準備驅車前往信件上的地址時，林元詳接起了電話。

「喂……我看到來電就知道妳要說什麼了……啊，不是啊，是他要跟妳說才對吧。好啦，我們工作有工作的道德，賣亂喔！」

他掛了手機，轉了方向盤將車開出去。

「小茵？」

「對啊。學長，你回她一下啦，你爽約在先，她在家閒著沒事又知道你在調查事件。」說著，他突然縮成假音模仿剛剛妹妹來電的語氣：「哥！我也要知道你們在調查什麼，你快說，你那個木頭學長真是氣死我，有說跟沒說一樣。」他輕咳一聲回到正常聲音。「再搞下去她等等說不定腳踏車踩著衝到分局去……」

林元詳瞥到鄭佑宏難以置信的神情，嘿地一笑。「欸，應該不至於啦！你也知道嘛，她現在需要你給她一些新鮮的謎題過癮，其實你跟她說說話就好了。學長！女人就是希望有人陪她們說說話。」

鄭佑宏沉吟了一下，他現在滿腦子都是對事件的想法，況且「說說話」對他來說可能比辦案還難。

「我會回訊息。等這個案件有點進展再打給她好了，現在也不知道要說什麼……」

對於學長困窘的語氣，林元詳有些得意，其實他剛剛在訪談許德之前偷傳了訊息給妹妹，要她不要過度關心案件，再補了一句到時候學長會告訴她經過，看到她回「你家學長直接不回訊了！」後他又說等等要訪談關係人，等結束會發一個貼圖過去，到時候直接打手機給他，隨便說什麼都好，主要是讓旁邊的學長緊張——先這樣帶過去，順便把球做給學長。案情跟私情可以兼顧，他自認高招。

兩人在途中找間超商隨便買了遲來的午餐，胡亂塞一塞後繼續上路。鄭佑宏趁到目的地前的空檔要阿詳整理一下今天事件的過程。

「今天早上九點四十五分接獲報案通知東明街六號發現有人倒在家裡疑似死亡，我們到了之後確認死者是被刺殺身亡。」

「現場的狀況……」

「被害者楊再恩被刺殺仰倒在門口——裡面的門口。」阿詳把握十足地邊踩下油門邊回答：「可以判斷死者踏出家門的時候就遭到攻擊，嘴裡被塞了破布，身上有三處刀傷。」

「很好，然後呢？」

「呃，對。然後死者在死前還特地去把櫃子上的信給抓了下來，緊握在他右手中，我們現在就是要前往信封後面寫的地址。幹！交通隊應該要抓前面那一台三寶才對！」

鄭佑宏沒理會他的牢騷，腦中轉著現場的狀況，問：「我問幾個問題，你回答看看。」

「考我嗎？」

「我現在也沒正確解答，搞不好你看出了什麼。」

林元詳嘿嘿兩聲。

「凶手為什麼給死者嘴裡塞布？」鄭佑宏問。

「被刀捅到會痛，痛會大叫囉。」

「但是現場一邊是空地，隔壁住一個重聽的，對面還是空屋。」

「呃，那可能他是怕萬一剛好有人經過。欸！學長，凶手可能不知道鄰居狀況吧？」

有道理。這一點剛剛在他問出口的瞬間就意識到了，但鄭佑宏總覺得凶手讓他有種對那周遭環境很清楚的感覺，也許是現場相當明確、俐落吧？

「那麼狗呢？當他行凶的時候那隻狗一定吠個不停，狗叫聲就可能引人注意，但凶手並沒有處理那隻狗。」

「對耶！」阿詳拍了一下方向盤，然後歪了下腦袋用推敲的語氣說：「會不會凶手覺得狗叫聲不會讓人好奇吧？我問過那附近的人，他們都說那隻狗平常看到人都會叫。」

「是嗎？那房東說過那隻狗認識他以後就比較不會叫了。」

「嗯……這樣說來，附近有跟那隻狗比較好的或許就不會叫囉？你意思是可能熟人犯案，那當下狗沒有叫，所以塞布只是怕被害者出聲，以防萬一？」

「但是死者會被發現是因為那隻狗一直叫。我在想，狗應該察覺犯人對自己主人動手，所以才一直叫，叫到有人發現為止。」

「我們有靈性的動物好夥伴發現認識的人居然殺了主人，所以開始叫……」

聽到這樣的說法，鄭佑宏反而轉方向思考：假如從一開始就一直叫呢？若說凶手跟附近的人都不在意狗叫？破布一樣只是避免可能的麻煩……好像有某個念頭浮現，但抓不太住。

「死者被發現時的衣著還記得吧？」鄭佑宏跳到另一個問題上。

「完全是居家狀態啊……欸，不是，那個樣子八成剛起床。」

「他那個樣子開門出去見的人會是誰？」

「嗯……怎麼想都是熟人吧，對吧，剛不是討論狗不叫。如果是好朋友臨時來找我，我也是隨便穿著就應門了。」

「穿著內褲？」

「這個……可能死者更不拘小節吧！」

「好，那你覺得他的死前留言呢？」

「看起來他是用最後的力氣去抓那封信的，信上面的資訊一定有關鍵的意義，所以我們現在才要前往，對吧，學長。」

「我是很在意那內容。你看信封正面沒有署名，內文也沒有提到任何名字，真要指出行凶者，不是應該要有名字或是有文字關聯的東西？那可是一封催債的告知信。」

「會不會是暗喻？信件本身都不具名不太尋常，我們寫報告都要簽好幾個名字了。我想被害者曾經被關過，去年才出來，會不會在裡面惹到什麼人？於是讓外面的人寫這一封看起來催債，其實是警告的信？」

「所以你覺得我們等等前去拜訪的是跟監獄裡的受刑人有關聯的人？」

「感覺是仇殺的話，不無可能吧？」

「那如果這樣，死者還毫無防備的去應門？照你這樣說有可能同時是個熟人嗎？」
「嗚……這樣說也對，好像不太合乎情理……難道殺他的人真是他認識的？」
「再說，警告的暗號信後面還附地址咧？」
「唔……」他本來想說「地址搞不好唬爛的」，但因為現正就是往那裡開去，噤聲。
「我一直覺得漏了什麼東西，總覺得有個想法卻差了一點。」鄭佑宏抓了抓額頭。
「欸！對了，那個死者安全帽忘了拿進去。」
「你是說外面那台機車旁邊那頂？」
「對啊，剛剛看到，裝滿雨水，好像還有哪裡怪怪的。」
「怎麼說？」
林元詳確認了一下導航，方向盤往左打，很接近位址了。
「啊！對、對，那台車的側架是踩下來的，但車身好像是靠著牆邊，所以側架懸空。」
這個訊息觸動了鄭佑宏的思緒。這時侯阿詳把車慢下來察看經過的地址，這區住家的門牌號碼不太規律，莫名其妙跳過了信上的標示的號碼，重新繞回來後才發現原來剛剛是漏了一條小路。
信封後記的地址到了，確實是一戶人家。
在市區難得一見的寬大前院，阿詳將車直接開進去停在水泥地的空位上。
車子彎進來時，鄭佑宏看見了門牌，標著柳寓。一直到現在他還是抱持著懷疑，剛剛一時找不到地址時覺得那封信上的資訊恐怕是假的，真的來到之後仍有些狐疑。
兩人下車，這戶的一台貨卡就停在一旁，阿詳注意到車頭的保險桿整個凹陷變形。他才想評論這個發現，鄭佑宏已朝屋子走去。
白色磁磚貼成的兩層樓房響起了紗門的拖拉聲，一名白髮老婦猶疑地走了出來。
「誰啊？」她像樹枝塴開的聲音大喊著。
鄭佑宏快步向前，熟練地取出名片，告知她說有事來請教。
「唉唷——」老婦人捏著名片，看也不看就瞪著說：「看嘸啦，字我不識幾個。你們是哪裡？請教啥？」
報出警察名號之後，她誇張的變了臉，連連「唉唷、唉唷」的喊著，然後急匆匆地拉開紗門進屋，啪地又關上紗門。
「學長，這阿婆感覺怪怪的。」
鄭佑宏聳聳肩，說：「有些老一輩的看到警察反應都蠻大的。」
屋內深處傳來對話聲，聽起來有點像在爭執，判斷聲音應該有三個人。
出去、警察啦、不是……怎樣……
對話零碎得難以判斷，鄭佑宏才打算直接拉開紗門進去時，聽見拖鞋快步走出的聲響。
「妳去弄個茶水啦，我來——」
「爸——」
「你恬恬啦，我處理。」
那聲「爸」聽起來比較年輕，應該是來者的兒子。
一名年約六旬的長者拉開紗門，一看見兩名警官連忙堆笑。「請進、請進。」
邊領著兩人他邊問：「不知道兩位警官是來問什麼事？有……有出什麼問題喔？」
鄭佑宏觀察著這老人，看起來有點惴惴不安，詢問他們來意的態度也有點奇怪。

阿詳湊到鄭佑宏耳邊問：「學長，要不要我出去堵。」他覺得可能是兒子犯案，現在父親出面是要掩護落跑。

「等等，我覺得……」

「警官請坐、請坐……」

但鄭佑宏沒坐下的打算，目光朝著通往屋內的走廊掃去。回過頭來，見長者的神情閃過驚慌。

「柳先生——」

「是！是！」

「裡面是你兒子？」

「啊！對……是啦，他在，那個……」

阿詳等著鄭佑宏的指令。

「你知道我們來問什麼？」

柳先生愣了一下，皺起眉頭顯得有些痛苦地說：「應該都處理好了啊，有什麼問題嗎？」

處理？

鄭佑宏對他說出這兩字的態度感到困惑，於是試探地說：「東明街——」

「啊！對啊，後續有什麼問題嗎？剛剛我聽……」柳先生看見鄭佑宏取出的信封時眼睛睜得老大。「那、那個……你怎麼……？」

「是你？這封信是你寄去的？」

柳先生目光在信與鄭佑宏臉上來回了兩次，表情混合著詫異與不解，最後「嗯」了聲、點點頭。「我寄的對，怎麼在你這裡？」

阿詳準備有所動作時，卻聽一旁的學長緩慢又慎重地問：「楊再恩跟你是什麼關係？」

柳先生先愣一下，隨之表情淡去，抖了一下眉頭，疑惑地問：「誰？你在說什麼？」

「楊再恩。東明街六號——」

「楊？」他的眉頭擰得更深，目光湧出一片困惑：「警察大人，你說誰啊？我這個信跟你剛剛說的人有什麼關係？」

這下換兩名刑警面面相覷。阿詳鬆了雙手，鄭佑宏則問：「你這封信不是寄給住在東明街六號的楊再恩嗎？」

「啊？」柳先生搔了搔頭。「不是啊，信是寄給那個小靳的餒，東明街六號是他家啊。」

這句話讓兩人頓時愣著。剛剛那阿婆端著茶水出來，柳先生則是尷尬地笑著要他們先坐下，到底什麼事可以慢慢談。

原來柳先生的信是寄給東明街六號前一任住戶靳觴的，他們非親非故，只是因為一位老朋友請託，希望他能幫忙自己姪子的生意，借了他二十幾萬以供周轉。

那個小靳剛開始還款狀況正常，後來開始有些拖欠，經過聯絡與詢問，待他處理掉一些問題後算是有照約定償還，然而從去年年中跳過一個月還款到最後兩個月便遲遲沒有消息。

柳先生因為有先例，想說可能現在不景氣，生意難免不穩定，先前處理好問題後有回歸正常，這次應該也是，結果沒消沒息到今年過一月了才驚覺不妙。打電話去居然變成空號，偏偏對方沒留手機。即便如此，因為款項剩下的部分不多，剛好前些時日事務多到忙不過來，索性擱著，又拖過一段時間，赫然想起時覺得還是應該要通知對方才對。

他兒子認為要親自去問，畢竟電話都斷了一定有問題，但老先生覺得寫封信去催看看

（說到這裡還自嘲自己的老派），真不行再偕同老朋友過去。一說到老朋友多補充了連他都聯絡不到自己的姪子，對自己間接造成的麻煩本想乾脆自己替他把錢還一還，但柳先生認為應該要那個小靳親自處理。

那封信是幾天前寫的，但忘記小靳的姓名怎寫了（他只記得筆劃又多又奇怪，以前沒見過的字）。他怕亂寫寫錯不禮貌，想說反正對方很清楚應該怎麼處理，於是就沒寫收件人姓名，內容也只是寫一些告知，自家的地址還是到要投入郵筒時才想起應該要寫上去才對。

柳先生問這封信怎麼了，為何警察會找上門。

鄭佑宏說因為信出現在某個案件的現場所以才循著地址確認，並且告知他那位欠錢的小靳已經搬走了。

「啊唷，原來是搬走了，唉，我的錢要怎辦啦……」

一旁的阿詳心想：「聽起來你根本就懶得處理，還能怎辦？有錢的笨老人，這哪門子的佛系討債法？」

「欸，警察先生，我那封信是寄給小靳，但什麼案件我也不知道，到底是發生什麼事？」柳先生的語氣結合著推託與好奇。

根據在凶案屋內看到的催繳信箇，確實有靳觴這個人，柳先生的說詞應該可信。

案件的內容當然不能透露，鄭佑宏在意的是剛剛進來時柳宅裡的氣氛以及他們的反應，很明顯對方是在擔心什麼。

聽到刑警的疑問，柳先生搓了搓手。

「車禍啦。我兒子今天一早開車，他性子就比較急，我說等回信也講不聽，他就要去找小靳問清楚，結果還沒進去東明街就撞車了。你們剛剛來，我還以為是車禍後續有什麼問題沒處理好，還是對方怎樣之類的。」

原來如此……

阿詳暗地裡給柳先生的兒子比了個讚，雖然功虧一簣還惹出更多事，但算是間接幫溫吞的父親搞清楚狀況了。

鄭佑宏只能苦笑，但至少這一趟搞清楚那封捏在死者手裡不具名的信件是怎麼回事——來源確認，但為何要捏著就更讓人疑惑。

沒有什麼好疑慮的——回憶起完整事件經過，他反芻著。畢竟那是長久觀察下來的計畫。沒什麼問題。

即使有些狀況出乎意料。

凶器……就在那安全的地方。他在心裡點個頭，原本只是個額外的設計，現在有用處了。

不知道現場現在如何？

原來之前聽過「犯人都會重回現場」這句話是真的，更不用說原本是自己那麼熟悉的地方，卻在動手之後出現了陌生的距離感。

他成功了。他會成功的——

沒有遺漏，對，沒有遺漏……

他沒察覺，行動前的使命感到了這時刻居然湧升出犯案的負罪感，就怕哪裡犯錯，或是哪裡沒有注意到……

回到東明街六號時已經晚上。

在這之前他們先去拜訪了東明街六號的房東，因為關於前任租客靳觴的部分鄭佑宏打算多了解狀況。是不是有可能這起事件其實是衝著前任租客來的？他浮現這樣的揣測。

柳先生連說不知道，隨後拍了個掌才想到去聯絡當初接線的那位朋友，可惜雖然聯絡上對方，對方依舊表示不曉得自己這個姪子現在在何處，聽到是警察詢問連忙滿嘴道歉，邊解釋邊痛罵那個不成材的「混蛋」，結果並沒有比較有用的訊息。

對於警察的來訪，房東陳進勇大動作的準備茶葉跟茶壺，但鄭佑宏表示不要麻煩，並且直接問他問題。

「你說那個靳先生喔？我不知道他搬去哪啦。說到這個就生氣，那天我本來是要去跟他收兩個月的租金；欸我俗俗租給他，看他青年有個創業精神，結果不只欠，還給我跑了，真的沒良心的！真的不想再提到他。」他照樣把弄著茶具。

「他是什麼時候搬走的？」

「去年九月中吧。」

「他欠人錢的問題你知道什麼消息嗎？」這算是姑且一問。

「我不知道他欠多少啦，不過那次去找不到人的時候有聽附近鄰居說那段時間都會有一些看起來是黑道混混的人出現。」

兩個刑警對看一點，然而房東接著說：

「在他搬走後不久我整理那間房子，有碰到幾個看起來就是西裝流氓的人，我跟他們說人跑啦，連房租都沒付！真的是造成我困擾。後來阿德仔問房子，如果不是看在交情跟他的人品上真的不敢租給楊再恩。唉，其實他住這段時間都沒什麼問題啦，哪裡知道今天出這一條更嚴重的。」

「那最近呢？還有可疑人物出沒嗎？」

房東邊動著手邊搖著頭。「那邊住附近的都跟我很熟的啦，沒聽說有什麼可疑人士出現了。來啦，喝茶。」

這下就不好拒絕了。林元詳帶點無奈地喝著這不加糖的苦液體；鄭佑宏則是感到事件仍原地打轉，燙口的茶香毫無知覺的喝了下去。

告別房東後，他們把車停在六號隔壁圍起來的空地旁。跟站崗的同仁打個招呼後，鄭佑宏要阿詳再去詢問鄰居，或許有人會想起什麼，他自己則打算進屋子裡重整思緒。

路燈只有斜對面那盞是亮的，這讓落在尾間的六號更顯得陰暗。

紗門已經掩上，但倒著一具屍體的印象殘留在那邊。鄭佑宏拉開門進去，打開燈，延伸在鞋櫃上的血跡提醒著這裡發生過的刺殺。

被刺殺的屍體以及屍體抓在手裡的那封信。

「究竟死者抓那封信是為什麼？凶手到底是誰？動機呢？」他思考著，甚至考慮起莫非楊再恩是打算抓那封信來寫下死前訊息，結果還沒動手就斷氣了。

他甩了甩頭，不對，應該重頭思考一下整個經過。

想像一下回到早上，有某個人前來，死者楊再恩只穿著內衣、內褲就下樓，開門，對面來者並沒有表現出逃跑或是攻擊的態度，彷彿知道那是誰？

那時是怎樣的環境？早上的時候——下雨。對，那個時間點應該還下著小雨，根據屍體上殘餘的痕跡顯示，有雨水轉嫁在內衣上，這表示凶手身上是濕的，應該是穿著雨衣……對，穿著雨衣的情況下死者還是認得他。

還有狗，狗是一直吠嗎？如果從門外走進一個人，而死者的狗一直吠叫，很可疑吧？

啊！對，楊再恩為什麼要下樓呢？如果是狗一直吠叫才下樓，那他至少會有點警戒吧。

鄭佑宏幾步走出去，在門旁的牆柱上找到那個已經破到露出內芯的按鈕，一按下去就聽到響徹整棟屋子的鈴聲。

他拍了一下頭，這顯而易見的答案自己到現在才確認，更感到難堪的是早上林元詳按隔壁電鈴的聲音他有聽到。他完全忽略了進門前可能要有的舉動，即使這間的電鈴破爛到不容易注意到。

凶手是按電鈴，畢竟死者手機裡面並沒有來電紀錄，狗一直叫也不見得就會下來開門，甚至會讓他起疑心。

那麼——

來的人究竟是誰？

不是他手裡握的那封信的寄件者，信裡面沒有署名。難道跟他過去有關？目前這部分的調查還不完整，僅知道他半年前剛出獄，可是，如果是跟牢獄或是過去有關的人來找他應該會有戒心才對，而且阿詳問過周邊住戶，早上沒有人注意到有形跡可疑的人出沒。沒錯，自己是回應很可能是漏掉或是沒注意到，畢竟下雨天，然而，整條街這麼多戶，雨也不是滂沱大雨，真的完全沒人注意到可疑人物？若真是如此就是凶手運氣太好。

站在小院子裡的他剛好轉換角度。

凶手當時就站在這裡，手拿著刀子，等著屋裡的楊再恩開門……對，死者嘴裡還被塞了破布，也就是說……

鄭佑宏揣摩著凶手的舉動，兩步走上門檻，想像著楊再恩推開紗門，他迅即出手……

「學長！」

「學長！」

思緒中斷。他回頭才想要罵阿詳幹麼打斷，卻看見他舉著手機晃動。

「我妹。」他用嘴型無聲地說著，而鄭佑宏早清楚看到來電者的名字。

「喂！大木頭！」擴音讓林元茵的聲音比剛剛電鈴更大聲的發出。

「我靠！」鄭佑宏連忙把手機搶過去。「你開擴音幹麼？」他說這話的時候把站崗的員警都引過來了，林元詳見狀連忙轉身去他搭的肩，跟他說長官來了一通重要來電。

鄭佑宏按掉擴音後把手機貼到臉上，耳邊的「喂喂」聲不間斷。

「喂？小茵。」

「喔——終於等到你接電話了！居然還要找我哥才能找到你耶！你們是GAY嗎？」

「我們在辦案。」

「你連訊息都不回欸，你什麼意思？今天本來就是你跟我約會對吧？現在出了事件，你辦案〇K，可是不能把我晾著吧！」

這什麼道理？他皺了皺眉。

「等我把案件處理完再補償妳嘛。」

「補償啥？你又不是我的誰。」

啊——

這樣一說害他腦子瞬間空白。

她「嘿嘿」笑兩聲說：「我想聽聽事件是怎麼回事。說多一點，不要又只有那些片段名詞。」

「不……」他反射性地回應，結果被她搶斷話：「不然你現在知道凶手了？」

「不知道……但已經有一些頭緒了。」可能是被害者的過往、前任房客的問題、未知的殺手，這些頓時混雜在他所謂的「頭緒」之中。

「喔！這麼厲害？說來聽聽，當作資訊整理嘛。」

「欸，小茵，事件的調查是不能跟外人說的啊！」

「少來，我又不是記者。你根本就是怕如果我一下就看穿會沒面子吧？」

完全不是這樣，他苦笑。

手機那頭繼續：「那你敘述一下現場狀態就好，當作一個故事就行了，反正我不知道在哪裡發生，對吧？」

「妳——」他對她的堅持很無奈，不過……他稍微靜下心考慮了兩秒。「好，不然就聽看看妳有什麼看法。」或許小茵能提出不同的觀點，好歹是個推理小說愛好者。

於是他敘述了現場概況，停在發現死者手握著的那封信上。

「哇，難道是死前留言？」

「應該是，那看起來是死者用最後一口氣去把那封信給抓了下來。」他說，心想這應該不是件可以讓人用興奮語氣提起的事。

「你們該不會去調查寄信的人吧？」

他簡述信的內容，再描述了信封上的資訊。

「寄信者不是凶手。」

「我想也是。」

聽她相當乾脆的口吻，鄭佑宏心裡偷笑一下：「當然妳會這樣想，不然我現在就說找到凶手了嘛？」

「……這樣的話，」她話還沒說完，換了個沉著的語氣，這讓鄭佑宏神經緊了。「我的想法搞不好對喔。」

「什麼想法？」

「剛剛我問我哥現場什麼情況，他只跟我說他在屋外看到的以及問過的人，其中他提到一個發現，就是有一頂安全帽掉在地上裝滿雨水，而那台小機車側支柱踢出來但車體卻是靠著牆邊的。」

對，阿詳確實有提到，當時他也覺得奇怪，但沒再反芻這個問題。

「那台車是死者唯一的交通工具嗎？」她問。

「嗯……應該是，這棟屋子只發現那台機車。」

「他出門會騎車吧？那台車應該不會是遺棄在那邊很久的那種吧？」

「嗯，他工作的地方離這裡有段距離，車子看起來是有經常使用。」

「那就對啦，側支柱踢出來表示停車嘛，我想他上一次下車時應該隨手拿下安全帽扣在後照鏡上，大概忘了最近會下雨，不然他應該帶到屋內——總之，他那台車的狀態不就表示是撞到或被推靠牆的嗎？所以那頂安全帽才會掉在地上裝雨水。」

對耶！鄭佑宏這才發現，自己是呆子嗎？

「然後你剛剛說他穿著內衣褲下來開門、院子裡狗叫，我哥又說附近的人都沒看到形跡可疑的人出沒，這根本就是提示明顯的猜謎遊戲嘛。」

「啥？」

「那我問你，他那台機車怎麼會被推到靠牆呢？」

鄭佑宏想了一下。「凶手撞到的？妳是這意思？」

「對！當然啊，我覺得這是凶手的失誤。」

「可是撞上去……」

「我想是凶手停車的時候推進去的，我猜因為目的是犯案，所以他停的更近才會這樣。」

「推？停車？有什麼車停車會往右邊傾斜？」他認知上會斜的只有機踏車的側支柱，都長在左邊。

「……你不知道？」

鄭佑宏在電話這頭搖頭。「想不到。」

「啊……」林元茵的聲音聽起來像憋著得意。「你經驗比較少，可能也不會注意到吧。」

「妳知道誰是凶手了？」聽對方這樣說擺明就是知道答案了。

「嗯……我不知道凶手是誰，可是我知道凶手是做什麼的。」

這什麼意思？

「妳……」

「有讀過卻斯特頓的作品嗎？」

「什麼盾？」

「英國古典推理小說家G・K・卻斯特頓，布朗神父是他筆下最有名的偵探。現在你面對的事件就是他某一篇的台灣版嘛！」

「妳到底想表達什麼？」

「欸！大木頭有點耐心嘛！你想哪一種人一點都不起眼，騎著一台可以往右側斜靠停車的車，然後他一按電鈴會讓住戶衣服都來不及穿好就趕緊出來？還有卻斯特頓的〈看不見的人〉，我再加一個台灣版的提示：綠色的人。如何，懂了吧？」

鄭佑宏懂了，之前隱約有聯想到的念頭被林元茵揭開面紗，即使他還是不知道〈看不見的人〉的內容以及為何機車可以靠右邊斜著停。

甚至他「隱約」的聯想是在想還有誰能問相關資訊時才閃現一下的人物。

他走出六號，望著不太筆直的街路，看著那抹騎著機車的虛像直到路口，發生車禍。

「是郵差……」說完，他不甘地咬唇。

他真的以為夢魘可以結束。

通常，屬於他的這一幕惡夢會以門的型態呈現，身在其中的他退無可退，只能去拉開門把，這一個動作只有快與慢的差別而已。門後等著他的是難以接受的結果，他將再一次承受少年時期目睹的創傷。

垂吊的父母雙腳。

為什麼沒有結束？為什麼我完成了使命卻不是看到空無一物的房間？

噩夢始終吊著。

他難以接受，而更難以接受的是多了一扇新的門，紗門。他別無選擇，開啟——

被他刺殺的屍體躺在血泊中顫抖著——

在血泊中顫抖著——

顫抖著——

「黃耀慶先生！黃耀慶先生！你還好嗎？這邊……」

他視覺晃動了一下才發現自己醒了，白衣白袍的人關切地看著他，床邊那位似乎準備要有什麼動作，但看他醒來就中止。

「黃耀慶先生，你狀況還好嗎。」
「嗯。」
「我是你的主治醫師，我……」
後續那白袍男人說了些什麼他不太明白，只聽到提到「狀態不佳」時反射性地回應「我很好」，讓他神經繃起來的是接下來這句：「有人要來問話。」
問話？
來了嗎？
結果沒那麼容易啊……
「嗯。」他回應。
醫生嘆口氣，走出病房並告知給予多少時間與不要刺激患者才讓兩名刑警進入病房。
病床上的他看著來者：第一個穿著隨興，沒拉上的牛仔外套拉鍊隨著走動跳動著，表情帶著笑，眼神有些莫名的得意，令人不太舒服；後續跟著的穿著西裝，神情沉著，眼神平淡卻讓人移不開，手中提著一只令人在意的紅色紙袋。
帶著笑的人對他揮了下手：「嘿，看起來很好嘛。」
好什麼好？
西裝男換手拿提袋，往笑的那人肩膀上拍了拍。「阿詳，開始吧。」接著對著黃耀慶說：「你好，我們是負責偵辦東明街六號楊再恩刺殺案的刑警，我姓鄭，那位是林元詳。我想，你應該知道我們來的目的。」
看著他拉過椅子坐在病床旁，壓迫感隨之而來。

「我不知道你在說什麼。」

「唷！學長，犯人不乾脆呢。」站在病床前的林元詳戲謔地說。

黃耀慶瞪了他一眼，但馬上收斂。

「我們在四月二十一號——也就是三天前接獲報案，隨後前往東明街六號確認住戶楊再恩被刺殺身亡。根據我們調查的結果，犯下這起刺殺案的凶手，就是你。」

被如此宣告的他稍微咬緊臼齒，搖搖頭說：「你說的那一天是我跑那一區……我是……」

「我知道。」

「好，我那天對六號沒印象，只知道在路口那邊被撞，我只記得撞擊前一刻，之後醒來就在這裡了。」

鄭佑宏苦笑，沒想到對方來個不認帳加上記憶喪失。

「那一天的那段時間，整條東明街上的人都沒看見任何可疑人物出現，住戶對於郵差在那時間點到來早習以為常，不覺得奇怪，也沒人去留意你是否多停留了一段時間。」

「我、我沒有停留，那天他家又沒信。警察先生，你不能因為沒人看見可疑人物就懷疑我吧？我送信的，六號是我迴轉的地方，當然會經過。我也沒看見什麼可疑人物，但只要有心，那個位置很容易就能避開居民的視線，而且那天……那天不是還下雨嗎？」

鄭佑宏點點頭。「你說的沒錯，是有可能沒注意到或是看漏，不過楊再恩遇害時的穿著很耐人尋味。」

兩人視線相對，鄭佑宏知道自己沒錯，眼前的就是犯人，只是現在要聽個說法、試著辯駁。在話題一開始，病床上的人並沒有訝異「自己送信區段裡的人被殺」這件事已然表明。

「我說了那天他家沒信，也沒有掛號，我怎會知道他穿什麼？」

「他穿著內衣內褲、藍白拖推開紗門就被刺殺。你覺得他怎麼會穿這個樣子就去應門？」

「既然他穿這樣出來就是這樣囉，有什麼好奇怪的？」

「他是一個有前科的人，待過監獄，我想，這樣的人對前去他家的人會比較敏感吧？他可是推開紗門被刺殺的，紗門你知道吧？可以看見到底是誰。而且，那個人還直接走進院子裡，表示他認為那個人是安全的、是例行性的、是那當下出現一點也不奇怪也不需要堤防的人——我還漏了一個他應該是聽到電鈴才下來的。如何？很符合你的職業：郵差。沒錯吧。」

黃耀慶沒應答。

「還有其他跡象。」

還有？

「楊再恩的機車，」鄭佑宏說：「他停在屋外的機車的側支架是踢出來的，車體卻是靠在欄杆牆上，地上還有一頂翻過來裝滿雨水的安全帽。這個跡象顯示他的車子是被推擠靠牆，我認為這很可能是凶手的失誤，停車造成的。經過調查發現你們郵差的野狼機車兩邊都有側支架，這是為了載東西的特別裝置，通常也是使用左邊，不過那一天狀況比較特殊，對吧？我想你心裡因為希望靠屋子一點，下車就順著進屋，同時好後續動作，所以你踢出右邊的支架停車。你沒注意到的是你們野狼機車的腳踏柱前面有一個防撞的設計，就是那個部分在你機車右傾的時候A到楊再恩的小50，使得那台車被推靠到牆邊。」

機車的異常是林元茵一開始聽他哥敘述疑點時聯想到的，剛好她先前在家等函授寄送，發現郵差的野狼機車居然有兩根側柱，也看過郵差踩右邊立定去投偏高的信箱。

關於機車還真是黃耀慶沒有注意到的地方，現在被提起才想到那時候聽到東西掉在地上的聲音，原來是安全帽。

「怎麼？回想起來了？」鄭佑宏對著愣住的他說。

「這也不見得吧？我記得六號那台機車，看起來滿小台的，怎麼就一定是郵差車推到？」

「那天下雨，你穿著雨衣吧？」鄭佑宏逕自繼續說道：「你停車、下車、按下電鈴，就跟平常你叫人出來收掛號一樣，你也知道六號他家的大門鎖是壞的，直接就走到院子裡。記得吧？那隻狗一定狂叫，但郵差與狗叫似乎很搭？我問過你同事，狗還蠻喜歡找你們麻煩的對吧？因此聽到狗叫、看到郵差並不會覺得奇怪。你在院子裡等著，一手握著刀一手拿著破布，就等楊再恩開紗門的同時衝上去攻擊。

「我猜你是第一刀下去後才順勢往他嘴裡塞布，怕他慘叫嗎？其實那時附近不是沒人就是喑啞，你身為郵差應該知道隔壁住戶重聽吧？加上雨天鮮少有人在街上。保險起見嗎？」

我只是模擬上覺得應該要這樣做才準備的，但你沒說錯，保險，難保沒人剛好經過吧？黃耀慶這樣想但沒回應對方的疑問，只聽刑警的話語繼續說道：

「你接著再連刺兩刀，他恐怕來不及反應就往後倒下了。在你刺殺他的瞬間，還有別的證據留在了他的身上。」

什麼證據？沉默的黃耀慶表情僵硬地看著眼前的刑警。

「墨水。我們在屍體身上發現雨水的痕跡裡混著藍色墨水，你覺得墨水怎麼來的？」

黃耀慶當然知道，因為他把蓋印章用的印台用魔鬼氈貼在加油蓋上端，所以是……

鄭佑宏繼續說：「我們調查過你那台野狼，在車身上發現魔鬼氈。因為車禍的關係，黏在上面的東西應該是噴飛了，是印台，對吧？那天下雨，你並沒有把印台拔下來收著，於是雨水把墨水染到你的雨衣上，在你行凶的同時飛濺到楊再恩身上。」

又一個漏洞……黃耀慶心想，但仍不動聲色，因為刑警不斷述說：

「你在行凶之後應該是馬上離開，不然就會留意到楊再恩的舉動。」

什麼舉動？他那樣還沒死？

「好奇嗎？」鄭佑宏窺探著他的眼神。「他留下了死前留言。」

後四個字讓他寒毛豎了起來，那傢伙到底留了什麼？

「他手裡抓著一封信。」刑警說：「楊再恩在斷氣之前用盡全力去把放在鞋櫃上的信給抓了下來。我們本來以為是在暗示凶手與寄件者有關，調查後發現不是，那封信是寄給住在六號的前任房客。那會不會跟前任房客有關？調查過程沒發現相關跡象，甚至那封信從信封到信紙都沒有署名，死者會費盡全力抓一個不確定名字的物品？我也考慮過會不會是他才打算寫下凶手的訊息，但來不及只能抓著，若是如此，他大可用血直接在地上寫就行了，所以他留下來的訊息直觀地判斷，既然不是寄件者也不是不確定的收件人，那麼就是送信來的人了。想想也比較合理，對他來說，出手攻擊他的是他一開門看見那平常前來投遞信件、叫掛號的郵差……你很訝異嗎？」他查覺到病床上的人眼神發直。

「不，這跟我沒有關係。」黃耀慶眨了下眼，搖搖頭說：「凶手可以假扮成郵差，不是嗎？」

這時候，病房門口有些騷動，鄭佑宏指示阿詳去跟醫生說會需要更多時間，麻煩他配合。

「若有人假扮郵差就會出現兩名郵差當天早上都在東明街，一個很日常或許不太在意，但兩個？住戶會起疑吧？而且從巷底T字路口那個唯一正常運作的監視器中並沒有發現其他郵差從那裡經過喔。你應該計畫很久也考量很多吧？郵差這工作可以很自然地收集資訊。都說到這邊了還不認？啊！我應該把你整個行凶的動作描述完，你聽看看有沒有問題。」

黃耀慶張嘴，但沒發出聲音；他眼睛有些顫動，接著聽對方發言：

「你刺殺完楊再恩之後馬上把刀刃放在手套上，你是帶著郵局公配的棉布手套，那剛好可以拿來擦拭與吸血，只是還是有小部分血滴到地上的積水中。你用手套將刀子裹住，然後——然後就是你巧妙的準備：放到信封裡。」

「什麼……」他忍不住出聲了，不是因為「信封」，而是眼前的刑警描述的簡直就像在現場目睹一樣。

「這就是我們在現場找不到凶器的原因，你將刀子連同手套放進附有氣泡紙的牛皮紙袋裡，混進你其餘還沒送的信件之中，厲害的是這封『凶刀信』上面還真的有掛號條碼，只是上頭的送信地址錯誤加上沒有收件人的名字，僅有寄件地址，這個地址——是你住的地方。」說著，鄭佑宏將紅色紙袋拎了起來，緩緩地從中取出他所說的牛皮紙袋。病床上的犯人撐大了眼，此時深刻體認到自己太過天真也過於自信。

「這件退回到你地址的『凶刀信』已經開出招領單，我還特地先去你家查看，接著才去郵局幫你領回。我不得不承認你這個藏凶器的手法有點意思，但這樣做的目的是什麼？通常不是應該儘快棄掉凶器？你總不可能預期自己出車禍吧？畢竟將『凶刀信』藏成退回掛號的方式確實沒讓你馬上露出破綻。」

無可辯駁了。

黃耀慶沒料到這封信的終點直接就將他釘死在罪行上，他還是不太能接受這麼快就被發現，顫抖地問：「怎麼發現的？」

「總算認了吧！小子！」林元詳得意地說。

「你的失算與失誤。」鄭佑宏回答：「失算是車禍。我想你應該是打算親自處理這封信吧？但出了車禍你也沒辦法。信件是你同事幫你完成投遞的，他是個蠻細心的人，他很快就指出接手投遞時發現有點奇怪，就是當天下雨的情況下，你將較大本的掛號統一用塑膠袋裝著，在車禍時因為裝袋的關係，所以順序沒有亂跑，因此當他準備拿起下一件大件掛號時卻發現是一封『地址錯誤』的掛號，他是這樣說的：『我師傅（即黃耀慶）帶我的，他說掛號就算是無此人還是地址錯誤之類的還是會刷入清單、帶出去，放在最後面等回局再處理。所以那一件封面的地址他一定知道是錯的啦，所以放在最前面有點奇怪。』」

黃耀慶咬了咬下唇，沒錯，這又是一個失誤。

「你在行凶後沒想太多就把那件『凶刀信』放到袋子裡了，卻放在最前面。我得知這狀況時就去查問關於掛號的處理狀況，發現那一件的條碼還是用補的，如此一來，很可能是你特別處理的信件，這就帶我們找到凶器了。很有創意，但為何你要搞這麼複雜？」

沉默了一小段時間，病床上的人終於嘆了口氣。

「我只是想，那把刀成功的報了仇，那是紀念，它不該被隨便亂丟，於是想到利用掛號會存放郵局的特性讓它變成招領狀態，等於是寄給未來的我。只要拿到單子，我看情況在時間內去領取，之後拿去我爸媽的靈前，告訴他們，兒子成功報仇了！

「如果照我原本想的，自己處理的話應該就不會被發現了吧。」

「開什麼玩笑？你當我們警察塑膠的？」林元詳忍不住開砲。「都知道凶手是你這個郵差了，一定會死咬到底！終究會被我們查出來的。」

黃耀慶看向他，眼中已失去反抗的神色，只留下一抹光芒。「至少，我報仇了！」

「……我還有個地方沒搞懂，」鄭佑宏說。「根據我們這幾天的調查，知道你行凶的動機，是因為楊再恩過去的詐欺案，對吧？」

犯人的目光又綻放開來。

「你在十五歲時跟著原本獨居的爺爺住，你的父母在那之前因為被詐騙而自殺。」

「對！就是那個混帳害的！」他咬牙切齒。

「你是怎麼認出楊再恩的？他進監獄幾次，又過了這麼多年，樣貌跟之前有相當的落差，連名字都改了。」

「我當然認得他！這就是上天給我的機會，是上天、是我爸媽冥冥中賦予我的機會！」

「屁咧！」阿詳忍不住嘟囔。

「什麼意思？你記得他的樣子？」鄭佑宏疑惑，雖然他知道歲月可能會讓人看起來截然不同，樣貌在本質上還是有足以辨認的所在，只是有那麼絕對到讓眼前的人切實地確認嗎？

「我不記得，我根本不知道他的長相。」

「啥？」林元詳詫異的出聲。

「那你……」

「我是郵差啊。」

兩人獰著目光等待他往下說。

「一定也是為了讓我找到他才會讓我當上郵差、跑到他躲藏的區段！就是這樣！」他的眼神閃著狂熱，吸口氣緩和後說道：「住戶收掛號的時候要蓋章或簽名，他都是用簽名的——」

一瞬間，鄭佑宏的記憶飛躍到東明街六號的桌上，那幾張紙上的簽名。

「楊駿龍？楊再恩他還是簽自己過去的名字？」

聽到那三個字被說了出來，黃耀慶輕蔑地笑了笑。「對啊，楊駿龍。他寫的那個『龍』字只會是他，那個『龍』字就出現在害死我爸媽的文件上。」

鄭佑宏記得，寫在那幾張紙上的「龍」看起來最後一筆是右邊旁乙尾，這跟「龍」的筆劃不符。楊再恩的「龍」字最後把那尾勾得很瀟灑。

「我第一次看見他簽名的時候就像被雷打到，我甚至特別去研究，最後確認一模一樣，寫這個字的人就是當年害死我爸媽的傢伙！」

「這也真的是巧啊……」林元詳不禁感嘆。

「這是命運。我終於可以關上爸媽自殺的陰影……」這樣說著的黃耀慶卻滋生著不確定感，在稍早的夢中，屍體沒有減少，更是多了一具。

「但你也是傻子啊。」

林元詳評論的這句讓他瞪了過來。

「首先，你應該好好過你的生活才對，你死去的父母絕對不希望你這樣，」他先來了個陳腔濫調，又說：「而且當年的詐欺案他只是提供文件而已，真正運作的詐騙集團就我所知那首腦到現在都還沒被抓到咧，楊再恩在過去只是一個媒介，一個小人物而已，你這樣……」

「好了，阿詳。」鄭佑宏制止他的說教，看著病床上的人五官抽動著。

「你們不會懂的。就是那傢伙害死爸媽的，這我最清楚。這次就是命運的展現！一定是的！我腦中計畫這麼久，剛好那一天的雨，剛好看見他機車在，所有的條件都很完美，只差在幾個小失誤！沒關係，我終究要拿著那把刀去見我爸媽！」

看著黃耀慶開始不受控的表現，鄭佑宏迅速的對他宣達了警方後續將對他做的限制，隨後要林元詳出去叫醫生進來。

醫院外，天空晴朗的足以蒸乾前幾天的降雨。

「那個楊再恩還真的是碰上他專屬的死神了。」阿詳說。

「難得你會有這麼特別的說法。我想他應該不知道自己為何而死，都回歸社會、改名還養了條狗，感覺上想要重新開始，真的就是命運了吧。」

「對啊，學長，他那個車禍也是呢。」

黃耀慶遭遇的車禍研判是他自己騎車過程突然急煞導致打滑翻車，這部分問過他的郵局同事，他們公務用的野狼機車雨天剎車失誤或急剎很容易打滑翻倒，當然這跟在路口突然轉進來的那個柳家兒子有關，但考量到他當時的心理狀態，剛殺了人，凶刀還混在自己要送的郵件之中，想必無法冷靜面對車況。

都是去東明街六號找人，兩個命運撞在一起。

林元詳沒聽到他學長的回應，轉頭過去看他正敲著手機。

「唉唷，怎樣？案件結束要對我妹伸出魔爪了嗎？難怪今天還穿得人模人樣。」這說的同時心想：「什麼年代了約會還堅持穿西裝？真的跟妹說的一樣是木頭欸。」

「什麼魔爪。她還跟我說面對凶手的時候要一起來親臨指認現場，真的是亂來，不過這次這麼快就偵破確實靠她看出關鍵。」

「可以吧！我們可是好基因來著。」

「你再說吧，乾脆讓小茵頂替你上班算了。」

「好啊，我正想放假咧……啊，對了，學長你的假怎辦？」

「之後補吧……呃，阿詳我問你，小茵說要獎勵她的功勞，要怎辦？」

「你又問我？你現在轉頭、往回走，上樓直接把犯人那張病床推去給她如何？」他咧出一抹怪笑。「你問她啦，直接一點啦，問問問，去問。」

「喔……」盯著螢幕根本沒聽進剛剛那番話的鄭佑宏舒展了眉頭。「她說要我陪她去參加活動，說是祕密，跟跑步有關……」

短評／〈來者〉

陳俊偉

本文無疑是篇好作品，是警、偵合作加上詐騙集團復仇案，十分具有近年來台灣的在地氛圍與特色。調查方主要角色的對比性控制得宜，畢竟三個人（兩男一女）要怎麼區隔，本身也有它不容易處理的地方，在這個面向上，本作人物對話如日常般自然，體現作者的用心。本篇的亮點，在於「詐騙」這個「本土元素」的應用，此時此刻也依然是人們關心的社會問題，再配合「郵差」這個職業能夠深入社區居民的特殊身分，在在都顯現出作者、作品與在地性、台灣味緊密結合的企圖。作者自己點明國外其實已有類似的作品呈現（如：三津田信三），可說相當誠實。

其次，作者所描繪的女性角色，有著渾然大成的獨特優勢，相當醒目。這不禁讓人想起，《福爾摩斯辦案記》裡面的一則短篇〈波宮秘聞〉出現艾琳・愛德勒這位女士，狠狠教訓了自以為聰明的福爾摩斯（當然，該篇女性角色的設定是被調查，所以跟本文不一樣）。女主角戲分不多卻很耀眼，電話隔空辦案也是可以的（像是福爾摩斯用電報來辦案）。然而，有所疑慮之處，是女主角的專業能力的鋪陳與補充是否充足？這一點可以再考慮，畢竟要讓讀者了解、相信妳的能力，在比較缺乏陳述的過程中，相對困難。

再次，本文設定的犯案者，仍有頗高的運氣支持成分的。無論再怎麼低調，再怎麼自然，仍可能會被發現；即便是「郵差」看似已融入台灣人的日常生活中，看似沒有存在感，但仍然會有其顯眼、被注目的印象。而結尾跟凶手的對話，作者是否要補強犯罪者寧願冒險之類的相關動機敘述，會讓全文更有合理性。

此外，場景細節似乎能更朝向合理性的描繪，例如，死者既是想要重新來過的更生人、邊緣人，房間內應該會有一些管制藥物、槍械或與其生活相應的物品，只講「其他物品」一略乏善可陳，感覺總少了些能夠共感、共鳴的層次；或能給死者一些補充設定，或許從人物角色的再深入塑造著手，可以讓本篇作品更具備更深刻的亮點與意象。

諸神之舟──夢之死

殷建邦打開車門，冷冽的寒氣爭相湧入溫暖的車內，讓他的雙頰一陣刺痛。他嘆口氣，伸手到副駕駛座拿外套。救護車警示燈的紅光照入車內，讓四周全部閃著一片刺眼的血紅。

他原本應該到另一間派出所報到的，卻臨時接到通知要他直接到這裡來。

天空正在下著毛毛細雨，雨勢很小，但是淋在身上卻讓人覺得很煩，殷建邦遲疑了一秒想著不知道到底要不要再回車上拿傘，可是封鎖線旁邊的制服警員已經注意到他了，他索性就直接走過去。

「我是殷建邦，」殷建邦邊拿出證件邊打量著對方，心裡想著他大概和自己一樣是剛畢業沒多久的菜鳥員警，也許只比自己多幾個禮拜的資歷而已。「這裡出了什麼事？」

「是，」年輕的警察看起來有點緊張，大概是因為殷建邦比他大了好幾歲，被當成了前輩吧。他往封鎖線內看了看，舔了舔嘴脣，似乎是希望有人來幫他。「是車禍。死者是一名女性。我們和救護人員剛剛才到現場。」

「好，那我們進去看看吧。」殷建邦不想擺出一副前輩的樣子，因為他曾經與警方合作無數次，對這樣的場面很熟，但是他才剛到「這一邊」來，不想讓自己太顯眼。

年輕的警察撐起封鎖線讓他過去，他禮貌地說了聲謝謝才進去。

走沒兩步就聞到一股淡淡的血腥味，但是最重的是一股內臟的肉味，一種他租屋處樓下菜市場裡那股揮之不去的味道。他看向前方一輛撞上行道樹的藍色載貨卡車，卡車後方黑色帆布突起，顯然運了體積不小的東西。卡車後面的馬路上蓋了好幾條防水布，綿延十幾公尺，乍看之下還以為是黑色柏油路的繃帶。

他停下腳步。

「負責的警察是誰？」

「方婉如巡佐。」員警用手指向一個正在講電話的女性。

「謝謝。我自己過去就可以了。你去把封鎖線再往外推五公尺。」

殷建邦才轉頭交代完事情，把眼光轉回正面時，方婉如已經講完電話，開始向他走過來。殷建邦趕緊往前。

「長官，妳好，」殷建邦伸出手。「我是……」

「我知道你是誰，」對方碰了碰殷建邦的肩膀，很快就放開。「我知道你原本不是被分配到這裡，但是上級同意讓你暫時先來這裡幫忙。看起來你很快就進入狀況了嘛，懂得命令我們的新人。」

殷建邦一陣尷尬，他才剛剛提醒自己不要擺老的。

「抱歉，長官，我不是要故意越俎代庖的。」

「沒關係，反正我等下還是要訓他一頓。還有，不用叫我長官。」方婉如撥了撥頭髮。「我們先來辦正事吧。」

那我要怎麼叫她？殷建邦等著她說，但是她卻沒有繼續講。

她往旁邊擺擺頭示意殷建邦跟著她走，殷建邦這時才注意到撞到路樹的卡車旁還有兩個人正蹲在地上採證，動作像是在呵護溫室中的花朵一樣小心謹慎。

方婉如把他帶到一旁的救護車旁邊，一個年約四十歲的人正坐在救護車上讓救護人員幫忙包紮他額頭上的傷口，旁邊有一名制服員警正邊問話邊往平板上輸入資料。

「小郭，這位是請來支援的警察，你先把剛剛問到的話跟我們說明一下，然後再去幫小杜的忙。」

小杜，這是剛剛那位年輕警察的暱稱。殷建邦記了下來。

「這位劉姓駕駛從事水塔更換的搬運工作，他今天載了兩座水塔要回公司去，結果開到前面時，有兩個女人手拉著手突然從旁邊的巷子裡面衝出來，他雖然踩了煞車，但是地面濕滑，還是直接正面撞上去。」

「酒測值呢？」

「零。」

方婉如聽完之後直接往卡車的方向走過去，殷建邦趕緊跟了上去。

卡車右半邊的車頭陷入樹幹裡面，四周滿是嗆鼻的汽油和機油味，多少沖淡了殷建邦不喜歡的血腥味。他避開路上看似零件的殘骸，極力讓自己維持在大步流星的方婉如旁邊。

殷建邦看到一名穿著背心的鑑識人員正在駕駛座採證，最重要的行車紀錄器已經被另一個鑑識人員拿在手上了。

「方巡佐，我還是不太清楚現在的狀況，這似乎是一件普通的交通事故。」

對方只是招手要他跟過來。他們在一片最大的白色防水布旁停下來，她在確定殷建邦跟上來之後，立刻蹲下來以迅雷不及掩耳的速度掀開防水布，下面是一具被撞得面目全非的屍體，不但血肉模糊，臟器外露，連粉紅色的大腦都露了出來。

「覺得怎樣？」

竟然想給我下馬威，以為我從沒看過屍體嗎？殷建邦強壓下怒火，慢條斯理地蹲下來，仔細觀察。「女性，撞擊力道相當大，應該是……」他看到有許多不屬於人體的碎片鑲崁在已經泛白的肉塊裡面，他以為是卡車零件，但是又好像不是。他很想請鑑識人員把那些東西拔出來讓他好好看看，但是方婉如的目的似乎並非如此。

「來，」方婉如放下防水布，又帶著殷建邦到不遠處另一塊防水布的旁邊。「你一定很想知道我們為何要找你來，你這個剛報到的菜鳥。」

她又以同樣的速度和手法掀起防水布，這次殷建邦看得更清楚了，潮濕的柏油上躺著一條布滿血漬的細長手臂，塗著鮮紅色指甲油的手緊緊地握著另一隻手——」一尊神像的斷手。

「我們已經派人在四周尋找了，但是我估計是找不到駕駛說的第二具屍體。這是現人神事件。宗教局很快就會派人過來接手……不是，是合作，所以上面才找你這位『前宗教局』員工來幫忙。」

殷建邦愣了一下，臉上的表情複雜難解，一如布下那死不瞑目的死者，只是默默地在黑夜中沉默不語。

人往往會被迫做一些不情願的工作，但是當你做到受不了了，辭職想換工作時，新公司錄取你卻是因為你有過那些「工作」的經驗，因此事情就這樣一直循環下去，就像是標籤一樣永遠黏在你身上。

殷建邦在往醫院停屍間的路上突然想起古羅馬封建制度那種家族職業一輩子都不會變的制度：父親是木匠，兒子就也是木匠，永遠這樣一代代下去。他當初受不了宗教司（當時還是司，現在已經是局了）的內部鬥爭才離開。他厭倦了和那些現人神以及自以為是神的人打交道。結果考上警察之後，還是必須和宗教局扯上關係，因為執法單位沒人喜歡這個權力日益膨脹，享受最多資源的機關。他也不喜歡，但是就和當初在宗教司裡面一樣，沒人在乎。

「你……聽說你曾經是宗教局的人？」方婉如突然小聲地問殷建邦，好像空無一人的走廊有人會偷聽一樣。

殷建邦稍微睜大了眼睛，他開始快速思考要怎麼回覆她這個問題，許多同期會用充滿疑問的眼神看著他，但是敢真的上來問他的沒幾個。

「別擔心，我不是要打探你的私事。」她一反剛剛在車禍現場的強硬態度，感覺就像是有求於人的樣子。

「我離開的時候還是宗教司而已。」殷建邦停了一下又補上一句：「我當時只是安置人員而已，負責安置被發現的現人神。」

「但是你應該處理過很多關於現人神的案子對吧？」方婉如不死心地追問。

「對，但是……」

「我女兒，她正在讀國小，」方婉如沒讓殷建邦說完就繼續講：「她前幾天晚上補完習回家的時候疑似看到了一個現人神。」

殷建邦腦筋轉了一下。「你應該通報宗教司……不是，是宗教局，我記得不是有二十四小時免付費專線可以用？」

「她說她看到的是一個光著身子的老人，在這麼冷的天氣裡面旁若無人地走著，同時，嗯，下面還很有精神地直立著。我女兒被嚇得哭著跑回家，我有打電話給宗教局，他們只建議我打電話報警。後來社區還有好幾個人都看到這個老人到處走來走去。」

殷建邦皺起了眉頭，這要不是宗教局的應對人員訓練不足，就是這位巡佐沒有參加現人神的課程。「嗯，神像變成現人神的事件已經出現很多年了，這大概在五年前達到最高峰，那時全臺一個禮拜就出現好幾件，這還不包括誤報和偷渡過來的。而到了現在，約莫一個月只有一件左右。」

殷建邦話出口就後悔了，這不是代表他現在還是很關心現人神的事件嗎？他腦中突然閃過一絲懷疑，懷疑方婉如是不是在刺探他是否是宗教局派來的人？

他停頓了一下，看到方婉如沒有要打斷地意思，就繼續說下去：「而要從外觀辨識現人神的難度極高，所以才需要鑑神師。妳剛剛說對方裸體沒穿衣服吧？正常來說，現人神身上會穿著衣服，他們會無目的地漫遊，眼神渙散，一副失魂落魄的樣子。」

「所以，我女兒看到的那個老人……」

殷建邦微微一笑：「應該是失智的走失老人，不然，」他試著讓語氣輕鬆點。「就只是單純的變態而已。」

方婉如笑了笑，他們繼續往停屍間前進。

方婉如到醫院門口的掛號處就不走了，她向殷建邦表示歉意，說自己還因為剛剛的場面而感到不適，接下來就一屁股坐在等候區的椅子上，擺擺手要殷建邦一個人去。他沒有因此而討厭方婉如，認為她把麻煩事都丟給自己，他認為她也許和大多數警察一樣和宗教局有過節才不願意見面。

深夜的醫院很安靜，再加上大廳的回音效果非常好，他走到裡面去搭電梯時，隱約聽到等候區傳來方婉如摀著手機小聲跟女兒說抱歉無法回去陪她做功課。

殷建邦按照方婉如給的指示往停屍間走去，卻正好看到法醫走出來，而檢察官坐在外面的椅子上一臉怒氣。他正想問說現在是什麼情況，老法醫脫下口罩，上下打量了他一會兒。緩緩地說：「她在裡面等你。宗教局的鑑神師。」

他一頭霧水地推門進去，進去前看到年輕的檢察官漲紅著臉站起來想一起進去，老法醫輕輕地安撫他讓他坐下來。

停屍間裡面的解剖台上躺著不只一具屍體，但是只有一具沒有用塑膠布蓋著，赤裸的肉體扭曲地躺在上面，幾乎不成人型。在屍體的旁邊站著一位女子，她背對著殷建邦，右手規律地晃動著，似乎在寫字。她穿著寬鬆的白袍，紅色髮圈綁著的馬尾一直垂到腰際。

殷建邦關上門後才走出第一步。

「建邦，當刑事案件牽扯到現人神時，執法機關應如何應對？」女子沒轉身，只是像自言自語一樣地發問。

這個聲音他想忘也忘不了，三年前那件事永遠改變了他們，他離開了宗教司；他的搭檔從此再也沒和他聯繫，而她……她也許改變最多，抑或是根本就不曾改變過。

「不記得了嗎？我記得警察特考現人神法應該占了相當大的比例。」

殷建邦沒有回答，只是放慢步伐走過去，腦中的回憶奪去了他身體的其他能力，只剩下機械式的行走，他猛然覺得自己走路的聲音大得嚇死人，讓他根本無法去理會其他的聲音。

感覺像過了一輩子那麼長，他終於走到對方的旁邊。

「嗨，莉雪，妳好嗎？」

嚴莉雪連頭都不抬。「當刑事案件牽扯到現人神時，應由宗教局和執法機關合作偵辦，依據領域職權劃分。惟鑑神可由鑑神師全責負責。」

殷建邦移動一下身子讓身體進入嚴莉雪的視線範圍內。

「我知道，我可是前宗教司人員，我當時的考試可是拿了將近滿分。我指的是現人神法的部分。」

嚴莉雪終於抬頭正眼看著殷建邦，她戴著一副老式黑框眼鏡，但是雪亮的鏡框後面的雙眼如同火焰般耀眼：「我也知道，我看了你的答案卷，申論寫得不錯。但是太照本宣科了。你實務經驗這麼多，應該可以寫得更好。」

她負責閱卷？殷建邦抓抓頭：「但是那些批卷人員實務經驗不多。」

「那倒是。」嚴莉雪嘴角微微揚起。這是她非常高興的表情，殷建邦記得。

「那下一題，」嘴角的起伏消失，嚴莉雪又恢復她平常的嚴肅狀。「現人神的九大特徵？」

「呃，一定要回答嗎？」

「我需要確認你之前的東西還沒忘光，否則你對我毫無用處。」

「好吧，」殷建邦訝異自己竟然這麼簡單就乖乖聽話，他之前在宗教司也是這麼聽嚴莉雪的話。「沉默、孤僻、智力低下、遊蕩、語言水平不高、重複話語、呆板行為、線香偏好、死後還原。」

「不錯，那，」嚴莉雪稍微放低音量。「非官方的特徵呢？」

殷建邦停頓了一下，這是只有少數人才知道的事情，所以他也學嚴莉雪刻意壓低嗓音：「部分有神力、神力只對人類有用。」

嚴莉雪沒有說話，這代表他通過了測試，於是他大膽地拋出問題。

「所以，驗屍結果如何？有查出身分了嗎？」

「她身上沒有攜帶任何身分證明文件，死因為直接撞擊致死，當場死亡。沒有痛苦。」她的聲音沒有任何變化，彷彿在念課文一般平鋪直敘。「身體特徵已經送入失蹤人口資料庫做比對，頭部也準備進行復原做對照。」

「我以為妳只負責現人神的部分。」

「不了解人，就無法了解現人神。」嚴莉雪的聲音帶著一絲惱怒，這是她常常掛在嘴邊的話，殷建邦想起來後本能地縮了一下，同時決定要好好選擇接下來要說得話。

「那關於死者的部分，還有什麼要注意的嗎？」

嚴莉雪往旁邊挪了挪，要殷建邦更靠近屍體。

「死者年約二十歲，有輕微營養不良的跡象，剛剛法醫還在比較完整的左手臂上找到疑似針孔的痕跡，也許有吸毒，檢體已經送去化驗了。我懷疑死者是特種行業女子，」她指了指台上一堆染血的布，旁邊還放著一頂染上血跡的金色假髮。「這是她死時穿的衣服，如果還能被稱作『衣服』的話，在這種天氣根本跟光著身子沒兩樣。」

殷建邦屈膝仔細觀察，他根本看不出來那是什麼。

「性感內衣。」嚴莉雪彷彿看穿了他的內心，直接幫他說明。「你女朋友不會穿給你看嗎？」

殷建邦目前沒有交往對象，但是他決定不說。他乾咳一聲後決定把話題拉回死者身上。

「也許她只是想逃離男友而已。」

「也許，你只是單純地想反駁我是不是？」嚴莉雪話說得嚴厲，但是語氣卻沒有不舒服的感覺，她只是喜歡被挑戰。她沒等殷建邦回答就用戴著手套的手把死者僅存的頭部正面轉向殷建邦。死者左半邊臉幾乎都被撞爛了，五官扭曲變形，右眼球甚至不見蹤影。他看到上面有許多不規則的孔洞，彷彿被柱狀物胡亂戳刺。

「這些是被神像碎片戳出來的傷口嗎？」

「對，神像的材質是石材，被撞爛之後，碎片就像子彈一樣射得她全身都是。」嚴莉雪放低音量地說，像是怕死者聽到一樣，然後用手指輕輕地拂過其中一個傷口。「幸好她在被撞擊的那一瞬間就死了，那些石頭沒有對她造成任何痛苦……」

然後她彷彿驚醒過來一樣繼續說：「但是我要你看得不是這個。」她用食指和大拇指掰開死者的嘴巴，口腔裡面經過清洗呈現一片死白。

殷建邦靠近觀察，馬上就發現嚴莉雪要他看的是什麼。「沒有牙齒？」

「對，還有這個，舌環。法醫已經取下來了。」嚴莉雪用右手小心地從死者嘴裡拉出蒼白的舌頭，上面有好幾個洞。確定殷建邦看到之後，她放開手，重新把白布蓋上屍體，然後伸手到旁邊一台小型推車上拿東西。「強烈撞擊有可能把牙齒撞掉，但是死者口中是完全沒有任何牙齒的殘留。鑑識人員還在現場發現了這個。」

嚴莉雪攤開手，是一副裂開來的全口假牙。

「這個年紀就要裝全口假牙的女人非常少見。」

「所以妳認為？」

嚴莉雪沒有回答，她把假牙放回去，脫下手套丟到垃圾桶，接著去洗手。

「在某些地方，賣淫集團會把女孩子的身體改造成讓嫖客能更快射精的樣子，拔掉牙齒和裝舌環就是慣用手法。因為這樣可以讓女孩在有限時間接更多客人。這通常是黑幫的手法，他們用這種方式取代毆打，也讓其他女孩有所警惕。」

「我好像在電影裡面看過，但是亞洲，尤其是台灣，這種事很少見吧。」

「少見，但不是沒有。」

嚴莉雪換上另一副手套，走到另一張解剖台旁邊，上面是另一張塑膠布，上面只有些微隆起，隆起的部分幾乎比女子的屍體還要大。

「這是現人神的殘骸，我估計原本至少有一個成年人那麼大，至少上百公斤重。」嚴莉雪輕輕地掀起白布，下面是一大堆被血跡染成黑色的碎石塊。「由於撞擊力道過大，應該有不少殘骸不知去向，警方的鑑識小組已經盡力採證了。我另外呼叫宗教局的鑑識人員過來在現場重新採證一遍。撞到這麼大又重的神像，車子沒全毀、司機沒受傷幾乎奇蹟。也許是現人神死去變回神像的過程減少了損害。」

「有辦法辨識出來是哪位神祇嗎？」殷建邦想起幾個小時前在現場看到那具被石塊鑲嵌得滿身都是的屍體，不禁一陣鼻酸。

嚴莉雪用右手捧起幾塊殘骸，放在手上惦了惦，彷彿是藉物尋人的超能力者一樣。「光看這些是看不出來的，唯一比較完整的就是被死者握在手上的那一部分，但是我把特徵輸入資料庫卻得不到任何結果。我剛剛請宗教局的同事向聯合國現人神組織請求支援，但是短時間之內是得不到結果的，畢竟我們不是會員國，這方面的請求常常被無視。」

殷建邦歪著頭看向和死者的手放在一起的神像手部，雕工細膩，手腕部分還有精緻的花紋，但是看起來似乎不像是台灣的神明。他還注意到死者那隻手上有長長的假指甲，上面鮮豔的蔻丹和蒼白無血色的肌膚形成強烈對比，假指甲只剩下兩枚，看來其他的都被撞飛後掉落了。

「你仔細看得話，會發現神像手腕上有奇怪的刻痕。」嚴莉雪提點了殷建邦。

殷建邦仔細看，發現神像手掌上有兩個十字，在黝黑的石材上特別明顯。

「撞擊產生的嗎？還是？」

「不知道，但是我覺得值得記錄下來。」

殷建邦想換著話題，他指向那堆殘骸。「拼得回去嗎？」

「我剛剛用分析儀掃描了殘骸，讓宗教局的儀器去拼湊，但是不知道要多久，尤其是如果殘骸不完整或已經粉碎了的話。」

嚴莉雪接著從殘骸旁邊拿起一件滿是血漬的白色衣服，因為撞擊而碎成一條一條的。

「法醫拿去分析了，但是看起來像是在地下管道廣為流傳的『神衣』，浸泡過可以讓現人神鎮定安神的檀香水。這件很高級。」

嚴莉雪把衣服翻來覆去，最後鎖定其中一塊，然後拿出手機喀擦一聲拍了下來。

她在幹什麼？上面有什麼關鍵物證嗎？但是殷建邦還來不及提問，嚴莉雪就把手機放入口袋裡面，然後把衣服放回台子上。

「有沒有可能，」殷建邦跟嚴莉雪合作過，知道她沒主動說的事情最好別主動問。「有沒有可能不是現人神，而是這個女孩抱著神像被撞到？」

嚴莉雪瞪大眼睛盯著殷建邦，好像在看什麼奇怪的動物一樣：「抱著上百公斤的神像？你還沒看行車紀錄器？」

「你看過了？」殷建邦吃了一驚，行車紀錄器剛剛才交給鑑識人員分析，他以為等等才要跟方婉如和嚴莉雪去看呢。

嚴莉雪點點頭，彷彿自己提前查看證據是一件再普通不過的事情。

「我想我可以跟你們再看一次，我剛剛又想到了一些事情想去確認。」她脫下口罩、手套和白袍，捲成一團後丟到垃圾筒裡面，然後招手要殷建邦跟她一起出去。

他們走出解剖室時，法醫也剛好跟待在外面的檢察官一行人講解完。嚴莉雪對老法醫微微一欠身表示感謝，接著就無視其他人離開了。殷建邦看到那名年輕的檢察官漲紅著臉，眼神卻不敢和嚴莉雪對到，旁邊的書記官則是憋笑憋到快倒地的感覺。

「妳和那個檢察官發生什麼事？」

嚴莉雪加快腳步，讓殷建邦只能看到她的後腦勺：「解剖還沒開始，他就問我等下要不要一起去吃宵夜。我就請他們一行人全部去外面等了。」

她微微轉頭，殷建邦看不到她的眼神，但是嘴角似乎揚起。「想當然耳，他不太高興。不過反正法醫等下還會再跟他們說明一次。」

「是我太落伍了還是怎樣？按照規定，這種情況不是必須要有檢察官在場嗎？」

「我不是第一次遇到這種事；也不是第一次這麼做。」

嚴莉雪沒有正面回應殷建邦。殷建邦知道自己離開宗教司之後，沒多久宗教司就被升級為宗教局，同時也開始傳出宗教局不顧法令強勢壓迫各公家機關的傳聞，由於修法後的現人神法賦予鑑神師極大的詮釋空間，所以只要是和現人神有關的案件，鑑神師都擁有極大的權力。但是他認識的嚴莉雪並不是這樣的人，她以人為本，將現人神視為人類，和執法機關的關係也一向融洽。反而是和鑑神師同行格格不入。也許是三年前的事情不只改變了自己，連她也變了。

她突然轉頭對殷建邦笑了一下，然後用大拇指比了比身上那件宗教局制服背部的白色眼睛。

「我們就是『白目』啊。」

他們再看一次行車紀錄器錄到的影片。貨車以高速行駛在馬路上——也許有超速的嫌疑，殷建邦記下了這個細節。然後車子沒減速就拐彎進入另一條幹道時，左側有兩個人突然闖入行車紀錄器的鏡頭，她們因為車燈的照射呈現一片死白，臉孔五官都看不清楚，但是很明顯一個人穿著袍子，另一人則衣物極少。司機國罵連連急忙把方向盤往右邊打，但是根本來不及，接下來就是撞擊，擋風玻璃破裂；鏡頭劇烈搖晃，車子撞到人之後輾過了死者，左側很明顯突然高起了一秒，然後鏡頭上的路樹越來越大。在最後一次撞擊之後，行車紀錄器脫落，鏡頭停在灰色的車頂上。

「貨車有超速的嫌疑，」方婉如開口，她和一般的警察一樣赤裸裸地表現出不喜歡宗教局的感受，對嚴莉雪很冷淡。「我們會去查他當時到底車速多快。」

嚴莉雪則是不發一語沒有反應，她雙手抱胸，雙眼微瞇看著螢幕。殷建邦剛好站在她們兩人中間，覺得自己站在這裡就像被兩輛著火的車子夾著一樣。

「驗屍顯示死去的女子很有可能受賣淫集團控制，身體也遭受到某種程度的改造。」殷建邦剛剛在路上盡力跟方婉如報告驗屍結果，雖然她可以透過法醫報告來了解，但是還是要盡量讓她有參與感。

「有，你剛剛跟我說過了，牙齒是吧？」方婉如露出潔白的牙齒，然後用指甲敲了敲。

「有任何頭緒嗎，方巡佐？對於用這類手法對待女性的人士或集團，警方應該不至於完全不曉得吧？」嚴莉雪一邊把影片拷貝到宗教局的雲端硬碟上一邊問。

她把方婉如逼得太緊了。殷建邦心想，這對未來的查案可是會構成很大的阻礙。他發現自己又站在宗教局的立場來思考了，他在心裡提醒自己：他現在是警察。

「那附近有不少賣淫地點，我們一直懷疑幕後是不是有集團在操控，但是一直沒有找到直接證據。但是話又說回來，宗教局不是應該集中注意力在處理那個碎成一堆的神像嗎？」

開始了。殷建邦稍稍往後退。

嚴莉雪推了一下眼鏡。「我懷疑還有現人神被困在她們逃出來的地方。」

「妳怎麼知道？」這次換方婉如抱胸看著嚴莉雪。

她拿出手機：「記得現人神身上的神衣嗎？剛剛在宗教局的同事在詢問了購物網站上的賣家，請對方查詢編號，發現當初買家一共買了兩件女性神衣。而相關的用品，像是薰香、紙錢，也都是成對購買。」

「宗教局的效率現在這麼高？」殷建邦忍不住冒出這一句，惹來嚴莉雪一個白眼。

「宗教局的效率一直都這麼高。」

方婉如看了嚴莉雪幾秒，然後點點頭。「有辦法查到買家身分嗎？」

嚴莉雪又看了看手機。「對方是用假身分證進行認證，帳號在買賣完成之後已經好一陣子沒活動了。當初是超商取貨。最近是一個月前。」

方婉如皺著眉頭又看了嚴莉雪一陣子，似乎比起詢問嫌疑犯，更想詢問嚴莉雪，然後才像下定了莫大的決心一樣開口：「請妳把這些資料都發給我，我可以請相關部門再詳查一遍。」

嚴莉雪點點頭，開始操弄手機。

殷建邦跟著方婉如送嚴莉雪到警局門口，微笑著向她揮手送別。他注意到她皮笑肉不笑的，就像戴了張人皮面具。宗教局的專車開過來接嚴莉雪，殷建邦看到車子上面有被路上遇到的信徒砸東西和噴漆的老舊痕跡。但是接送鑑神師怎麼會派這麼破爛的車子過來？

「喂，」方婉如用手肘撞了撞殷建邦。「她就是傳說中的『那個人』？」

殷建邦還在納悶她什麼時候會問這個問題。自從他離開宗教司之後，最常被問得問題就是關於嚴莉雪。「對，就是她。」

方婉如的表情活像是見到什麼珍稀動物一樣。「那個在宗教法庭上指控總統，也就是現任總統是媽祖的那個嚴莉雪？」

「對。但是她當時還不是總統，只是候選人而已。並且嚴莉雪沒有指控，只是根據……」

「真納悶她怎麼還能待在宗教局。要是我們犯了這種錯，早就記過調職滾蛋了。」方婉如根本沒有在聽殷建邦後面的補充說明。

「我想宗教局留下她應該有他們的考量，畢竟她是一位這麼優秀的……」

「啊，優秀？她的鑑神爭議很多唷，尤其是犯了那種蠢事之後。」方婉如用右拳敲了敲左手掌。「而且她不是被證實和宗教司的司長有婚外情？那位司長現在好像高升為內政部長了，他應該也有在罩她吧？」

殷建邦訝異於方婉如對嚴莉雪的熟悉，但是他其實聽了很不高興，他和嚴莉雪在宗教司的時候常常合作處理現人神的事件，而他也不諱言自己對年輕漂亮的她有好感，雖然這份愛慕最後隨著他的離開而無疾而終，但是他還是不喜歡聽到有人說她的壞話。尤其是不瞭解三年前那件事的人。

「副司長，」他好不容易才從嘴裡擠出這句話。「她當時的對象是副司長。」

方婉如突然笑了起來：「你聽起來很維護她啊。」

這裡沒有鏡子，但是殷建邦可以感覺到自己漲紅了臉，手足無措地站在原地。

「很高興認識你，殷建邦。」她拍了拍殷建邦的肩膀，然後看了看手錶。殷建邦注意到她戴著卡通手錶。「我女兒還在家等我，她現在很怕一個人在家。我們明天早上在這裡見面，一同研究一下台灣第一鑑神師和我們分享的資料。」

她瞇著眼睛看了殷建邦一下，用像是說教一樣的口氣說了一句話，彷彿是作今天的總結：「你要嘛是飛禽，要嘛是走獸，不要成為夾在中間的蝙蝠。」

她注意到殷建邦聽不懂，又補上一句：「伊索寓言，我女兒看的書。」

殷建邦看著她的車子逐漸消失在燈火通明的台北街頭，他用力吐口氣，彷彿全身的肌肉終於得到鬆弛，他現在才意識到，自己撐過了當警察的第一天。

殷建邦遲到了。

他一早迷迷糊糊地醒來，趕緊盥洗後竟然跑到原本分配到的派出所去，完全忘了他已經被暫調到方婉如那裡了。他正想離開時，所長竟然熱情地上來歡迎他，結果他硬生生被所長留下來泡茶半個鐘頭，被問了一大堆當初在宗教司的事情。

殷建邦好不容易脫身搭車過去，下車時卻滿頭大汗，活像是跑過來一樣。他幾乎從來沒遲到過，在宗教司擔任安置人員時，他就住在安置中心旁邊的員工宿舍，不會有遲到的問題。但代價就是天天收到各地信徒的威脅，像是鮮血寫得符咒或恐嚇信之類的，害他每晚睡得心驚膽戰，下班就把自己鎖在裡面。而這三年，他睡得安穩多了。是因為不必再害怕半夜被狂熱信徒闖進來攻擊嗎？他自己也說不出來。

方婉如正在警局門口等著他，此刻艷陽高照，太陽毒辣地照射在市區，亮得讓人睜不開眼睛，和昨晚那彷佛打翻墨汁一樣的黑夜以及綿綿細雨簡直是兩個世界。

殷建邦走上去還沒來得及說話，方婉如就主動迎上前。

「你是昨天見到老朋友太開心了嗎？」方婉如戴著一副黑色墨鏡，對殷建邦遲到這件事非常不高興。「還是你們昨天瞞著我去續攤了卻沒找我？」

「抱歉，長官。」

方婉如皺起眉頭：「你可以叫我方佐，分局裡面的同事都叫我方姊，我昨晚也跟你說我的全名了吧。來，再叫一次。」

又是一個測試嗎？殷建邦想著，那看起來答案只有一個。

「是的，方佐。」

方婉如點點頭，滿意於他挑選的稱謂。她往旁邊的警車走去，順手遞給殷建邦一份公文。

「我開車。」

「小杜和小郭呢？」殷建邦刻意提起昨天記起來的名字，想讓方佐留下好印象。

「他們還在現場，宗教局的人要求重新採證一遍。」

殷建邦坐上副駕駛座，以前和老羅搭檔時的熟悉感頓時襲來，不過老羅從來不開車。老羅是他進宗教司之後負責帶他的老鳥，是宗教司的傳奇人物，什麼三教九流都認識，他不管是在宗教司、執法機關，甚至是民間和黑道都吃得開，但是殷建邦在宗教法庭事件之後，才發現根本沒人真正認識老羅。後來老羅在宗教法庭第一次使用時救了總統一命，他現在晉升為安置中心負責人，也沒有再和殷建邦聯絡了。而諷刺的是，同一件事卻幾乎毀了嚴莉雪，她在宗教法庭上指控現任總統是現人神，結果卻中了政治上的算計，不但專業被質疑，連和副司長的婚外情都被抖出來，她上了社會新聞頭條兩個禮拜，被停職。而殷建邦也因為協助嚴莉雪調查而被牽扯進去，他在事情結束後遞了辭呈，他累了，雖然不是當事人，但是他卻打從心底覺得累。

「才幾個字你就看這麼久？」方婉如的聲音把殷建邦從回憶裡喚醒。他趕忙把注意力集中到公文上。

「唉呀，算了，我說給你聽。」方婉如用左手控制方向盤，右手把公文拿過來丟到後座。「這是一份你以後會常常看到的公文，宗教局只要一遇到這種有現人神的案子，就會函文要求我們直到他們鑑神完成前都要配合他們，也就是要當他們的跑腿。然後才可以開始調查屬於我們的部分，但是往往鑑神完後就連犯人都被他們帶去調查了，我們只能撿他們吃剩的。」

「我們現在要去哪裡？」殷建邦覺得自己最好是改變話題，當年的宗教司可沒這麼神通廣大，他和老羅每天最常抱怨的事情就是他們做任何事都被執法機關處處掣肘。現在竟然反過來了。

「嚴莉雪一早就發訊息給我，說他們有鎖定了一名可疑對象，要我們去她指定的地點會合。我忍住沒問她是怎麼知道我的私人手機號碼的。」

「感覺現在宗教局的資訊單位很厲害啊，這麼快就找到嫌犯，昨天不是還說對方用了假帳號來規避稽查嗎？」

方婉如突然轉頭瞇著眼睛盯著殷建邦看，完全不顧車子正高速行駛在馬路上。殷建邦嚇得人差點縮到椅子裡面去。

「你是真不知道還是假不知道啊？」

「方佐，麻煩看前面！」殷建邦急著看前方有無路過的行人或急停的車輛。

「看來你是真的不知道，那你知道昨天嚴莉雪為何那麼快就知道那麼多關於嫌犯購買那些衣服的資訊嗎？」

殷建邦歪著頭思考了一下。「宗教局的資訊部門應該是設定了一些關鍵字，只要有人在網路上搜索就會自動追蹤之類的。」

「沒那麼複雜啦。」方婉如右手一揮，差點打到殷建邦的腦袋。「很久以前就有小道消息說那些神衣其實是宗教局裡面的人流出來的。」

殷建邦沒有回答，他開始整理這段時間聽聞關於宗教局的事情，他本能地試圖找到一些立基點來反駁她，但是他失望地發現他找不到。

「現在的現人神法給予他們太大的權力，而那無上的權力讓他們腐化。選舉前幾名監委大張旗鼓地想調查宗教局，但是最後全部都不了了之。我們查獲過好幾次神衣、營養品和相關的現人神『飼養』配備，作工精良，絕對不是粗製濫造的仿冒品，上面還有宗教局的編號。官方解釋是被物流送錯地方，但是卻不讓我們繼續追查。」

方婉如用一根手指對著殷建邦點了點。「你那位嚴莉雪，感覺就和這件事脫不了關係。因為東西就是他們賣的，所以可以這麼快就查到買家的資訊。」

殷建邦有點生氣。「這連間接證據都稱不上，頂多只能算是謠傳而已。宗教局裡面也有外部人士擔任的督察職位，他們可不會對這種事袖手旁觀。」

「是沒有證據，但是這卻是唯一合理的解釋。」方婉如轉了個彎，經過昨晚車禍發生地點，接著開始放慢速度。殷建邦看到車子轉入一個老舊社區，從周圍房子老舊的程度來看至少有三四十年歷史，一樓的店面大多鐵捲門緊閉，上面被畫滿了斑駁的塗鴉，騎樓放了許多破舊的椅子，穿著白汗衫的老人們搖著扇子坐在上面聊天泡茶。

車子最後在這裡最高的一座大樓前停了下來，嚴莉雪站在幾株泛黃的灌木旁等著他們，她的右手拿著一杯珍珠奶茶，一個黑色的行李箱就放在她腳邊。

「怎麼沒帶安置人員？支援警力呢？」殷建邦看到嚴莉雪孤身一人前來，擔心起她的安危。

嚴莉雪沒回答，只是慢慢地把飲料喝完，杯內發出一長串混合空氣的嘈雜聲。

「中心已經好一陣子沒派安置人員給我了，至於支援警力，不就是你們嗎？」

她說完就像空姐一樣拉著行李箱往大樓內部走進去，行李箱的輪子發出巨大的滾動聲，方婉如急忙帶著殷建邦跟上去。

「嚴鑑神師，妳怎麼知道要來這裡？」

「買家在購物網站上的資料都是假的，甚至故意把取貨地點選到很遠的地方，但是他忘記換輛車去取貨了。」嚴莉雪很自然地把空飲料杯塞到殷建邦手上，然後把手機螢幕給他們看。「新型的監視器保存影像的時間比超商的還要來得長。昨晚我讓調來附近五間便利商店和周圍的監視器，發現取貨那段時間前後都有一輛藍色轎車過來，那輛車的所有人登記的地址就在這。」

她收起手機，從殷建邦手上接過杯子。

「我們警局的同仁已經調集了車禍現場附近的監視器，不是沒拍到他們，就是壞了沒有修。宗教局有拿到相關的證據應該提供給警方一份。」

「方巡佐，這裡名聲響亮的，妳可曾跟這位後輩介紹過？」嚴莉雪沒回答方婉如的問題。

方婉如的臉色不太好看，她看了殷建邦一眼，然後才開口：「這裡是遠近馳名的賣淫大樓，各種各樣的服務在這裡都可以買到。我們每隔一段時間就會進行大掃蕩但是不管怎麼掃、怎麼抓，這裡永遠都會死灰復燃。」

「你們有想過為什麼嗎？因為你們抓不到幕後的頭頭。」嚴莉雪亮出手機上一張照片，上面是一位西裝筆挺，戴著墨鏡的中年男子，看起來身材削瘦但給人一種很精明的感覺。

方婉如連看都不看，她似乎早就知道嚴莉雪盯上的嫌犯是誰了。「宋戴亨，我們盯上他很久了。他是從歐洲回台的富二代。根據我們蒐集的情報，他專門在歐洲找有債務問題的女性亞洲留學生、觀光客或是移民，或是想辦法讓她們產生債務，幫忙解決之後，讓她們在台灣幫他賣淫還債。」

嚴莉雪點點頭：「在國外人生地不熟的環境下，很容易就信任同樣來自亞洲的人，從而被引誘欠下大筆債務。」

「既然這麼了解他的手法，為何抓不到他？」殷建邦用手指滑動嚴莉雪的手機，瀏覽下面幾張被抓獲的賣淫女子。

「他很了解那些女生。」嚴莉雪輕輕地把手機拿回來。「會被債務纏身的女生大部分對金錢的觀念都不太健全，宋戴亨在和她們拆帳時，抽成比其他雞頭低不少，甚至還幫忙提供醫療和美容服務。那些女生雖然欠債，但是荷包滿滿。套用其中一名離開的女子的說法，只要不在還完債前說要離開，那裡的福利非常好。」

「那拔掉牙齒又是怎麼回事？」

「客人等級。」方婉如解釋：「要服侍ＶＩＰ級的客人就需要滿足對方的需求，只要能滿足，酬勞會更多。那位女子還說了各種幾乎算是非人的變態行為，全部都有價目表。」

「那些被抓的女子通常不願意供出宋戴亨，一方面是他的勢力龐大；另一方面是她們被承諾只要不供出他，被放出來之後都可以繼續在他那邊賺錢，也不會被逼著要趕快還債。」

方婉如嘆口氣。「這幾年大概抓了二十多人，每個都堅稱自己是個體戶，但是口袋裡都有宋戴亨御用律師的名片。還有幾個已經重複被抓好幾次了。」

嚴莉雪用手搭起涼棚往上看大樓的外觀。「但是也許沒有傳聞中福利那麼好。因為有人逃出來了。」

殷建邦發現一樓只有一位白髮蒼蒼的老保全時有點驚訝，他以為這種地方的保全會更嚴密，但是隨即在方婉如的提點下注意到四周有好幾個監視器，幾乎涵蓋了整個一樓的範圍。嚴莉雪和方婉如也沒有要刻意隱藏身分，直接就向保全亮出證件，要求和大樓的主委宋先生會面。結果老保全耳背，搞到後來連殷建邦都幫忙一起提高音量報上身分和要求。

結果就在三人喊到面紅耳赤的時候，旁邊的電梯噹一聲打開。一名穿著清涼的女孩開心地對他們三人招手。老保全則在旁邊紅著臉揮手。

「你們是警察和宗教局的鑑神師？酷！我從沒見過鑑神師，他們都像妳一樣這麼漂亮嗎？這裡通常只有警察會來，不過他們都來了之後很快就走了。」

電梯門一關，女孩便滔滔不絕地說話。方婉如好像來過好幾次了，只是抬著頭看著電梯內部的裝飾；嚴莉雪沒有回話，但是她像盯著獵物的母獅一樣飢渴地上下打量這個女孩，專注的目光連殷建邦看了都臉紅了起來，只好像方婉如一樣看著電梯的裝飾。他注意到女孩打扮成熟，但是應該不超過二十歲，她在電梯門關上之後就按了頂樓的按鍵，殷建邦看到按鍵上有奇怪的圖案，他好奇地伸長脖子想看清楚一點，沒想到女孩被他的動作嚇到，一手摀住胸口一邊往旁邊縮。

殷建邦也慌了起來，趕緊往後退，結果撞到了嚴莉雪，後者的後腦勺因此撞到了電梯牆壁，她痛得蹲在地上抱著頭吸氣。方婉如帶著笑意把嚴莉雪扶起來，她站起來之後用手肘用力頂了殷建邦一下。女孩在旁邊從頭看到尾，笑得樂不可支。

「那上面的圖案是雙子星，雙子座。」方婉如笑完這齣鬧劇後，冷靜地解開殷建邦的疑惑。

「是的，是雙子星。我們老闆……不是，主委最喜歡雙子星。他很喜歡希臘神話的故事，覺得……」

「神明就和人一樣有七情六慾，只是前者尋求各種方法滿足；後者卻是竭盡所能地壓抑。」嚴莉雪突然出聲打斷她，電梯內頓時陷入一陣尷尬的沉默。

「呃，對，說得沒錯。」女孩的雙眼往上飄。三人順著她的視線看去，發現落在一具嶄新的監視器上。他們的對話都被對方聽到了。殷建邦看到嚴莉雪一臉懊惱，她引起了對方的注意。

當電梯門打開時，一股濃濃的消毒水味撲鼻而來。牆壁上塗的便宜油漆和地板上起毛邊舊地毯也無法掩蓋那種老舊房子的霉味。

女孩帶著他們穿過一道兩旁滿是像出租套房的狹長走道，盡頭有一道木門，上面掛著一片歪歪的塑膠板，上面寫著：宋主委。

辦公室很小，四個人都進來的話太擠，所以殷建邦等到女孩出來之後才進去。

宋戴亨就坐在辦公桌後面，他的年紀看起來比照片上大了一點，身材很精實，捲曲的黑髮和棕色的圓臉讓人以為他是混血兒。

方婉如首先開口：「你好，我是萬寧分局的方巡佐，這位是殷建邦員警。而這位是……」

「宗教局的嚴莉雪鑑神師。久仰大名。我是宋戴亨。」宋戴亨彷彿萬分期待似地直接說出來，他站起來握住嚴莉雪的手使勁上下搖動。

「你好，宋先生。」嚴莉雪輕輕地把手抽出來。殷建邦知道她不習慣身體接觸。

「我可以請問萬寧的警察和宗教局的大鑑神師來我這裡有何貴幹嗎？」

直奔主題，非常好。嚴莉雪身體裡的每一個細胞都催促她吐出來，因為面前的這個男人讓她直覺感到噁心。但是她決定讓方婉如開口，她想再觀察這人和這間辦公室一陣子。

「昨晚這邊的萬寧大道和華德路口發生了一場死亡車禍，死了一個女孩和一個現人神。」

宋戴亨翻轉了一下戴著勞力士綠水鬼的左手：「所以呢？這跟我有什麼關係嗎？」

嚴莉雪從口袋拿出一疊照片：「現人神身上穿的衣服，是由登記在你名下的車子去便利商店取貨的。」

宋戴亨連看都沒看就伸手推了一下照片。「我把車子借給我的朋友，不是我。」

這次換嚴莉雪抓住宋戴亨的手，她同時用另一隻手抽出一張照片。「看到這隻伸出車窗抖煙灰的手沒？手錶和你現在手上戴得一模一樣呢。或者要跟我回宗教局用局部識別程式來跟你這隻手來比對嗎？」

宋戴亨　地抽回了手，但是臉上的笑容卻沒變。「我想如果我說是幫朋友取貨，你們應該也不會信吧？」

嚴莉雪不回應，只是微笑。

「好吧，我的確是有一尊神像發生了所謂的『現人神現象』，它變成了人。我替她買了衣服、日常用品等，準備聯絡你們宗教局來把她帶走。可是……」

宋戴亨突然長長地嘆了口氣。殷建邦覺得他的演技都可以報名金馬獎了。

「沒想到遇人不淑，我拜託照顧她的人竟然把她偷走了。」

他用偷這個字眼，殷建邦相信嚴莉雪也有注意到。

「你把她託給誰照顧？」方婉如拿出手機準備輸入資料。

「一個叫陳威勳的朋友，他有看護執照，我就請他住在我家幫忙。」

「這位陳威勳是男性？但是一起死亡的是一名女性。」

宋戴亨聳聳肩。「也許是他的女朋友或是叫來的風塵女子之類的。偷偷跟你們講，他女朋友很多，我要回去罵罵他，我有跟他說別帶女人到我家的。」

「偷走現人神，要帶去哪裡？」

宋戴亨指了指嚴莉雪。「帶走現人神做什麼，宗教局應該最清楚吧？問明牌？求好運？還是選總統？」

嚴莉雪沒有回應他，只是提出別的問題：「你的神像是哪一位神祇？」

殷建邦看到宋戴亨翹起二郎腿，雙手十指交叉，上半身往後仰，壓得辦公椅發出嘎吱嘎吱的聲響。「希普諾斯，睡神。我是從歐洲留學回來的，有一次在法國的某間藝廊上看到的，雖然價格很明顯是用來坑觀光客的，但是我很喜歡，所以還是買了下來。」

「大小？材質？」

「我不清楚材質，當初買的時候也沒問，大概是大理石一類的吧，很重。大小嘛，約二公尺高，原本還有刻著名稱的底座，但是我嫌太麻煩就留在法國了。全運來的話我大概就要破產了。」

殷建邦想著他竟然運了這麼大的石像回台灣，想必有錢得不得了。就算他真的把底座運回來，也絕對不會破產的。

「你當初運回台灣的時候有申報並填寫宗教物品紀錄書嗎？」

宋戴亨作了個投降的手勢。「你抓到我了，我回來的時候嫌麻煩所以沒填。」

方婉如搶回詢問權：「你朋友的聯絡方式可以給我嗎？我們要請他過來說明。」

「沒問題，等等請小娜告訴你們。小娜就是剛剛帶你們上來的女孩。」

「那位小娜，是你旗下的應召女嗎？」嚴莉雪突然問了這一句，顯然殺得剛剛對答如流宋戴亨措手不及，他頓時為之語塞。

「不是，」他漲紅了臉，好不容易才回答：「警方已經用同樣的罪名指控我好幾次，每次都是不起訴處分，所以請你們不要再這樣侮辱我，不然我就會採取法律途徑來維護我的名聲了。」

「那請問宋先生你願意讓我們宗教局和警方一起搜索你家和你的主委辦公室，來再次證明你的清白嗎？」

「請拿搜索票來。」宋戴亨又恢復了剛剛那副不可一世的樣子。「但是我想你們是申請不到的，你們根本沒有證據證明這跟我有關係。」

嚴莉雪猛地伸出拳頭，方婉如和殷建邦以為她要揍他，趕忙拉住她。但是她並沒有打下去，而是在宋戴亨的面前停了下來，她打開拳頭，手心上是一片密封起來的彩繪假指甲。

殷建邦認出來那和被撞死的女孩戴的是一樣的款式。

「這是我剛剛在電梯的地毯上撿到的，」嚴莉雪轉而用兩隻手指拿著密封袋在宋戴亨眼前晃動，厲聲質問：「和死者手指上是一樣的假指甲，我敢打賭這就是那位女孩的。她急著想逃走對吧？在狂按電梯按鈕的時候讓假指甲掉了，為什麼呢？她厭倦你這裡的變態把戲了？還是厭倦你這個變態？」

宋戴亨整個人跳了起來，他勃然大怒：「少侮辱人！妳在騙人！她根本沒有搭這裡的電梯！」

辦公室頓時陷入一陣沉默。

抓到了。殷建邦內心雀躍不已，他對嚴莉雪的敬佩程度又多了幾分。

「打擾了。」小娜開了門進來，她手上拿著一個托盤，上面放了幾個玻璃杯。她看到了嚴莉雪手上的假指甲，頓時用雙手摀住嘴巴，托盤掉到地上發出沉重的聲響，玻璃杯也碎了一地，水流得滿地都是。

「小夢！是小夢嗎？難道他們說出車禍的人是……」然後小娜就掩面哭了起來。只見宋戴亨一個箭步起身，在殷建邦等三人還沒來得及阻止的情況下，他一把拉起小娜狠狠地賞了她一巴掌，把她打得踉蹌倒地，膝蓋被玻璃割破，鮮血直流。

殷建邦趕緊把宋戴亨拉開。方婉如蹲下來試圖幫小娜止血。

嚴莉雪把假指甲收起來，拿出手機開始聯繫，殷建邦注意到她的手機一直開著錄音。

「我想這應該可以申請搜索票了。我會通知宗教局把這裡翻遍來找到另一位現人神，根據現人神法第六條，我宣布這棟大樓和隔壁大樓裡的人都必須接受鑑神測試。」

「為什麼有隔壁大樓？」殷建邦已經把氣得青筋暴露的宋戴亨銬起來。

嚴莉雪看著方婉如：「這棟大樓很有趣，我一早過來之後把這裡整個看過一遍，這裡的老舊大樓都離得超近，但是只有頂樓加蓋是被外推到幾乎要碰到隔壁，彷彿就像是天橋一樣。你們故意把這裡的格局設計成這樣誤導別人這裡有暗藏春色，實際上所有的交易卻都是在隔壁大樓發生的。」

她彷彿勝利者一樣走到宋戴亨面前，後者氣得直咬牙，殷建邦緊抓住宋戴亨免得他又暴走。「所以她們其實是從隔壁大樓逃出去的，不是這裡。」

警方和宗教局的安置人員很快就趕到這裡。他們搜索了這層樓，結果這裡只有宋戴亨和小娜而已；但是另一棟樓就不一樣了，他們在主委辦公室發現有裝活動閘門的陽台，剛好可以連接到對面大樓，通道外面還利用各種偽裝作掩護，不仔細看是找不出來的。最後警方一共找到兩名保鑣和五名小姐。

方婉如嘗試抗議，但是在嚴莉雪的堅持下，一干人等全部都被送到最近的醫學中心來先進行鑑神。

由於人數眾多，嚴莉雪呼叫宗教局派另一名鑑神師和技術師過來支援，她饒富興味地看著排排坐的九個人。殷建邦決定過去找她把疑問解開。

「要咖啡嗎？妳好像很早就到那邊去觀察了。」殷建邦去販賣機買了一瓶咖啡過來，他知道嚴莉雪不喜歡這種甜得要死的咖啡，但是他總要有個開啟話題的契機。

「好啊，」沒想到她很乾脆地就接過去，打開之後皺著眉頭喝了一口就放到旁邊。「趁技術師和支援還沒到之前，我們聊聊吧。」

殷建邦知道自己被看穿了，便不好意思地坐了下來。「妳那片假指甲，是從死者身上拿走來唬弄宋戴亨的嗎？」

「一半對一半不對。」嚴莉雪伸手到口袋裡面掏出密封袋。「這是我用自己的假指甲做出來的，但是騙那個渾蛋這點倒是說對了。」

殷建邦腦海裡浮現嚴莉雪像個普通女人塗指甲油的畫面，他搖了下頭把它驅散掉，那太不嚴莉雪了。

「我平常不塗指甲的，」嚴莉雪又喝了一口咖啡。「我是跟室友借的。」

「妳有室友了？」殷建邦其實是想問：妳有朋友了？

「我老家鄰居的女兒，她剛好要來臺北念書，繼母認為她有助於我的……社交技巧。」

殷建邦忍不住笑了出來，嚴莉雪以前在宗教司的時候就是匹孤狼，能力個性都很強，導致她在同事間不太受歡迎。但是和當時的副司長有婚外情這件事真的是嚇死所有人了。

「你只想問這個？」

殷建邦看著嚴莉雪的雙眼，發現自己產生了錯覺，他覺得嚴莉雪似乎在期待些什麼。

「方佐，方巡佐說，妳之所以那麼快查到神衣買家的資訊，是因為宗教局內部有人在私下盜賣這些現人神的用品。你們就是賣家，所以可以輕易查到客人。」

嚴莉雪聽了之後搖搖頭，她臉上露出失望的表情。

「一半對一半不對。你這三年不但毫無長進，反而還退步了。你仔細想想，如果我們真的是私下流出這些東西，警方還不立刻大肆宣揚？而我就這麼大剌剌地在警察面前和我的……同夥聯絡，把這些資料跟你們說？一旦有人追究起神衣的來源，我鐵定脫不了關係。」

「可是妳這麼快查到，速度的確是超乎常人。平常要求電信警察協助都要花上一段時間。宗教局到底是用了什麼方法可以這麼快查到？對的那一半和錯的那一半分別是什麼？」

嚴莉雪不說話，歪著頭望著殷建邦好一會兒。

她對殷建邦招招手，壓低嗓音神祕地說：「這是祕密，你耳朵過來。」

殷建邦慢慢地靠過去，擔心自己的衣服是不是有什麼味道會讓嚴莉雪聞到，甚至怕耳朵沒洗乾淨會讓她看笑話。他把頭轉向側面，感覺到嚴莉雪移動身體讓嘴巴靠近他耳邊，溫暖的呼吸讓他的臉頰發燙。

嚴莉雪輕聲說道：「宗教局機密，無可奉告。」

然後她把咖啡一飲而盡，皺著眉頭吐了吐舌頭，起身去迎接剛抵達的鑑神師和技術師。

醫院的鑑神室看起來很新，應該不常使用，角落還有堆放雜物的痕跡。殷建邦想起來以前都要醫院特別挪一間病房出來讓他們使用，現在規定每間醫院都至少要有一間鑑神室，醫學中心還要兩間以上。不過不像宗教局裡面那種有特地裝上單向玻璃還隔出空間讓技術師操控儀器和其他人觀看。嚴莉雪他們正在另一間空病房討論事情，殷建邦和方婉如就先進來。

殷建邦以前常常看嚴莉雪進行鑑神，但是以警察的身分看倒是第一次。方婉如則有點不自然地在旁邊：我通常不看鑑神的。她說。但是這次為了跟女兒好好解釋，她決定這次要從頭看到尾。

「你以前常常看鑑神嗎？」方婉如四下張望，似乎想找張椅子坐下。

殷建邦搖搖頭：「通常很少人想看，我是只有鑑神師要求我們看才會進去，不然通常我都在旁邊的房間休息，有特殊狀況才會過去。」

「什麼特殊狀況？」

「鑑定對象失控或鑑神師需要休息之類的。」

「我很早以前看過一次鑑神，那時候覺得很好奇，就跑進去看了一次。結果聽到快睡著。」彷彿要呼應這句話，方婉如伸個懶腰，打了個大大的呵欠。「就像在聽幼稚園老師講睡前故事一樣。」

「啊，那些故事其實是……」

鑑神室的門被打開，嚴莉雪探頭進來請他們出來。

「方巡佐，」嚴莉雪沒有介紹旁邊另一名鑑神師和技術師。「我們剛剛在對九個對象進行現人神安置法的宣告時，發現那五名小姐的反應不太對。」

「哪裡不對？」

「她們神情恍惚，無法集中注意力，對我們說的話也沒有反應。」

「現人神一般的反應不都是這樣？」方婉如說完看了殷建邦一眼，希望他支持她的說法。

「不完全一樣，」嚴莉雪也看了殷建邦一眼，彷彿要他來解釋。「現人神的狀況是對周圍的事情一清二楚，只是選擇不去回應。而她們則看起來像處於一種半夢半醒的狀態。」

「毒品？」殷建邦覺得像宋戴亨這種人非常有可能會這樣做。

「我們一開始也是這麼想，所以早就請醫院幫忙驗血了。」嚴莉雪拿了檢驗報告出來。「但是沒有驗出來任何毒品或迷幻藥。」

「但是剛剛把她們帶回來的時候一切正常吧？還要求一大堆。」

方婉如提出她的意見：「也許是集團的教戰守則，遇到什麼事情就要做出什麼行為。」

瘦得跟骷髏似的技術師突然彈了一下手指，嚇了旁邊胖胖的鑑神師一跳：「妳是說聽到別人提到什麼關鍵字就要做出什麼行為嗎？」

「我覺得不像，」殷建邦趁機也提出自己的看法。「賣淫集團幹麼要對現人神宣告進行教戰守則，這根本不合理。並且，這不是明目張膽的表示他們跟現人神有關嗎？」

「關鍵字。」嚴莉雪重複了一次，她若有所思地說著。她又看了看手上的報告。「那位叫小娜的女孩狀態正常，沒有變化。真有趣。」

「我還是堅持我當時的意見：把所有人按照警方辦案程序處理，我們的審問經驗豐富，可以從宋戴亨嘴裡釐清現人神的來龍去脈；那個叫小娜的女孩知道死者的名字，很容易就可以找出來她的真實身分。」方婉如看著負責一切的嚴莉雪。

但是嚴莉雪沒有看她，只是空洞地望著前方，彷彿她的眼神被一個無形的黑洞吸了進去。殷建邦知道她已經進入了「女王模式」，她的大腦正在快速地審視組合得到的資訊，這種狀態只有在鑑神的時候才會出現，這時候沒人可以打斷她，而她據此下的決定即使是總統都無法改變。

「好，我知道了。」嚴莉雪的雙眼又恢復了雪亮。「秦鑑神師你負責那兩名保鑣以及宋戴亨的鑑神，你的話應該很快就可以完成。盧技術師，你去幫忙他。小娜由我來負責，殷建邦你來當我的技術師協助我。」

「等一下，我沒有當過技術師的經驗。」殷建邦知道技術師需要監控受測者的各種狀態，然後回報給鑑神師，讓她能夠專心鑑神，同時按照他的報告適度調整鑑神的方式。他知道該注意哪些地方，但是要同時協調所有的監視儀器，他沒有自信可以做得到。而嚴莉雪又是一位要求甚高的完美主義者。

嚴莉雪當作沒聽到殷建邦的抗議。她雙手一拍，彷彿法官落槌定案，秦鑑神師和技術師像軍人一樣立刻就開始動作。嚴莉雪抓住殷建邦就往鑑神室走。方婉如只好一個人去把鑑神對象帶過來。

「等等等等。」殷建邦望著把行李箱裡的東西一股腦兒往他懷中塞的嚴莉雪，試著阻止她這樣做。「我從來沒有做過技術師的工作，更遑論我已經離開宗教司三年了。」

嚴莉雪拍拍他的肩膀，用哄小孩子的語氣說：「沒問題的，現在儀器已經改良了許多，技術師的工作越來越輕鬆了，我甚至很久沒和技術師合作了，都是我一個人處理，技術師只是檢查一下數據簽個名而已。」

殷建邦正想問一下那另一個秦鑑神師為何需要技術師時，他突然明白答案早就呼之欲出。他嘆口氣，無奈問道：「並不是妳可以一個人作業，而是沒有技術師要和妳搭檔吧？」

嚴莉雪漠然地看著殷建邦，彷彿他剛剛什麼都沒說一樣：「的確我現在沒辦法找到有意願的技術師和我搭檔。但是我其實也沒說錯，現在的鑑神師的確可以一個人進行鑑神。」

「妳不要太孤僻，至少也和同事互相交流，也不要老是那麼直接指出別人的錯誤……」

「不要隨便評斷我。」嚴莉雪平靜地打斷殷建邦的話。「他們不想跟我搭檔只是因為我和現任內政部長和他的老婆關係惡劣，所以怕影響自己的仕途而已。」

殷建邦頓時語塞，兩人之間陷入尷尬的沉默。嚴莉雪看殷建邦無話可說，就繼續把儀器塞到殷建邦手上，要他坐到桌子旁邊，同時仔細地指導殷建邦怎麼組裝，該怎麼啟動，還有最重要的，要怎麼判讀上面的數據同時告知鑑神師。

以前這些分析儀器體積龐大又笨重，可以塞滿這個房間一半的空間，可是現在卻只占了這張桌子一半的面積而已。

殷建邦順利組裝好了儀器，還是覺得有點尷尬，他其實從與嚴莉雪重逢後一直以來都避開與她談這方面的事，但是好不容易談到這裡卻陷入這種尷尬的場面。他搜索枯腸，努力想找到一些話來打破現在的氣氛，但是只有一些無意義的隻字片語。

「莉雪，我……」

但是嚴莉雪毫不留情地打斷了他：「不和以前一樣叫我小莉了嗎？」

「啊……」以前老羅都這樣叫她，後來他也跟著一起叫。

門碰地一聲打開，方婉如帶著滿臉淚痕，仍兀自用衛生紙擦拭鼻子的小娜進來。殷建邦大大鬆了口氣，他終於可以暫時轉移注意力，專注在工作上。等完成這件工作之後再跟嚴莉雪……小莉好好談談。

小娜披著一件黑色外套，底下仍然是剛剛見面時那副性感的打扮，她的淚水糊掉了她臉上的濃妝，臉上被打得地方腫了起來，整張臉看起來就像融掉的油畫一樣悽慘。殷建邦想，她可能沒有下海，只是單純的祕書，所以宋戴亨沒有要她學習那所謂的教戰守則，或是，催眠她。

嚴莉雪引導方婉如將小娜帶到位子上，通常鑑神對象都要戴上手銬防止突發狀況，但是多數鑑神師為表達友好都不會上銬。嚴肅的嚴莉雪很少表達友好，但是這次她居然要求別上銬。

「我可以在旁邊看嗎？」方婉如拿了另一把空椅子放到殷建邦旁邊。但是還沒坐下來就被嚴莉雪喝止：「會問問題嗎？」

「會。」

殷建邦本來以為方婉如會被趕出去，沒想到嚴莉雪只說了句那你們到房間角落去。就允許方婉如留下來。所以兩人就抱著一堆儀器到嚴莉雪身後的角落去，用兩張椅子併起來權充桌子。

方婉如湊到殷建邦耳旁用手擋著小聲說：「我想多了解一點。我女兒昨晚聽了我轉述你的話之後，一直吵著想知道要怎麼分辨現人神和普通人。老實說，我問過許多常和你們……不是，是和宗教局合作的同事，他們也說不清楚為什麼說故事就可以分辨出現人神。」

殷建邦點點頭，他不是第一次看嚴莉雪鑑神，也不是第一次要向參觀者講解，但是從剛剛跟嚴莉雪的對話得知，這幾年的鑑神似乎產生了不少變化。啊，提到剛剛的對話，嚴莉雪難道是在生氣嗎？自己當初沒先告知她就辭職離開宗教司的關係？也許就是因為這樣子，他才沒有叫她的暱稱。

殷建邦看著嚴莉雪熟練地把各種監測器，心跳、呼吸、腦波、內分泌等——連接到小娜身上，各監測數值現在可以直接傳送到殷建邦面前的小型螢幕上，他停頓了幾秒，立刻開始作業。

「你們都要這樣監測嗎？怎麼把對方搞得像是加護病房的病人一樣。」

至少沒笑出來，殷建邦心裡想。「因為人的身體各種數值都會隨著情緒波動而有所改變，技術師的工作就是要幫鑑神師一起注意不尋常的波動，標記後告知鑑神師。現在對方的情緒還有些激動，所以她會先讓對方情緒平穩下來，再開始。」

嚴莉雪突然轉頭，用手指了指旁邊的耳機要他戴上。

殷建邦把耳機塞入耳中，一陣沙沙聲後傳來嚴莉雪頗為不高興的聲音：「戴耳機，確認我的話，然後你不是對我說話的話就把麥克風先關掉，比如說現在。」

嚴莉雪接著把一具類似單眼放大鏡的觀察儀器戴到左眼上，殷建邦記得那東西以前大得像是夜視鏡，超級笨重。然後打開面前的筆電，筆電和殷建邦面前的儀器相連，讓鑑神師和技術師可以用感應筆在上面標示出數據和波紋的重點來互相提醒。

確認小娜的情緒有所平復（殷建邦提示嚴莉雪，告知她的心跳和呼吸都平穩了下來。），嚴莉雪打開電腦上的錄音程式之後就開始問話：「你好，我是鑑神師嚴莉雪。妳知道自己在這裡的原因嗎？」平常和不會對人產生反應的現人神說話時，嚴莉雪的話都說得非常緩慢，像對小孩子講話一樣，但是今天不知道是比較急還是怎樣，說話的速度並沒有放慢。

小娜點點頭：「我知道，宗教局的人有對我說明。」她還指著嚴莉雪說她記得她當時也在辦公室。

「宗教局的人，安置人員有依據法令告知妳必須接受鑑神的原因嗎？」

「有。」

「好，那為了記錄，我必須再複述一遍：妳在這裡是因為按照現人神安置法增修條例第十二條，凡有疑似現人神者，皆應由政府機關鑑神師予以鑑定。所以我們必須帶妳到這裡進行進一步的判定。妳了解了嗎？」

小娜想了一會兒，點了點頭。

「好，那就正式開始。請把耳機戴上吧。」

確認小娜戴好之後，嚴莉雪用滑鼠點擊了電腦上的程式，開始播放預先錄好的音頻。

「這是在播放什麼？」

殷建邦和嚴莉雪的耳機都和電腦相連，所以他聽得到程式在播放什麼。

孿生兄弟睡神希普諾斯和死神薩納托斯是黑夜女神倪克斯的孩子，他們住在地下，在母親讓世界陷入黑暗時，溫柔的睡神會讓人們陷入睡眠之中……希普諾斯正是英語催眠一詞的辭源。相比之下，他的死神兄弟則較為無情，他司掌死亡，負責攝走該死之人的靈魂……所謂的託夢也與希普諾斯有關，相傳夢神是其部下……

「希臘神話中關於睡神希普諾斯和死神薩納托斯這對……雙子神的故事。」雙子神？雙子座？殷建邦想到大樓電梯上的圖案，難到嚴莉雪懷疑這個小娜就是另一個現人神？可是這也太……

方婉如追問的問題打斷了殷建邦的思緒：「播放預錄好的故事嗎？我怎麼聽說鑑神師都是用講的？」

殷建邦眼神盯著嚴莉雪不放，這太奇怪了，她從來不用預先錄好的故事，這只有兩種鑑神師才會用：一種是初出茅廬的新手鑑神師，另一種就是已經有百分之百的把握確定對象是哪尊神像化成的現人神。她這種等級的鑑神師往往都在講述故事的過程中觀察對方的反應，從而調整自己的說故事方式、語氣、腔調，甚至臨時改變故事，因為對象很可能不是你認為的現人神。

「嗯，呃，我相信她這樣做一定有她的理由。」殷建邦開始仔細觀察小娜對於故事的反應。

「你可以邊協助邊跟我解說一下嗎？畢竟沒多少機會可以這樣近距離參與鑑神。」

殷建邦有點手忙腳亂的，但是他沒有拒絕方婉如的要求。他決定先不理會嚴莉雪這樣做的動機，開始盡技術師的本分。他確認已經把跟嚴莉雪通話的麥克風關掉後，開始對方婉如解釋。

「鑑神的原理很簡單，很像是在測試人的本能反應。我們會播放……或講述該神祇的故事，然後，我們會在其中加入一些錯誤的資訊。方佐妳想想，如果有人在講述妳的生平，卻在某些關鍵處講錯了，妳會作何反應？沒有暴跳如雷，至少也會急著想糾正吧？」

方婉如點點頭，但是她的表情卻頗不以為然，她之前就聽過這個解釋，但是實際上的運作卻不會有想像中那麼簡單。

「但是那些現人神不是都沒啥反應，彷彿……在另一個世界神遊？」

「實際上並沒有，」殷建邦看了看一個腦波監測儀上的尖峰，用觸控筆標記起來了之後送到嚴莉雪的電腦上。「他們其實會聽會思考，所以才找出了這個辦法來辨識他們。有人說這和測謊有點像，但是鑑神師卻還有一件最重要的事情要做。剛剛聽起來，方佐妳覺得最大的難處在哪裡？」

方婉如用拳頭撐著下巴想了想：「應該是確認是哪一位神吧。」

「對，」殷建邦點點頭。「如果不知道是哪一位神祇，就不知道該用哪一段故事來測試。我記得現在的法規有修正，只要三次測試中沒辦法確認是現人神；也沒辦法確認不是，就要送到安置中心進行定期鑑定。」

殷建邦看著方婉如點頭，就連他這個離職員工都知道安置中心「神」滿為患，去年還擴建了一次，把依山而建的安置中心又往內挖了一大段。不過現在似乎過了高峰期，每個月的現人神新聞越來越少了。

殷建邦的耳機出了噹地一聲，機器自動提醒他讀數出現了異常，他透過比對文字稿發現只要提到「睡神」、「希普諾斯」，小娜的反應就特別激烈，但是不管是對是錯，反應都是如此。他抬頭看向嚴莉雪，發現她根本就沒有看電腦螢幕，只是用拳頭托腮盯著小娜的反應。

「這裡是怎麼回事？」方婉如指向一個比較小一點點的波峰。

「這代表她對雙子神的另一位也有反應。畢竟是雙胞胎，所以嚴格上來說光憑這樣是分辨不出來的。波段上的差異都在合理誤差範圍內，」殷建邦則是注意到那是提到「死神」和「薩納托斯」的時候發生的反應，他從播放的故事中知道這兩個神是雙胞胎，他記得以前嚴莉雪跟他提過，宗教局幾乎沒遇過孿生現人神，而國外現在的處理方式是直接「安置」起來，不詳細區分到底是哪一位神了。

接下來殷建邦繼續聽故事，從這對雙子神的母親黑暗之神倪克斯，聽到特洛伊戰爭的各種事蹟。老實講這些故事對他而言只會讓他想打呵欠，所以他一直強迫自己用專業的方式撐下去。基本上到這裡就幾乎可以確定小娜是雙子神的其中一位。但是就是從這裡開始會產生問題。

「如果她真的是現人神，那跟你剛剛說的好像不太一樣。」方婉如又悄悄地開始說話，殷建邦知道她一定會問這個問題。

「是的，妳剛剛有提過，現人神都是一副神遊的樣子，幾乎不會對外界刺激有所反應。但是這並不是定律，有時候如果現人神沒有被及時安置，就有可能成為和正常人無二致的樣子，會跟你聊天、吃飯，他們也許一開始缺乏反應，卻擁有學習能力。」

方婉如點點頭，但是表情還是一副難以置信的樣子，然後她拋出了殷建邦最不想回答的問題：「當年她鑑識總統的時候，是不是也有用過這個理由？」

「沒有。」殷建邦很小心地挑選接下來要講得的話。「她當年是用一套自己創造的方式進行鑑神，但是法官以那並非國際認可的方式而宣告無效。這才是理由。她後來有將這個方法提供給國際現人神組織審查。」

「結果呢？」

殷建邦聳聳肩。「沒有下文，後續也沒聽說鑑神方式有什麼改變。整件事就這樣結束了。」

他還想再說什麼，卻發現嚴莉雪突然摘下了耳機和麥克風，她點開了一個影片，然後把螢幕轉向小娜，坐在嚴莉雪後面充當技術師的殷建邦和方婉如看不到畫面。這在鑑神過程中是絕不可以發生的行為，最嚴重甚至可以導致鑑神無效。殷建邦情急之下想大聲呼喊嚴莉雪，但是她卻往後方伸出一隻食指左右搖晃讓他稍安勿躁。方婉如似乎看入了迷，她用手按住殷建邦的肩膀要他坐下繼續看。

只見嚴莉雪低聲說話，不時指向畫面，小娜看了畫面，又聽到嚴莉雪的話之後，突然開始又控制不住地開始流眼淚，她渾身顫抖、不時掩面抽噎，但是眼睛卻一直透過指縫看著螢幕，她似乎用盡了全身的力氣和意志力來讓自己觀看影片。

殷建邦覺得自己必須要起來制止嚴莉雪，雖然她現在聽不到，但是攝影機卻把房間的情況全部拍了下來。他直接往嚴莉雪走去，過程中還把放儀器的椅子撞歪了一邊，方婉如也起身跟在後面。他才走出兩步就意識到嚴莉雪給小娜看了什麼，她把發生車禍時的行車紀錄器影片給她看了。

方婉如顯然也是意識到這件事了，她的動作比殷建邦還快，她一把闔上筆電，然後將嚴莉雪從椅子上拉起來，幾乎是半拉半拖地移動到殷建邦旁邊，靠近房間門口的位置。

她一改剛剛好奇的口氣和表情，以可以吐出冰塊的冷酷語氣和表情說：「妳太超過了。我很肯定這已經不是鑑神了，妳剛剛至少違反了三條現人神安置法關於鑑神的條例。我要求終止鑑神，並且宣告這次鑑神無效，請宗教局將宋戴亨一干人等移交給警方做進一步的調查。」

嚴莉雪舉手做投降狀，安靜地退到一邊。方婉如開門後對門外喊了幾句，走到桌旁把小娜拉起來，然後交給外面等候的兩名女警。她對殷建邦眨眨眼，雖然沒有笑出來，但是勝利之情洋溢滿面。

「你幫嚴鑑神師把這裡收拾乾淨吧，我們等等回去好好偵訊宋戴亨。」說完她就拿出手機走出房間開始講電話，殷建邦聽起來是在跟女兒通話。

殷建邦此時恍然大悟，方婉如就是在等這一刻，把嫌犯搶回來。但是更讓他驚訝的是，嚴莉雪竟然一句反駁的話都沒說，乖得像是聽話的小貓一樣，只是默默地走去剛剛被撞歪的桌子旁收拾她的東西。他一個箭步走過去，抓住嚴莉雪的手臂把她轉過來，想好好地問問這個過去按照正常鑑定流程鑑定出無數現人神的鑑神師為何會在警方面前搞出這種事情，讓現人神從手上溜走。

「小莉，」殷建邦刻意用這個稱呼，想拉近和她的距離，提高自己態度的誠懇。「妳為什麼要這麼做？」

嚴莉雪沒有理會他，只是一個勁地把桌上的紙張全部掃進行李箱裡面，連筆電也隨手丟進去，然後快速地拉上拉鍊上鎖，站到門口等殷建邦收拾技術師的儀器。

行李箱的輪子在地板上磨出極大的聲響，殷建邦擔心隨時會有人出來抗議這些噪音，但是並沒有，連路過的護理師和病人都離嚴莉雪遠遠地。

由於時間已晚，醫院只開放急診室出入口，門口的紅色警示燈閃著紅光映照著黑夜，宗教局的箱型車大剌剌地停在急診室門口，車身上的白色眼睛像有生命似地瞪著急診室裡面的人。另一位鑑神師和技術師恭敬地站在車門旁，駕駛座還有第三人，但是漆黑的車窗看不清楚是誰。

「你們鑑神的結果如何？」嚴莉雪將手上的行李箱和殷建邦抱著的儀器交給他們二人，好幾公斤重的東西，她卻彷彿不費吹灰之力地拿著。

姓秦的鑑神師沒有回答，只是彷彿宣告病人離世一樣慎重地搖了搖頭。嚴莉雪點點頭，正想打開車門上車時，那位技術師卻伸手攔住了她。

「嚴鑑神師，」秦鑑神師用手抓了抓頭，語氣好像快哭了出來。「呃，很抱歉，車上沒位子了。」

殷建邦看過去，車子裡面雖然放了設備，但是就算坐上五個人也綽綽有餘，畢竟本來就是要帶走鑑定出來的現人神，有空位是絕對合理的，更何況這次預定要鑑定九個人。他當然沒辦法接受這種明目張膽的職場霸凌，他走上前正想開口，嚴莉雪卻攔住了他。

「那請你們幫我把這些機器拿回宗教局，我自己搭車回去。」她拉著殷建邦往外面走去，剛下過雨，地上的有不少小水坑，嚴莉雪連避都不避開直接踩上去，像炮彈轟炸一樣炸得水花四濺。

「宗教局的人現在都這麼對妳嗎？這實在太過分了。」殷建邦陪著嚴莉雪到空無一人的叫車處等候。

「我說過了，」嚴莉雪拿出紙巾擦拭褲子上被泥水濺到的地方。「這是他們自保的手段，我能理解。」

出於習慣，殷建邦本能地知道該換個話題，他知道嚴莉雪不喜歡重複自己說過的話。「那剛剛是怎麼回事？妳幹麼故意違反規定給鑑神對象看那些東西？鑑神失敗對妳沒有好處不是嗎？」

嚴莉雪看著殷建邦，用一種幾近痛苦的表情對著他，她看了殷建邦好一會兒，兩人都沒有說話，只有周圍汽車經過雨後柏油路發出的沙沙聲。

「你知道那個宋戴亨會被判多少年，不是，會被以什麼罪起訴嗎？」嚴莉雪問道。

殷建邦的手機震動起來，鐵定是方婉如要問他事情處理好了沒。但是他決定不理會。他眼神往上開始背誦：「刑法231條媒介性交易、社會秩序維護法，然後罰金……還有現人神法關於隱匿的部分……」

嚴莉雪拍了他一下，這一下讓殷建邦想到體罰學生的老師，難道自己答錯了嗎？

「就他之前的經歷來看，他是百分之百找好人頭了，他被抓過好幾次，沒人供出過他。雖然他是那棟大樓的主委，也是隔壁棟那層樓的屋主，但是他可以以不知情來辯護。實務上檢察官也幾乎不會起訴這種人。所以，他應該只會因為隱匿現人神不報被開罰五萬到十萬而已，虐待、人口販賣、性交易等，那些全部與他無關。」

「可是妳搞砸了鑑神，這下子他也許連錢都不用罰。」

嚴莉雪咬著下脣用力踢了殷建邦一腳。直直踢在脛骨上，殷建邦痛得要命，但是仍然撐著站在她面前。

「我沒有搞砸，我知道小娜是現人神，她無庸置疑地是。你在儀器上也看得很清楚。但是她的情況很特殊，她的日常反應與常人無誤，看似已經在人間生活了好一段時間。」

嚴莉雪拿出手機給殷建邦看手機畫面。「這是宋戴亨幾年前返台時的入境資料，只有一具神像，但是他沒填申報表，所以不知道是哪一位神。」

「所以他在歐洲時，小娜就已經是現人神了？」

「很有可能，所以雙子神變成現人神的時間並不一致，落差可能達好幾年。」

「那妳為何要……」殷建邦了解了，嚴莉雪是故意鑑神失敗的，她可能早就看穿方婉如想抓錯誤打擊宗教局的想法，所以將計就計讓她得逞，但是她為何要故意鑑神失敗？這太不「嚴莉雪」了，她以前在宗教司可是以鑑神的精準度而聞名，所以才有台灣第一鑑神師的稱號。

一輛計程車駛來，彷彿是憐憫他們一樣，白亮的車燈把他們周圍照成一片雪白。

「你把剛剛鑑神的事情好好回想回想。在二次鑑神之前，宋戴亨應該就會先把小娜保釋出去了。」嚴莉雪坐上車子。殷建邦站在原地看著車子揚長而去，心裡覺得好累好累。

「妳是為了要抓嚴莉雪的小辮子才來到現場的嗎？」在等警車開過來載人時，殷建邦試著用正常的口氣問方婉如。

「是的。」方婉如大方承認。

「為什麼？」

方婉如盯著殷建邦，一臉嚴肅。「因為宗教局什麼都不會做，他們擁有太多權力，卻只想把現人神往安置中心一塞了事。我們警方只能眼睜睜看著卻什麼都不能做。也許嚴莉雪想替現人神做些什麼，但是她辦不到的，因為她只是鑑神師。」

殷建邦還想說什麼，卻說不出來。

「記得我之前叫你不是當飛禽就是當走獸嗎？」殷建邦點點頭。「我現在知道你哪一邊都不是。你就是蝙蝠，和嚴莉雪一樣。」

殷建邦回到警局之後加入審訊宋戴亨和小娜等一干人的行列，果然跟嚴莉雪預料得一樣，沒人敢咬出宋戴亨，檢察官想以藏匿現人神以及提供賣淫場地抽成為由分案起訴，但是他的律師巧妙地利用警察和宗教局的矛盾，以證據來自有瑕疵的鑑神過程為由說服檢察官放棄。另一邊的小娜則提供了死者和現人神的情報，死去的女孩是三個月前加入的，她叫吳婉菱，大家叫她婉菱。她並非歐洲留學生，純粹只是因為和家人關係不睦而下海，她賣淫前科累累，賺來的錢都花在男公關和精品上，她甚至自願接受身體改造以接待更多有錢人，但是終究受不了那些難以言喻的凌辱和虐待。她之前就逃跑了兩次，每次都因為缺錢又跳回火坑。死掉的現人神叫小夢，是某天被宋戴亨帶來的，她幾乎不說話，整天只是呆呆地坐著，但是根據其他人的說法，只要跟她單獨相處一會兒，各種壓力和痛苦就會不翼而飛，晚上一覺到天亮，不過小娜從未經歷過，小娜知道這個現人神似乎很喜歡婉菱，有一次甚至看到她主動摸婉菱的頭以示安慰。

小娜負責照顧小夢的飲食起居，甚至一起睡覺，幫她戴上和自己相似的假指甲，但是她從未和她說過話。被問到和宋戴亨的關係，小娜說她和宋戴亨從歐洲回來的時候就在一起了，至於她之前的生活，她一律閉口不語。

醫生檢查了小娜的身體，發現有多處瘀傷、骨折舊傷、背上有多道癒合的傷口，甚至有疑似注射毒品的痕跡。方婉如詢問她是否與宋戴亨有關，她只是笑了笑。

那心理變態的混蛋。殷建邦低聲咒罵。操縱那麼多女性，還把現人神當接待小姐和性奴來凌虐。

最後律師把宋戴亨和小娜保釋出來。方婉如故意當著宋戴亨的面前遞出社會局社工的名片要幫助她，但是名片被律師一把拿走。方婉如差點一拳打過去。

殷建邦當時正從外面進來，他看到小娜臉上的表情，一種似笑非笑的樣子，彷彿下定決心有所頓悟。他了解了，明白嚴莉雪為何要故意搞砸鑑神。

殷建邦在咖啡廳最裡面的角落找到了嚴莉雪，她正在聚精會神地滑手機，旁邊放著一杯冷掉的咖啡。

「妳怎麼會知道小娜是死神？」殷建邦不打算寒暄，他知道嚴莉雪也喜歡他有話直說。

「記得三年前的事嗎？」嚴莉雪眼手沒離開手機。「現人神如果擁有神力，只對人類有用，對其他現人神是沒用的。」

殷建邦很想提醒她那頂多只算是假設。三年前他、老羅和嚴莉雪在調查一宗現人神謀殺案時意外發現擁有神力的現人神，嚴莉雪指稱當時在場所有人都受到神力影響，除了現任總統。之後她據此研發出新的鑑神法來鑑識一般方式無法鑑別出的現人神，並且用在總統身上，可是最後這個方法不被權威機構所認可，她也名譽掃地。殷建邦看出來嚴莉雪並沒有放棄，還是對此深信不疑。

「因為她沒有被催眠？」

「是催眠不了，宋戴亨行事這麼謹慎，會放著接待小姐不下催眠暗示嗎？」

嚴莉雪點點頭，重複一遍：「小夢催眠了這麼多人，為何卻不催眠小娜？因為催眠不了，有神力的現人神只對普通人類有用。而催眠是睡神的能力。」

「小娜也有可能是別的現人神。」

嚴莉雪用手指沾了些水，在桌上畫出電梯上雙子座的線條。「記得被撞碎的神像手腕上奇怪的刻痕？我昨晚在小娜手腕上也看到類似的刺青一類的東西，後來我才明白，那兩個圖案拼起來就是雙子座，當初沒認出來，是因為一個是上半部，一個是下半部。」

她用手指用力從圖案中間劃過去。

「所以，睡神和死神是雙子座？」

「不是，雙子座的由來是希臘神話的另一個故事，不是睡神和死神，我想宋戴亨也許只是利用這個巧合當宣傳而已。但是我認為她們身上的圖案是自己有意無意刻上的，一個表達她們是雙子的概念而已。」

殷建邦把雙手放在桌上，作揖合十，彷彿在拜託嚴莉雪一樣。「所以妳故意搞砸鑑神，讓小娜去給予宋戴亨……應有的懲罰？」

「不是懲罰。」嚴莉雪喝了口咖啡，滿足的點點頭。「是死亡。」

「妳是怎麼讓小娜聽妳的話的？她和宋戴亨相處了好幾年，一直對他言聽計從。」

嚴莉雪放下手機。伸手抓住殷建邦的手，她的手很冰冷，殷建邦本能地想把手抽出來，但是她緊緊抓著，用力到指關節泛白。

「我讓她『想起來』。鑑神原本就是一個讓現人神出現反應的過程，讓他們想起來自己原本是誰，想起來自己的身分，但是對雙子神而言，有一個更重要的是，我讓她想起來自己有孿生姊妹。然後我再打開了她的開關，一個讓她覺醒，有辦法宣洩這幾年來被壓抑的情感的方法。」

「是什麼？」

「你也有看那個行車紀錄器，怎麼會沒看出來呢。」嚴莉雪又開啟了老師模式，殷建邦覺得自己幾乎要回到以前學生時期了。

「當時畫面是那位叫婉菱的女生用左手牽著現人神跑，這代表現人神在她左側。但是後來發生撞擊的時候，為何是現人神被撞碎在她的懷裡？」

殷建邦沉默不語，他正努力回想當時看到的行車紀錄器畫面，但是腦中卻彷彿被挖空了一樣一片空白。

嚴莉雪也沒有打算等殷建邦回想起來。「在車禍發生的那一瞬間，小夢擋在小菱前面，試圖用身體保護她。」

「妳怎麼確定？」

「因為這些現人神，總是試圖保護身邊的人類。」嚴莉雪說完，看著殷建邦，但是眼神彷彿穿過他的身體直到後方不知何物。殷建邦猜到他離開的這三年，嚴莉雪大概又經歷了其他事件讓她了解到現人神的新特徵。「而死神，就是要負責奪走性命。」

「妳播下了種子，」殷建邦終於明白為何嚴莉雪要故意讓鑑神失敗。「妳要讓覺醒的死神去殺……制裁宋戴亨。」

「對，並且成功了。」嚴莉雪把手機畫面拿到殷建邦面前，那是一則半小時前的新聞快訊。

日前才因出租場所供賣淫使用而交保的房產大亨宋戴亨今日被發現死在自己屋內，根據警方說法，宋某全身赤裸死在床上，下半身被一具巨大的神像壓爛，死狀甚慘，現場還留有一把小刀和不知名第二人的衣物和血跡。警方目前朝謀殺方向偵辦中，神像則交由宗教局帶回調查。

「是小娜。」殷建邦輕輕說著，之前在宗教司的經歷讓這些支離破碎的訊息在他腦中迅速組合起來。「她在和宋戴亨上床時自殺，還原的神像直接壓死了他，和小夢為了保護的目的不同，她的目的是為了死亡。」

「但是你知道嗎？建邦。」嚴莉雪伸手轉動著半滿的咖啡杯。「其實真正讓小娜下決心的，並不是睡神的死亡。她和睡神在現人神時交集並不大。而是因為小菱，你只看到她前科累累，卻沒想到她是在奔向自由中死去，她在絕望中想活下去，再鐵石心腸的神明也會因此而動容。」

殷建邦抓住嚴莉雪的領子：「這就是妳要的？即使賭上鑑神師的名聲也在所不惜？」

「是的，」嚴莉雪輕輕抓住殷建邦的手，指甲劃進他的皮肉：「三年前的鑑定總統的事件讓我了解，不管我鑑定出多少現人神，最終決定權還是掌握在『那些人』的手上，他們才是最後的決策者，他們才是名副其實的『鑑神師』。而我，只是微不足道的小齒輪而已。可是我有辦法讓這枚齒輪脫落，讓這個社會有辦法回歸正道，現人神有自己的意志，有自己的想法，我的工作，是幫助他們，而不是讓上位者增加可以控制的傀儡。」

嚴莉雪放低了音量繼續說：「想想外籍勞工，我遇到的時候都離他們遠遠的，並不是他們做了什麼非法的事情，純粹只是因為他們的膚色、語言和文化，就對他們有刻板印象，歧視他們。可是你知道嗎，就算是這樣，他們也有自己的交流圈，出了事情也有人權團體和政府部門可以幫忙。但是現人神沒有，一旦被鑑定是現人神就會被囚禁到死。我不知道看過多少現人神受到無法言喻的欺凌和壓迫，最後卻落到這種無異於無期徒刑的下場。被奪去管轄權的警政系統現在更是無能為力，沒有人可以幫助祂們。而我，至少可以用我自己的方式幫助祂們。」

「可是妳違背了妳的專業，也違背了整個社會對妳的期待，破壞了秩序！我真不敢相信妳墮落成這樣，以前那位在法庭中千夫所指依然冷面應對，講出實話的鑑神師嚴莉雪到底去哪了？妳現在是打算顛覆宗教局？還是聯合國國際現人神組織所維護的一切？」殷建邦不願意接受嚴莉雪轉變成罪犯的事實，他們有法律要維護，即使上位者人謀不臧，他們也要盡一枚齒輪的本分讓社會前進正軌。

「本分？」嚴莉雪提高音調，她生氣了。「你知道這幾年現人神數量飛漲，安置中心根本不夠用，所以宗教局才開始用非正常管道賣正規的現人神器具，暗中讓民間幫忙收容現人神，除了增加收入外，一旦出了問題可以立刻控制，同時還能美化數字，讓每個月的收容數字減少，讓社會安定。這是本分？」

殷建邦愣了一下，他早就有所懷疑，只是沒想到這麼快就得到證實。不過他隨即恢復：「這不是理由，妳在玩弄法律，玩弄現人神，這樣子和那些妳看不起的上位者有什麼兩樣？」

「那你來阻止我啊！」嚴莉雪大吼，周圍的人紛紛側目。「你回宗教局來阻止我啊！如果你真的那麼守法，當初就應該留在宗教司和我一起努力，而不是辭職一走了之！」

嚴莉雪還沒說完，她挺起身子面對比她高出一個頭的殷建邦：「警察關懷人民，宗教局關懷神明，但是兩邊都待過的你，似乎哪一邊都不是。」

竟然和方佐說一樣的話！殷建邦震驚不已。

「你曾經跟我說你在宗教司的時候都睡不好。我以為是因為比任何人都有正義感的你潛意識也無法認同這種方式。所以你才選擇當能替祂們做更多事的警察，可是現在看起來，你只是在逃避而已。」

嚴莉雪用力甩開殷建邦的手，怒氣沖沖地走出店外。殷建邦看著她的身影消失在捷運站的入口。他不知道嚴莉雪這三年又經歷的什麼事，但是他突然覺得自己有義務去釐清和幫助她，自己辭職後不管聽到任何關於宗教局的流言蜚語都以自己已經離職而不去理會，也許這樣做是錯的，也許就是自己的冷漠，造就了嚴莉雪現在的樣子，不，也許整個社會對現人神的忽略與輕視才是最大的問題。他有辦法糾正這個問題嗎？也許沒有，鐵定沒有。但是他知道有誰可以，而這個人需要他的幫助。

殷建邦邊搔頭邊走出店外，往捷運的相反方向走，邊走邊想著要找個什麼理由辭職，要一個好到不會挨方佐鐵拳的理由，但是他覺得她可以理解。

短評／〈諸神之舟－夢之死〉

既晴

在本屆入圍決選的六篇作品中，本作可以說是相當特異的存在。也許是基於林佛兒先生過去在個人創作中所重視的本土性，或使參賽者產生相應的意識，投稿作品在本土性的描寫上大多占有一定程度的篇幅。然而，本作卻反其道而行，設計了一個架空設定——「現人神」，即神像在某個特殊情境下會變化為人類，而負責管理現人神的「宗教局」，則派任「鑑神師」調查身分不明的幽靈人口，檢沓其身分是人是神，從而引發了處理刑案的警方與宗教局之間的權力傾軋，並進一步延伸至人／神的社會意義之探討。這樣的創作路線獨樹一格，也讓評審們見識到作者的企圖心。

故事的開場是一場死亡車禍，根據肇事司機作證，他撞死了兩名女子，但警方在現場只發現一具女屍，以及一尊神像。由於現人神有「死後還原」的特性，警方判斷，另一名死者應為現人神。主角是曾任宗教局幹員的現職刑警，因此成了警方與宗教局的居中協調人，但在雙方角力拉鋸的調查過程中，他竟逐漸迷失了自己的立場。

既是使用了架空特殊設定，本作的焦點也就在於如何巧妙地使用這項設定，進行出人意表的劇情操作。例如，從兩件用於穩定現人神精神狀態的「神衣」，推測出雙子神的存在，接著，又在鑑神的過程聲東擊西，以鑑神失敗為誘餌，掩護懲除凶手的真實目的。

再者，現人神原本具有智力低下、語言水平不高的特徵，但根據鑑神師的實務經驗，卻又不排除現人神能發展出融入人群，甚至可能成為總統候選人的特殊潛力。這樣的巨大落差，看似矛盾、極不合理，卻鮮明地呈現出宗教局對現人神的特徵掌握實則極為有限，反而凸顯了人類社會對現人神的存在抱持著高度恐懼。

神像原本是人類的信仰象徵物，在本作中卻成了賣淫組織的道具、權力鬥爭的犧牲品。作者以從虛構的設定入手，卻更彰顯人性的黑暗面，令人在掩卷後不禁喟嘆再三。

聽神明的話

這裡是名為和平島的濱海小鎮，以漁業為主要產業，相對於稀少的人口，這裡的廟宇卻是蓋得一間比一間大，其中規模最為宏偉，並且有不斷擴建趨勢的和平福德宮也形成了另類的觀光景點，甚至公車還特地為此設立了一站，身為當地信仰中心的這間土地公廟同時也是這裡人的生活重心。

要抵達這個小鎮並不便利，對外聯通的關口只依靠著一座橋，絡繹不絕的社區菜車採購著漁獲，保鮮所用的大量冰塊融水將灰塵和成泥水，車子的擋泥板明顯發揮不了太大的作用，而潮濕的路面也一直要到中午太陽高照時才會乾燥。

今天，有兩名青年正在漁市的公車站前蹲點，明顯是在看顧著一個孤零零的紅包袋，即使紅包袋的位置非常明顯——只要公車站就可以看到——但來來去去的民眾都像是視而不見一樣，甚至刻意地避開紅包袋。

「我看等再久都不會有人撿吧？誰不知道冥婚這檔事。」阿明叼著菸，地上滿是菸蒂。

「廟公很準的，一定有他的道理在，就等等吧。」阿華用燃燒的菸頭幫阿明點菸。

在兩名青年閒聊打發時間的時候，一名穿著筆挺的西裝，看起來與當地格格不入的男子像是對紅包袋產生了興趣，低頭像在觀察紅包袋是屬於垃圾還是遺失物的哪邊，同時也注意到周圍的民眾那避之唯恐不及的樣子，偶爾瞟來的眼神也透露出同情，西裝男想向周圍的人問問這是什麼東西，但在還沒接近眾人就加快腳步、像是逃難一樣遠離西裝男。對此情況，青年們滿懷期待地盯著男子的一舉一動，只要男子一撿，那麼任務就完成一半了。

男子像是判斷紅包袋外觀良好，沒有明顯的破損以及髒汙，而且有一點厚度，比起垃圾看起來更屬於遺失物，之後將紅包袋撿起，青年們抓準機會衝到男子跟前，一前一後圍著並一邊叫喚：「姊夫！姊夫！恭喜啊！要娶老婆了！」

對此番突擊感到困惑的男子不疾不徐，回應流利的英文…「（英文）你們是誰？要做什麼？」

青年面面相覷，啞口無言，怎麼也沒想到眼前這位黑髮黑眼，臉龐有些立體感的男子既然是位外國人。

「怎麼辦啊？是外國人？」

「對啊，這樣結婚的儀式要辦中式還是西式啊？」

「……不是這個問題！」

「廟公常常跟我說要有國際觀，也教了我幾句英文，我來！」

「（英文）請打開這袋子，裡面有紙條。」阿明英文雖然蹩腳，但男子似乎意會到阿明的肢體語言，打開紅包仔細端詳。

「他看得懂中文嗎？你要不給他翻譯翻譯？」阿華眼見男子看這麼久，對阿明提出建議。

「才不要，看了的話之後要我娶老婆怎麼辦。」

「那他看不懂怎麼辦，他看起來愣頭愣腦的。」

「我明白了，帶我到那戶人家吧。」男子以流利的中文回答。

青年們手中的菸都被嚇掉了…「你會說中文啊？」

在青年們帶領著西裝男時，不知道是不是出於愧疚，青年對西裝男的態度還挺熱情的，對於當地一些風土民情知無不言、言無不盡，但對於冥婚的話題卻是支支吾吾，表示目的地的人家會比較清楚，並趕緊把話題轉移到一些巷弄的無招牌小店，一間一間都誇讚是無可比擬的美食，為此兩個青年對「我家巷口」的店哪家好吃而起了點小爭執。

一行人來到一個住宅區，這裡的房屋都以獨立透天為主，彩繪的牆面、名車、特別的設計風格都像是在彰顯此地的屋主有多麼不凡，但目的地的這間房屋牆面卻是斑駁剝落，風化得像是在透露著房屋的年齡，擺在門旁的盆栽久沒打理、雜亂生長，彷彿這裡的空間與時間都停滯下來，俗話說沒人住的房子會衰敗的很快，這間房子看起來就是如此。兩名青年對這裡顧忌重重，按了門鈴之後便躲到一旁觀看。

一會，厚重的的喀機聲響著，門鎖發出掙扎聲之後門緩緩開了一個小縫，死魚般的瞳孔無神地投向西裝男，不說話、不關心、不戒備，直到西裝男示意著手中的紅包袋之後，門後的眼神像是抓住救命稻草一般活躍了起來，眼底隱隱埋藏著光芒，並將西裝男請進屋內，而兩名青年此時也像是完成任務一樣鬆了口氣，趕緊離開。

西裝男一進門就被潮濕又腐臭的空氣嚇到，忍住了捏鼻的動作而是用咳嗽掩飾，屋主打開電燈，幾隻蟑螂被光線所驚嚇，從兩人腳邊逃跑，屋主像是一點也不在意，屋內擺設雜亂無章，垃圾隨意亂丟，水槽堆滿未清潔的碗筷，這裡陰沉地像是在抗拒光芒，讓燈光也變得昏暗。

「廟公說的是真的！你來了！」眼神主人是一名鰥夫，正在用力地將沙發上的衣服給掃到一邊，擠出一個位置給西裝男坐。

「這是什麼意思？（英文）我女兒被謀殺。」西裝男打開紅包袋的紙條，照著念了出來。

欣喜之情從鰥夫臉上一瞬而逝，像是在考慮著什麼而沉默不語，皺起的眉頭時不時端詳著西裝男，張開口又欲言又止，遲遲未能下定決心。

西裝男從懷裡掏出一紙皮套，放在散亂的桌子上，鰥夫對此似乎並不太在意，而是問了西裝男一句話：「你認為神明是什麼？」

「心中的光。」西裝男不假思索地回答。

鰥夫像是被當頭棒喝、如夢初醒一樣，對西裝男交代了事情的始末。

「在〇月〇日我女兒就失蹤了，報警去找也找不到，我在和平福德宮求神拜佛時，那裡的廟公對我說要解決我的問題的話，必須要等到有緣人，也就是要跟我女兒結婚的對象，我才不相信我女兒已經死了，但也沒有其他辦法……」

「死了的話怎麼娶？」

「就，冥婚啊？」

「冥婚？」

「娶神主，活人跟逝者結婚……你都不知道？」

「不知道，我從國外回來。」

「啊……也許就是因為不知道！」鰥夫恍然大悟。

「不知道？」

「因為不知道，所以你不會怕，也不會避，一般人聽到要跟陰間的人結婚可是會害怕的，聽到忌諱也是會避開。」

「鬼不會傷人吧，案件可都是人搞出來的。」

西裝男入職的是當地的警局，一早就從自己的租屋處出發，預計抵達警局的時間也會早兩個小時，這時間也夠他自己熟悉周邊環境，還有感受這裡的風土民情了，之前相遇的青年的推薦都非常實在，讓西裝男對這裡產生了不小的好感，認為即使裝扮像小混混、談吐像小混混、行為像小混混，但也可能是個熱情的好人。

之後西裝男進入警局，立刻就到檔案室查閱資料，或許是出自於好奇，亦或是丈夫的職責，西裝男調閱了他的未婚妻的案件資料，筆錄做得粗糙，一下就發現諸多疑點。

「生面孔？哪來的？」路過的警員像是隨口問問，招呼性的問著。

「受訓完新上任，請問這件少女失蹤案的負責人是？」

「上面有寫吧。」警員臉色一變，揮揮手離開。

西裝男有了初步了解，動身前往局長室，經過證物室時發覺沒有上鎖，正要進入時，有一名員警及時趕到。

「警局不是可以給你隨便逛的地方啊！」厲言禁止西裝男的行動，並且重新上鎖。

西裝男敲門進入局長室，局長室布置有條有序、一絲不苟，最為繽紛的是牆面上的各種受獎照片、感謝狀，足見局長對於在地有多麼地用心，西裝男目光延伸，看見一名白髮蒼蒼的老人端坐在椅子上，看起來適逢退休年齡了，對比著照片中的年輕人，精悍銳利的眉目像是被社會所打磨，成為眼前這位慈眉善目的老人。西裝男在進行一般的報到流程之後，局長像是在叮囑自己的孩子一樣，對著西裝男提出建議：

「王羅顏，叫你小王可以吧？看你的資料，你在國外受訓了很久，能習慣嗎？」

「可以，國外的潛規則比起國內實在少太多了，不用特別去打聽注意。」

局長像是被吐槽一樣搖頭：「一開始你在這裡一定會有很多地方不習慣，要入境隨俗，就跟你去國外的時候一樣。」

小王機械性地點頭，讓局長感覺更加不放心，叨叨念著：

「唉，從國外回來的怎麼都是這麼蠻皮不受教，等等我帶你認識這邊的耆老，記得千千萬萬不要亂說話，看見什麼不習慣不順眼的都先閉嘴，即反應，看清楚、想明白，隔天說，會少很多麻煩。」

「（英文）是的！長官！」局長聽見小王回應命令式的回答，肩膀這才放鬆了下來，看起來安心許多。

局長帶著小王驅車抵達當地的一間極具盛名的廟宇——和平福德宮，這裡占地廣闊、香火鼎盛，以三殿式為基礎又增設偏殿，廟埕可以同時容納數團陣頭的操練，足見其規模，廟埕還有棵傳聞樹齡達百年之久的老榕樹，為此地的人提供庇蔭，而這裡的人也因此感念其庇佑，為榕樹綁上紅布，時常合掌禮拜。現在時逢三月，不久後便是媽祖的聖誕，因此在此操練準備表演的陣頭團體十分賣力，勢必要在遶境時拿出最好的表現，而來此朝拜的民眾似乎也感受到這股活力，整間廟看起來熱熱鬧鬧的。這裡的廟埕上擺了張圓桌供當地人交誼之用，圓桌看起來是隨意入座，但靠近門口的主位則是都沒人坐過，即使有小孩坐下也會馬上被父母轉移到其他位置。

局長跟教導小王要如何拜拜，像是走入宮廟時要進龍門、出虎口，門檻不能踏；點香時不能用嘴巴吹熄香火，要用手搧；插香要用左手插，插歪了不能重插……諸如此類的儀式，本來還要講解其中的含意，但是現在也只能一股腦先塞進小王的腦子裡，至少動作沒做錯就不會不知不覺冒犯到人。

進入山門之後，局長本來打算領著小王全部做一遍，用身體記總比用嘴巴記來得有效，但局長進去沒多久就看見了一位身形略為豐滿的男子背影，便改變路線先與男子打招呼。

「趙主委！你好你好！」局長熱絡地輕拍男子肩膀。

「徐局長？今天怎麼會來這裡？來！坐！」趙主委發覺是局長便笑逐顏開，熱情地領著局長到圓桌入座。

「我這裡有個新上任的小夥子，是從國外回來的，要請主委好好照顧照顧！來！打招呼！」

「初次見面，我是王羅顏，趙主委你好。」小王覺得拍肩膀就不用學習，改成鞠躬。

「國外回來啊？真有前途！」趙主委流利地回答，但像是不管說什麼都會這麼回答一樣，並且熟練地拿起茶壺，擺出幾個茶杯倒茶。

主委遞了杯茶給局長，局長手指輕敲桌子三下之後拿過杯子，然後主委又斟滿三杯，示意小王用茶。小王不明就裡，恭敬地拿起最靠近自己的杯子，並學著局長敲桌子，局長本來要制止小王，這行為被主委所制止了，局長有點擔憂地看著主委，主委　嘴一笑。

「好、很好，這地方沒什麼規矩，也沒什麼麻煩事，所謂沒事就是好事！真多虧神明保佑！」主委朝著正殿合掌。

「神明保佑。」局長示意小王一起合掌。

「如果有什麼小事而我不在這裡的話，找在神桌的那位廟公，大家都叫他老魏。」主委遙指，廟公老魏像是察覺到一樣往主委的方向點頭示意。

「坐在這邊的年輕人是這裡的議員，叫做阿農，是聽神明的話才會選上的喔！」

「你好，我是農議員，我們的主委可是大好人喔！」阿農看起來呆頭呆腦，一副就是傀儡的樣子。

「對了，之前不是有個案子找不到人破不了嗎，神明有託夢，在河邊的老房子裡會有線索喔。」

「神明保佑！神明保佑！」局長合掌朝拜，但在第二下的時候才朝向正殿。

「退休之前還能破案，真是好事！改天來喝酒慶祝慶祝吧！」

「喝茶比較好，我戒酒很久了！」

「瞧我這記性！老是記不起來，要不是很多事情都還要我來處理，也真想學你退休享清福呢！」主委與局長相視而笑。

小王斜著頭，對於這種神明託夢的說法感到不可思議，但小王真就在指定的地方看到團隊找到了破案的關鍵，隔天地方新聞的標題也寫著：神明託夢破案，警方表示善惡到頭終有報。但小王認為託夢破案此事疑點重重，如果神明託夢可以破案，那麼一開始就教導人們不要做壞事，杜絕根本原因不是更好嗎？如果只能托夢給特定的人，那就代表神不是全能，既然不是全能，那就不會是唯一，這樣又如何能稱得上是神呢？

小王拿著報導找尋局長，一問之下才發現局長休假，但大家也都知道休假時在哪可以找到局長，他有一個唯一的愛好就是釣魚，關於釣魚的話題一聊就聊不完，樂於分享自己的釣魚經與優秀的釣點。

釣客不會擠在同個地方，只有這裡的釣客密集度高了點，大家都維持著差不多的間隔固守自己的釣點，雖然彼此之間都沒有說話，但是精神上卻像是同伴、又像是對手一樣，一同進行著和平的競爭，即使有意外也可以互相照看著。

因為局長在休假時很難用通訊工具聯絡，小王只好到了磯石邊就開始步行，想叫喚的小王發現風聲與海浪聲把自己聲音蓋過，但一提高音量就被鄰近的釣客轉過頭來狠狠盯著，只能一個一個慢慢接近、輕聲叫喚。

「局長，我——」

「輕點、慢點，嚇到魚兒不打緊，注意你的腳，還有這個風。」波濤拍打岸邊，濺起的水花將這裡整得濕漉漉的。

「失蹤少女一案的筆錄前後差距過大，口供態度丕變，我要重啟調查。」

「你是去哪翻出這個案子的？」

小王思考了一下，決定給出一個局長無法拒絕的答案：「我跟該少女冥婚，是她託夢給我的。」

局長瞪大雙眼，隨即又輕笑了一聲，回道：「託夢啊，好，那你就去查吧。」

小王察覺到局長似乎並不怎麼相信託夢這說法，只是點頭回禮。

「來陪我看看釣魚。」

「不了，我——」

「現在不是上班的時間，你急也得等。」局長拉一拉他的釣魚裝。

小王默默地走到局長身邊。

「釣魚啊，不能急，要跟魚兒比耐心，不能跳到海裡去抓魚，魚抓不著，自個還會被沖走。」

小王不懂也沒興趣聽這釣魚經，應付地點頭。

「釣那些忍不住的魚，抓大放小，我們有得吃，牠們有得活。」

冥婚當天，鰥夫辦理了個婚宴，對小王來說這件事並沒有對他造成多大的影響，反而是抱持著一個做好事的心態去執行的，無論他女兒有沒有回來，無論是生是死，對鰥夫都造成了相當大生活上的影響，如果鰥夫不能往前看往前進，那麼也只是隨著女兒的離去而腐朽；假使有一天女兒找到了，要上演感人的親子重逢也得要父親還健康地存活。

因此，小王是為了鰥夫能夠重新生活而進行了這場冥婚儀式的，本人也對其覺得很新鮮，如果鬼真的存在又能造成影響，那麼世界上還需要警察幹什麼？死了就自己報仇去不就得了嗎？

婚宴時間是夜晚，來的賓客寥寥無幾，但其中來頭最大的就是趙主委了，不論大小事還是紅白包場都會見到他的身影，同時趙主委心裡也覺得十分納悶，住在這裡的人都清楚明白冥婚這檔事，就算真撿到了紅包也知道要怎麼化解，長這麼大還沒看過這麼老實的傢伙，撿了就結了，對這種笨蛋長啥樣子，趙主委也是相當地好奇，如果來的是外地人的話，那麼之後也得讓他好好明白這裡的規矩才行。

儀式簡單又快速，在敬酒的時候，趙主委赫然發現新郎是小王。

「哇，真沒想到這麼快就碰面了？我該對你說恭喜嗎？」主委熱情地招呼著。

「多謝主委，局長跟我說要入境隨俗，我就入境隨俗了。」

「嗯，小夥子這麼聽話很好，有前途！」

「習俗是人做出來的。」

「你這話什麼意思？」

「還有個詞叫做：移風易俗。」

「年輕人志向高，非常好，但也得秤秤自己的斤兩，等你位置夠高，說話夠有份量再來吧。」主委不把這話當一回事，笑了笑便去跟其他人說話了。

次日夜晚，小王與之前在證物室時遇到的警員搭檔巡邏，警員名為阿陳，在這裡是優秀的警員，曾獨自破獲數起毒品相關的案件。儘管如此，局長卻鮮少帶他到需要警民合作的地方，尤其是趙主委在的場合。

不知是因為戒心還是在執行勤務的關係，兩人一路上沒多少說話，專注地完成到每個巡邏箱的任務，這讓小王感到放鬆許多，比起有一搭沒一搭的尷尬場面，雖然小王並不在意尷尬，但是入境隨俗，總是得跟同事打好關係，而打好關係最常用的方法就是說話聊天。

現在巡邏的路段很偏僻，路面看起來年久失修，路燈一明一滅，偶爾有幾位或遛狗、或運動的老人家經過之外沒遇到什麼人，但更加深入的地帶則是一片黑，那路燈已經全都故障，比起來這邊就已經算是很不錯了，而小陳對這裡表現出了先前沒有的抗拒態度，明顯地想要繞道而行。

「陳警官？你要去哪？巡邏箱不是在前面嗎？」

「這邊平時不會有人經過，明早或這裡看一看就好了啦。」

「這理由不正確，職責之所在。」

「這裡很陰啊！不少人在這失蹤，傳言這裡有在抓交替，你看那個警示牌：此處有水鬼抓交替，平時都沒人經過，晚上更不用說了啦！」

「抓交替？水鬼？」

「水鬼就是死在水裡的人，死後化身成鬼，據說要找到一個人替代他們才能投胎轉世，所以叫做抓交替。」

「喔，這樣啊，現代社會舉頭三尺有監視器，不然這樣吧，你在這等我，我去看看。」

「很危險啊！」

「放心，我信基督，阿門。」小王有備而來，拿出早就準備好的大功率手電筒，朝著路燈壞掉的小路走去。

小路感覺陰涼潮濕，明明沒有下雨，但是地上卻有著些許的積水，小王感到除了有踩到水的拍搭聲，也有像是踩到沙子的摩擦感，從這裡往西看是道路與山坡、往東則可以直接看到海，海上有著點點漁火，那是漁民用著集魚燈進行的捕魚工作，而在靠海的這一面，每段間隔都有著警示牌，牌子被海風吹著鏽蝕斑斑，上頭寫著都是有水鬼抓交替，為這幾個字妝點的鐵鏽讓警示牌看起來更有說服力。

小王往海的那面稍微探出身子，雖然離海邊有段距離，但稍陡的坡度依舊可能造成滑落的意外，比起放著地面濕滑的警告詞來說，放置此處水鬼抓交替的告示牌似乎更能起到警示的作用。

「小王？小王？你在哪？」阿陳踱步而來，小王的手電筒很明顯能顯示他的位置，但阿陳刻意發出的聲音與腳步聲像是要驅散自己的恐懼，或者是想把鬼給嚇跑地一樣用力。

「這，我要回去了，沒事。」

「就說沒東西吧，快走吧。」阿陳特意照了兩下小王的腳，像是在確認有沒有腳一樣。

巡邏結束回到局裡，小王往檔案室走，本來放鬆下來的阿陳被嚇了一跳，連忙跟著小王，看小王去調閱監視器的資料。

「我要在哪邊可以調閱路燈壞掉的那個路段的監視器資料？」

「監視器壞很久了。」阿陳回答。

「路燈壞掉就算了，監視器也壞掉？」

「那的路燈電線怎麼修都會被偷剪，監視器大概就是被偷剪的破壞的，局裡沒這麼多經費。」

「有抓到人嗎？」

「抓了幾次。」

「知道但是不抓？」

「會去偷剪的大都是經濟條件很差的，他們不是罰不動就是關不怕，警力資源得用在更值得的地方。」

「那警示牌是你們設的？」

「是啊，設那個比較有用，連我都不想靠近那，何況是一般人。」

「附近的監視器有故障嗎。」

「這倒是沒有。」

小王若有所思，接著問：「少女失蹤的案子，案發地點附近的監視器記錄都還在嗎？」

「都在吧？不過那案子報的車牌早就報廢了，我們看過監視器也沒看到那車牌啊？」阿陳確認了小王的目的之後就放鬆心情並離開了。

小王留在檔案室看著回錄，少女失蹤的案發地點附近車子雖不多但也不是完全沒有，檢查每一輛來去的車輛，的確沒有筆錄上寫的車牌號碼。同時也發現一件事：局內的對著證物室的監視器，並不能完全錄到所有角落，有刻意被製造出來的死角。

小王到達證物室，正好發現阿陳神色慌張，正準備打開門進入，小王因此躲開阿陳的視線，並在阿陳進入之後於鎖上動了點手腳，阿陳很快就出來並將門帶上，但慌忙離開的阿陳只聽見門發出的碰一聲，而沒去注意是不是有確實鎖上。

直到阿陳腳步聲遠去，小王進入證物室，死角的位置剛好是存放毒品的位置，而這些毒品也臨近要銷毀的日子。

小王思考片刻，帶走一包毒品，並於死角處放置一個密錄器。

小王一直覺得這土地公廟的廟公很神奇，像是預言一樣說中自己的到來，又可以令看起來緊閉心扉的鰥夫向他說一些不足為外人道的事情，如果不是整人節目，那麼這廟公就是真有本事，現在也剛好來摸摸廟公的底，看看廟公是知情人士，還是只是用話術招搖撞騙，即使廟公是騙自己，對廟公他也不會有半點好處。今天剛好是陣頭操練的日子，只見廟公正與兩名少年說話。

「老魏，我們有點感冒，陣頭快開始了，想求些香灰回去喝，快點治好。」

「先拜拜，跟神說，擲筊之後聖杯，神明答應之後再說。」

兩名少年聞畢開始燒香拜佛，老魏此時將香灰拈出，包成小包，像是篤定會出現聖杯。

「香灰也可以治病啊？」小王好奇地詢問道。

「以前的香是用中藥製成的，燒化之後也有療效。」

「我覺得像是一種安慰劑。」小王沾起一點香灰嚐了嚐，阿斯匹靈的味道。

「大病還是要去看醫生。」老魏將手邊一個感冒藥罐子丟進垃圾桶，並豎起食指放在脣邊。

「聖杯啦！一次就聖杯啦！」兩名少年興奮地對著老魏說著。

「好喔，要好好保重身體，要聽神明的話喔！」兩名少年愉快地從老魏手上接過香灰的小包，迅速地離去了。

「擲筊，用兩個木片來決定神明說是、否、不知道，也就排列組合，只是機率的問題，而且聖杯的機率還比較大。」小王對聖杯的出現覺得稀鬆平常。

「必然中的偶然、偶然中的必然，這就是神啊。」

「這只是統計學吧，樣本數不夠多。」

老魏不打算與小王爭執，目送兩名少年離開之後，老魏繞行巡視宮廟，對廟宇的每個角落都悉心照顧，深怕留下一點灰，小王尾隨其後，最後老魏停下觀看陣頭的操練，小王則是對此一點都不關心。

「你想要問什麼嗎？」

「冥婚的那戶人家是你指示的嗎？」

「是神明說的。」

「神明沒說少女在哪嗎？」

「神明沒說。」

即使只是簡單的對話，但小王就察覺之後的對話大概都會是這種模式，什麼都拿神明當擋箭牌的模式。

「神明在哪裡？」小王不經意地說出口。

「廟裡啊。」老魏口中這麼說，但手指指著天上。「你看這陣頭就是要奉獻給神明的啊。」

小王隨著老魏的目光看著陣頭的操練，發覺有一點不協調的地方。

「我對陣頭文化並不怎麼了解，但中間那位看起來動作僵硬又遲疑。」

「陣頭是一種民俗技藝，他們在操練的是八家將，本來在中間位置的小夥子很久沒來了，現在你看到的是頂替著的。這樣吧，相逢便是有緣，幫我送幾包香灰給他，然後再幫我買幾包香回來，這樣你有幫神明做事，神明搞不好就會給你啟示了喔！」老魏從口袋掏出寫著地址的紙條，像是早就準備好一樣，將其一起遞給小王。「要買用古法做的香喔。」

接著老魏就開始忙活，對於小王的提問再也不關心。小王心想，如果幫他做點事，搏點好感，會比較能從老魏那挖出資訊嗎？然而初來乍到，人生地不熟，也只能從能做到的事情開始做了。

小王照著紙條上的地址按圖索驥，但是這裡顯然是發展初期的建設地區，道路錯綜複雜，巷弄順序沒個章法，只好詢問看起來是當地人路怎麼走。

「大哥，請問一下這地址怎麼走？」

「不知道，我不是在地人。」穿著拖鞋、吊嘎，拿著扇子在乘涼的中年男子回答著。

「阿嬤，借問這要怎麼走？」

「蛤？你說什麼？」

「這要怎麼走？」

「蛤？大聲一點？」

「謝謝阿嬤，沒事了。」

「沒事喔，好喔。」

「聽的不是很清楚嗎？」

「蛤？」

小王歷經艱難，終於抵達一間位於商業區中的三層樓公寓，這地方住商合一，看起來一些晚上營業的店家：像是居酒屋，一定會對這裡住戶的生活品質造成影響，而小王又輕而易舉地進入該公寓的大門，除了沒有警衛之外，該上鎖的大門也沒上鎖，讓小王不禁擔心起這裡的住戶安全問題，不過此刻這也是讓小王可以順利抵達目的地的因素。

「有人在嗎？」小王敲門，對著門上的魚眼，細聽裡面的聲音，但是沒有回應。

「廟公讓我送香灰來的。」小王換了一個說法，廟公在這裡似乎比警員的名頭來得有用，門馬上就打開了，但是門鍊還繫著。

「廟公叫你來的？」名為勝傑的青年戰戰兢兢地說著。

「是，這是你的香灰。」小王端詳著勝傑，看起來並沒有感冒的症狀，但黑眼圈很深，瞳孔惶惶不安地抽動，像是在害怕什麼導致很久沒睡好。

勝傑拿下門鍊，讓小王進房間。

「你是警察吧，我要跟你說我看到的東西。」

「怎麼這麼突然？」

勝傑並沒有回答，逕自繼續說著：「我們技藝團除了跳陣頭之外，平時也要上課，學習忠心、義氣、不可愧於天地。」

「我們是很聽話的，主委說不要去哪我們就不會去哪，但我被一個女孩子約去玩試膽，就是路燈壞掉的那個路段。」

「我沒敢靠很近，女孩卻越走越遠，然後我聽到她的尖叫聲之後，跑過去一瞧，看見她正被架上一台車。」

「之後就說她失蹤了，我不知道要找誰說去，想說要跟廟公說，但是他叫我不要說，要等。」

「你不打算報警嗎？」

「就是我報的警，我也去做了筆錄，也說了我看到的，我發誓我沒有說謊。」

「搞不好你看錯了？晚上的視線也不太好。」小王看錄像時早已猜想到這可能性，把相似的字母或符號都查看了一遍，但還是一無所獲。

「這麼大的字我怎麼可能會看錯！」少年情緒激動，滿腹委屈使得他聲音顫抖。接著又說：「我們第一個學的就是忠義之事，而且我們也都知道，這裡不論什麼事最後都會傳到主委的耳裡。」

「我不也是警員嗎？」

「你是外地人，不一樣。」

「那你沒打算跟主委說嗎？」

「主委早說那地方不可以靠近，說了會被罵吧，而且那時我彷彿有聽見主委的聲音……」

勝傑掉下斗大的眼淚，眼淚像是決了堤般無法停止。

「如果不是那地方很陰，而是主委做的，如果被說出我也有一起到那的話，那我……我……」勝傑像是哭得累了、說得渴了，說話沒有組織性，倒杯水和着香灰喝下。

「還好廟公有這麼跟我說，我好累。」

「為什麼你這麼信任廟公？」

「廟公傳達神明的話，你不相信神嗎？」

「神……」小王還沒來得及回答，勝傑像如釋重負一般倒頭便睡，彷彿小王的答案對他不重要一樣。

「每個人的心中都有神，藉由別人的口說出來的是別人的神，別人的神只會對別人好，自己的神才會對自己好。」小王作下結論：「是，我相信神。」

小王雖然還想問點什麼，但青年的精神壓力似乎壓得他喘不過氣來，現在的安詳睡臉宛如判若兩人，看起來廟公並不會是什麼壞人，但神神祕祕的總讓小王的感覺不太好，如果依此來推斷，買香的地方是不是也是什麼線索的所在呢？

小王又跟著紙條上的指示到了要買香的地方，這是一個位於山坡上的的製香工廠，周圍茂密的植被足見有多偏僻，出入都只有一條產業道路，小王越靠近就發覺這裡視野良好，可以直接看到海邊，下坡不遠處就是路燈壞掉的地段。

在小王覺得快要走到路途盡頭的時候，看見了一個圍起的欄門，欄內的看門狗先一步察覺了小王的到來，用前腳撞擊著欄門，並不停地朝著小王吠叫，之後立刻有人從工廠內走出，對著小王就是一陣喊。

「這裡是私人土地，沒事快離開，被咬了可不負責。」刺著半甲刺青的吊嘎男不耐煩地喊道。

「我是來買香的。」

「買香？不會去佛具店買啊？這裡沒賣！」

「廟公叫我來的！」

「廟公？哪間廟？」

「和平福德宮。」

「呃，要買什麼香？」吊嘎男一改剛剛的態度，說話也變得比較客氣。

「什麼什麼香？古法做的那種香吧。」

「我知道了，一般的那種吧，等我一下。」

不一會兒，吊嘎男隔著欄門將幾包香遞給小王，並說道：「錢之後一次算就好了。」僅僅只是幾秒鐘，小王聞到吊嘎男身上的菸味中，有另一股無法忽視的難聞化學臭味。

完成交辦的事項，小王將香送回宮廟時，瞧見正殿有身著像是肚兜一樣的衣服的人正在舉行儀式，手持有鯊魚鋸齒般的東西棒狀物，以及狼牙棒往頭上或身上砸，一下子就鮮血淋濤，但周圍圍觀的民眾不但不害怕，反而雙手合掌，更加恭敬地膜拜，這是乩童在起乩，之後民眾便開始問事：

「我爸爸失蹤了，他在哪裡？」

「我看見在一間屋子裡。」

「我的結婚戒指不見了！」

「耐心等待，會找到。」

「我女朋友是不是喜歡別人了？」

「緣分已盡。」

「我想要換工作，適不適合？」

「可以換。」

「彼特幣可不可以買啊？」

「你只有一點偏財運，要靠白手起家！」乩童震怒敲桌。

比較特別的是有個說要驅邪的民眾，乩童便對著中邪的人大聲斥喝，接著拿水潑、用紙丟、拿香薰都沒用之後，乩童就開始打中邪的人，像是把惡鬼打出來了一樣，越打就越正常，所有民眾都十分感謝乩童並且滿意地回去了。

小王在旁饒有興味地聽著，直到民眾都走的七七八八之後才上前搭話。

「這個是一種占卜術嗎？效率真是高。」

「那叫乩童，起乩之後，可以讓民眾問事、驅邪。」

「所有問題的答案都沒說死，這樣問有什麼用。」

「無用之用是為大用。」

「我更正，說不準。」

「說了，就不準。」

「中文真是難啊。」

「比起相信自己，更容易相信別人。」

「那麼那個中邪的是怎麼回事。」

「等等，有人來了。」

接著，主委帶著弟兄們押著一個男子進廟，老魏見狀把小王領到陰影處，觀看著接下來發生的事情。

在廟裡的辦公室內，主委手拿著一疊紙張觀看，眼前的男子被脫得只剩下內褲，雙手後綁，向辦公室的神明方向跪著，剛好也是主委位置的方向，主委對比著資料，一面瞪視著眼前的男子。

「秉樹秉樹，名字取得很好嘛，但暴力、威脅、強暴、販毒、詐騙，什麼能喊得出名堂的你都幹過，只差沒殺人了，這樣就算了，法院還關不到你？如果這行有科舉，你鐵定得狀元！給我打！」

小弟熟練地對男子身上打到會很痛但是不會致命的地方敲打，男子被打得痛苦哀號，不停求饒。

「停，你知道為什麼要打你嗎？」

「不、不知道……」

「你壞了規矩！你爸媽沒把你教好，只好讓神明來教！繼續打！」

男子繼續哀求停手。

「現在知道了沒？」

「知道了！知道了！我不會再跟蹤高小姐了！」

「你瞧，要打才會好，不過口說無憑，你對著神明發誓。」

「謝謝主委！謝謝主委！主委真是大好人！」男子嘶吼著求饒。

主委厲聲喝斥：「去謝神明！還不快點發誓！」

「可是我有思覺失調症，我沒法控制我自己，做那些事的都不是我！我有就醫紀錄可以給你看！」

「不用看，你還沒把病治好那是因為你沒遇到好醫生，但是你運氣還算不錯，我就剛好擅長治中邪，把棒子拿給我，保證棍到病除，越叫越有效！」

男子被主委打得發出有如殺豬一樣的悲慘怪叫，但是並沒有人在意，只認為廟裡又再進行一個正常的療程。

「中邪的就這回事，欠修理。」

「我懂了。」

小王認為圍繞著主委的周邊到處都是問題，無論是那條小路，還是託夢破案，亦或是吊嘎男身上的臭味——很明顯就是毒品的味道，都必須要深入的調查，而這權限只掌握在局長的手上，小王懷著燃燒著的正義感走到局長室，局長先前的告誡相較於不公義的事來說不值一提，小王進入了局長室。

局長室的氣氛一直都是這麼沉著穩重，有如平靜的湖面一樣沉穩，但小王就像是一塊準備投身入水的鎂，要在這裡炸出火花，畢竟他要敲打的對象是在這裡最有權勢的人物。

「局長，我要將馬姓少女失蹤的案件重啟調查。」

「怎麼這麼突然？那件事不是結束了嗎？」

「我有線人給我新的情報，只要局長你許可。」

「你的線人……」

「為了他的安全，我不能透露。」

「是廟公老魏吧。」

「我不能透露。」小王的臉部表情跟情緒控制得很完美，但局長很篤定自己的答案。

「你……不怕嗎？」

「他是賊，我是差佬，是賊要怕差佬吧。」

局長沉思，一面喃喃自語道：「我都快退休了還給我搞這齣啊，這就是廟公說的時間到了嗎……」局長緩緩品著手中的茶，像是在喝人生中最後一杯茶般不捨，像是只嚐到苦澀而不是甘甜，並嘆了口氣：「你要怎麼查就怎麼查，但這責任沒人能幫你扛。」接著示意小王出去之後，室內馬上開始有說話聲，但局長聲音壓低，小王不能聽清楚內容。

小王思索著局長說的話，愛怎麼查就怎麼查像是給了首肯，後面那句責人沒人扛的意思是什麼呢？是威脅自己深入此事會有其他惡果嗎？不然扛責任不應當是上司的工作嗎？

小王知道現在得跟時間賽跑，現在他唯一有的是馬上就會消逝的時間優勢，要趁著趙主委還沒安穩陣腳之前加以敲打，以便取得有利的情報，若局長是在通風報信，那麼就希望局長的電話並沒這麼快打通吧！

小王第一時間就來到土地公廟，但是趙主委畢竟是見過大風大浪的人物，對於小王的到來是一點也波濤不驚、情緒平和，看來小王的期望落空了。主委一樣還是坐在那個主位上，圓桌的其他位置則是坐滿看起來就像是小混混的青年們，就像是騎士簇擁在國王身邊一樣，只是這個圓桌是有位階高低的，並不代表著平等。

「趙主委，在〇月〇日的時候，你人在哪裡？」小王一點也不客氣地馬上開始質問。

「那件事不是已經結束了嗎？有這麼急嗎？我最喜歡警民合作了，慢慢來比較快。」主委背對著小王，一點也沒回頭，開始忙活茶杯茶几。

「我從國外回來的，比較喜歡直奔主題。」

「好啊，那天我跟兄弟們在這裡喝酒唱歌，兄弟們都可以作證，我自首這樣打擾到街坊鄰居，這樣要罰多少啊？還有什麼問題，我知無不言、言無不盡啊？」

「馬姓少女的失蹤案。」

「那事情我也覺得很遺憾，但是真不巧，神明沒有託夢，我也沒有辦法啊。」

「路燈永遠不亮的那路段。」

「我們這很窮的啊，這不是你們得去查的嗎？怎麼找我們這麻煩了？」

「山坡上的製香工廠，有毒品的味道。」

「工廠就工廠，有什麼關聯嗎？我什麼都不知道哦！」主委應答如流，與其說像是排練好，更像是回答無數次，已經刻印在反射反應內的回答了。

「對啊！少給臉不要臉！主委是你能這麼當犯人看的嗎！」一旁的小弟哪能容忍主委受到委屈，逐漸開始鼓譟，一點也不顧慮小王的身分。

「狗假狗威。」小王對著周圍的小弟挑釁著。

「還國外回來！中文都不會說，是叫狐假虎威！笑死人！」

旁人糾正道：「他是說你跟老大都是狗。」

「什麼？我去你媽的！居然敢罵老大！」小弟要動手，但是被趙主委所喝止。

「我們君子動口不動手，王警官你問滿意了吧？趁現在我還壓得住這些小夥子們，快點走吧，不然等會他們激動起來，要幹麼我也欄不住他們囉！」主委言詞說得懇切，但是在眾小弟耳裡聽起來卻像是可以開打的信號，個個像是收到指令一樣開始摩拳擦掌，而小王也對於主委的下手之狠辣心有餘悸，緊握的掌心不停冒汗。

過程中小王雖然看起來是在問著主委，但他的注意力其實是放在觀察周圍人的反應身上，不知情者對於關鍵字渾然不覺，但知情者的神色雖然用高昂的情緒給帶過去，但是仍然讓小王給捕捉到了。而主委的喝止讓小王暗叫可惜，有主委做為抑制力，他們不可能全都一擁而上，一動手那就可以用襲警名義抓捕，到時候一個一個單獨訊問，意志不堅定者很快就可以突破他們的心防。

「及早自首還有減刑的可能，主委你可要想清楚。」

「少來了，小夥子，你能銬早就把我銬起來了，請用茶。」

主委斟了兩杯茶，一杯七分滿、一杯滿到表面張力都浮起了，拿起來一定會把手給燙著，但小王挑了全滿的那杯，不介意滾燙的茶水，拿起來就喝完，深舒一口氣後放下茶杯，甩甩紅腫的手指說道：「我只照規矩辦事。」

「我們都照規矩辦事，神明事有神明事的規矩，年輕人不要太鐵齒，有些事情是科學無法解釋的，像是抓交替啦，遇到了就由不得你不信。」

「多謝主委指教，阿門。」小王畫了個十字之後離開，沒有人敢阻擾。

但當小王離開福德宮沒多久，前方立刻迎頭而來五、六個人擋住去路，手裡還拿著球棒。

小王想避開，但後路也被五、六個人包抄，兩邊的人也陸續出現，約莫二十來人將小王團團包圍。

小王沒想到這身制服對他們的喝止力已經這麼弱，最靠近小王的人裸露上身，身上有著半甲刺青，甚至還可以看見彈孔的疤痕，而這樣的人還不只一個。小王下意識地把手往槍套上擺，同時也想著自己真的開得了槍嗎？黑道怕的比起槍，應該更怕公權力才對吧。

「退後！你們想妨害公務！」

「怎麼會呢？我們是看天色暗，怕阿ＳＩＲ路上跌倒還是被車撞，特別來護送您的！」

「退後！」

「安心啦，我們會好好送你一程的。」

「喂！你們圍在那邊幹什麼！」道路遠方傳來吼叫聲，熟悉的聲音讓在場的人都愣住。

「散了散了！這麼晚在外面遊蕩想幹麼！」局長像是摩西一樣開出一條路，走到小王的身邊。

「局長晚安，我們只是怕這位阿ＳＩＲ不熟路，送他一程而已。」裸身男子換上諂媚的聲音，和藹地回答著。

「送一程需要拿球棒嗎？衣服都不穿好，是想公然猥褻嗎？」

「啊，這是我們剛剛在打棒球，太熱了。」

「晚上打什麼球？打棒球要用到十幾根球棒嗎？你們的球呢？」

裸身男子被問得面容一滯，換上低沉的嗓音回答：「徐老……」

「什麼徐老，徐老是你叫的嗎，叫我阿ＳＩＲ！」局長拍拍身上的制服。

「好，阿ＳＩＲ，你是要袒護外人嗎。」

「他是外人？他是我乾兒子，聽到沒？乾、兒、子，誰敢動他就是動我！」

「老大那邊會很難辦啊……」

「那邊我會去講，還不快滾！」

要打棒球的團體悻悻然地離開，小王看著局長身上被汗水所浸濕，顯然是跑著過來的。

「局長……」

「不要太心急，你從都市來的，還不知道這邊路不好走。」

局長收小王做乾兒子這件事很快就傳開了，不認識的路人也開始對小王打招呼了，不管是什麼事情，這裡居民的態度也轉變成配合許多。小混混也會特意避開小王，只要局長還在，那肯定不會有人敢動小王，小王就這樣過了一段安穩時間，直到有一天。

局長沒有來上班。

突如其來的失蹤令整個局裡都不知所措，局長再怎麼說都是當地最高公權力的象徵，如果有人敢動他就等同向公權力宣戰。小王直覺認為這件事與趙主委脫不了關係，但資訊過少，事情又發生的太快，小王沒有足夠的時間與材料來判斷誰是誰是友，然而在這時候，剛好能為小王解惑的事情又發生了，勝傑找到了小王，並遞給小王一張紙條，上面寫著：速至廟、獨自。

小王猶豫著，在廟裡的那批混混根本不怕警察，如果獨自一人到那邊又沒有局長做為抑制力的話，很難說不會出什麼事情，姑且不論廟公的行為每次都令他感到十分困惑，這紙條是不是真的是廟公所寫的也無法辨別，打通電話不就得了嗎？

加以權衡之後，小王還是決定動身出發，在這裡他的朋友還是太少了，而相對於所有人，廟公似乎是可以相信的對象，就算他每次講話都神神祕祕的。

小王穿著便服，戴上口罩、墨鏡與帽子，低調地前往福德宮，看見老魏站在偏殿內祭祀關聖帝君的桌前，愁眉深鎖地望著在桌上的一個沙盒以及一張宣紙，上頭皆寫著小王無法認識的字。

「小王？你幹麼穿成這樣？」

「我不想中途被人認出來，現在感覺蠻危險的。」

「這島就這麼大，會想這麼喬裝的也就你一個外地人，太好認了。」

「你在做什麼？」小王想起路上的確沒有任何跟他類似打扮的人，連戴口罩的人都沒有。

「這是扶乩。」

「扶乩？」

「一種降神術，神明借體寫字，然後用字來推斷結果，局長找到了嗎？」

「你怎麼會知道……」小王後退一步戒備，但想想沒有這必要。

「我想也是找不到，他命中註定有這場災難。」

「局長在哪裡？」

「他沒託夢給我，這樣還有救。」老魏嘆了口氣。

「聽不懂你在說什麼。」小王似乎開始習慣老魏的說話風格。

「我寫了幾個可能的地點，有勞你去找找。」

「下次你可以考慮打電話，會快很多。」小王拿過紙條，衷心地建議。

小王尋找的過程並不順利，紙條上的地點已經越來越少，如果以預言不準確的這點來說，會令小王在老魏身上感受到一絲人味，但小王這時候更加希望可以找到局長，若局長出了什麼事，小王會認為絕大部分的過錯應該在自己身上。

當紙條上的地點只剩下兩個時，勝傑又找到了小王，並給予一張新的紙條，上面只寫了一個地點。

局長十分專精於釣魚，這島上的海岸哪邊水有多深，局長都很清楚，也時常將磯石的危險性告誡想去釣魚的朋友，即使水面上波瀾不驚，水底下的暗潮洶湧則是察覺了往往也來不及。

局長是被磯釣的釣客發現的，以令人遺憾的形式卡在磯石的縫隙中——就在平時他最愛的位置附近，他的身軀因泡水而浮腫，或因沖刷、魚蝦啃食、岩石摩擦，殘破的皮膚令人不忍目睹，原本慈眉善目的臉龐已不復存在，沒有被沖走的瓶瓶罐罐像是在強烈凸顯自己是事件的主因。

在會議室內，阿陳與小王以及對局長有深厚感情基礎的副局長與林姓警員一起看著局長的相驗報告，判斷是酒後失足落海的意外身亡，這讓副局長與林警員覺得錯愕。

「局長的死因是酒後失足落海？局長都多久沒喝酒了！」林員警憤怒地丟著報告。

「血液裡面有酒精，或許是因為什麼壓力大而去喝酒吧？」阿陳回話。

「民眾還說是抓交替，都什麼時代了！」

「民眾沒辦法啦，他們會說是寧可信其有嘛。」

「一定是趙主委搞的鬼啦！」林警員忿忿不平地說道。

「沒有證據有什麼辦法。」阿陳無奈地表示。

「管他有沒辦法！我要去揍他一頓！」林警員起身就走，阿陳攔在林警員面前，勸林員警冷靜但是沒什麼效果，接著副局長也走到了林警員跟前。

「拜託你不要攔我，我一定要去出口悶氣！」

「誰說要攔你了，我跟你一起去。」

「副長都這麼說了，那我也一起去吧。」阿陳嘆了口氣，於是四人便一起前往福德宮。

很快一行人就到宮廟準備興師問罪，一進山門，就進入悠揚的誦經聲之中，意志堅決的一行人並沒有受到影響，直到他們看見這事在做局長的法事，三名員警的情緒瞬間被悲傷所淹沒，像洩了氣的皮球一樣萎著不動。

小王發現趙主委，但現在只有他一個人繼續邁步向前了。

「我對這真的很遺憾，局長差點就退休可以享清福了。」

「局長很久沒喝酒了。」

「我知道、我知道，大概是有人帶給他太多麻煩，不得不以酒澆愁吧。」

「我會查個水落石出。」

「呵，不到黃河心不死、不見……你加油啊，什麼時候想學倒茶，我都可以教你，不燙手的那種。」

「明明有這麼多賺錢方法，為什麼你就得挑這條？」

「錢滾錢是那些聰明人玩的遊戲，我們這種老實人只能腳踏實地的賺錢。」

「錢來得髒，髒錢你怎麼能花得安心啊！」

趙主委在小王耳邊低語：「錢就是錢，來得髒也可以花得乾淨，做功德的錢會有髒的嗎。」

小王心想，主委的說法像是委婉地承認是自己做的，但這些用詞即使用密錄器錄下來也無法當成證據，若要這隻老狐狸親口承認是他幹的更是沒可能，而這樣有恃無恐的態度是因為他身旁有一層層的保護，隨時都可以找到斷點脫身，如果想要將主委繩之以法，那麼必須降剝洋蔥一樣將外頭的保護層一片一片剝掉，途中還不能打草驚蛇，而且這速度還要快、規模還要大，全部一鍋端了，讓他們不能內外互通聲息，失去外面有人會救他們出去的安心感。

第一步，得避免主委每次都做好準備或先發制人，那就得先將在主委安排在自己身邊賊頭賊腦的監視者給剷除，把主委在局裡的眼睛耳朵給弄沒了！

警局因為局長的死亡而士氣大挫，判斷死因是意外，但知情人都知道是誰搞的鬼，只是要報復性地掃蕩黑道也會因為師出無名而被當作是擾民，何況還有一位議員是站在對方那邊的。小王不知怎麼找到突破口，於是決定前去找廟公，也許這次再幫神明做點什麼事，神明就又會給自己啟示——給啟示的是誰都無所謂。

宮廟外設著局長的靈堂，局長沒有妻子孩子，老魏代為守靈，小王逕自往老魏的方向走去，不等老魏開口，小王先提問了。

「為什麼一開始不說局長在哪。」

「託夢的才找得到，他還在水底迷了點路。」

「你……」這說法讓小王不太舒服。

「你是他兒子，去把局長家的牌位請來，讓他們移到聖賢祠，跟著佛祖修行。」

「我沒空去做這些迷信！」

「這是幫神明做事。」老魏的聲音堅定莊嚴，令人難以拒絕。

小王思索著這句話不就是自己來的目的嗎？接著點點頭便出發。

小王到了局長家，卻發現局長家門早被破壞，屋內的雜亂更不普通，衣物被攤開並堆在一起，書本看來散落一地，還有幾張被撕毀的書頁，能開的抽屜都被打開，沙發還被割破，幾面牆上有著被敲打出的裂痕，以及地上幾塊磁磚也已破碎，與其說是被行竊，不如說是被地毯式搜索了。

「我該早點來的。」小王遺憾地看著周圍，並將神桌上的祖先牌位給拿走。

小王沮喪地回到宮廟，認為局長家一定有什麼重要的線索，但因為太晚察覺，八、九成已經太遲了，不禁對老魏一陣抱怨。

「如果這裡沒有電話的話，我捐一支。」

老魏沒有回應，專心地誦經，並準備著移靈的儀式。

「過來，把神主牌拆開，把裡面的名字抄寫到紅紙上，然後寫上徐老的名字。」

「我來做？」

「徐老沒有親戚，你是局長乾兒子，不是你做誰來做？過來！」接著就將筆插在小王胸前的口袋中。

小王想起局長對他的確頗為重視，而這次的意外也許導火索就是自己，抱持著愧疚的心情依照指示做事，老魏得以專心誦經，並將音量加大了點。

神主牌就像是一塊木匣，打開之後有數張紅紙在其中，上頭會寫著家族逝者的資訊。小王小心翼翼地打開，取出其中的紅紙，一塊記憶卡掉了出來。

老魏將手輕輕壓住掉出的記憶卡，然後舉起手豎起食指，放在脣邊，誦經的聲音則是沒有中斷過。

小王拿起記憶卡，在拿筆的時候將卡片放進口袋，繼續完成剩下的儀式。

儀式完成，小王像是祈禱一樣合掌，對著局長的牌位輕聲說話，接著對老魏道謝。

「如果局長沒收你做乾兒子，現在在這的就是主委了。」老魏說畢，背對著小王遙望遠方，彷彿像是在看著那美好而不會重現的過去。

過去那時，局長跟主委都還年輕，局長是老實的公務員性格，對於無傷大雅的事情往往都睜一隻眼閉一隻眼，給了民眾很多方便的同時也扛了很多黑鍋，但也因此累積的人脈讓他的仕途更加順遂；主委則是當地像是調解人一樣的存在，專門處理對於白道來說非常難以應付的事：像是仗著資訊落差，動不動想告人嚇人的訟棍；主張自己只是路過卻實際在跟蹤的噁男；欠錢不還的無賴，之後兩人一黑一白、合作無間，將這地方在短短數十年間打理得安定又有序，儘管遵守的不見得是法律而是當地的規矩，但對於民眾來說，有著穩定的生活的話，那麼犧牲一點公平正義又何妨呢？

縱使警局內都因為局長的逝世愁雲慘霧，但是局裡的業務依舊不能因此而停擺，過了幾天，到了要將證物室的毒品送到焚化廠銷毀的日子。

「少了一包？」交接的運送人員在清點時，不禁喊出聲。

「怎麼可能？」管理證物室鑰匙的阿陳瞪大眼睛，看著交接人員在他面前清點了一次。

「應該是掉在證物室裡面了，我去找找。」阿陳回到證物室翻找數分鐘無果，撥通了電話。

在運送人員等待到百無聊賴時，碰一聲巨響驚嚇到局內所有人，一名渾身酒味的男子開車自撞警局外牆，並且進入警局大吵大鬧，吸引了所有人的注意。男子力氣雖大，但還是抵不過三四名員警的聯合制服，一場小騷動很快就平息了。

「掉在證物室的一個角落，真的很難找啊！」阿陳將一包毒品遞給交接人員。

小王從交接人員手中奪過這包毒品，俐落地打開並鑑識，阿陳根本來不及反應。

「這不是毒品。」

阿陳大驚失色，沒來得及辯解就被小王身邊的人壓制，同時小王也拿出密錄器。

「這個，放在證物室裡面的，沒注意到吧。」阿陳面孔由白轉青，知道說再多也沒用了。

「我要你老實交代，是什麼時候開始、跟誰、還有還有……」

詢問的過程很順利，阿陳交代了自己是如何監守自盜，以及還有哪些警員與主委有互通往來，最為令人震驚的是——局長的遇害是阿陳下的手。

阿陳將安眠藥混入局長的茶水中，然後在沒人的時候帶領到案發地點，注射酒精之後再推入海中，而關於如何解決指紋還是監視器之類的方方面面的問題，對於身為員警的阿陳來說根本是小菜一碟。

林警員一拳將阿陳鼻子給打出血來，怒問：「局長哪對你不好了？」

「沒有不好，是我被鬼迷了心竅，我很後悔。」

「這麼說起來，當初丟失了一包毒品，其實是你幹的？」副局長問道。

「那次是真的丟了，我就怕被罵，拿了東西魚目混珠，沒想到過關了。」

「我們是相信你平時的人品啊……」

「我知道，所以我心存僥倖了。」

辛苦人做生意是沒有一刻能得閒的，不管發生什麼事情都一樣，就如俗話說的：殺頭的生意有人做，賠錢的生意沒人做。現在是個無風無雨的夜晚，路燈依舊不亮、漁火依然點點，不一樣的是海面上有著離群的小船，正緩緩朝著岸邊飄來，沒有聽聞馬達聲，而是輕微的船槳拍打海面的聲響，漁船上的五個人都頭戴頭燈，下船之後就朝著沒有路燈的路段前進，在路上留下海水的積水，然後轉往製香工廠。

「這麼晚還遮遮掩掩的，他們幹的肯定不是什麼好事！非奸即盜。」小王對著與自己一起埋伏的警員說道。

等到五人開始進入工廠，埋伏的警員們要來個甕中捉鱉。

為了確保這次的突擊行動可以成功，因此將阿陳的口供中的臥底警員也排除在外，可以動用的警力只剩下四分之三，雖然是間小工廠，但包圍網不見得能盡善盡美。在五人進入工廠到一半時，趁門還沒闔起，眾人縮緊包圍網突襲，而看門狗率先發現了眾人，開始狂吠起來。

突擊的警員手臂與小腿帶著護套，讓看門狗無法對自己造成傷害，守門人倫起拳頭與警員一邊格鬥一邊大喊，屋內便冒起了火光，並且傳出濃厚的化學臭味。

翻牆逃跑的被在外待機的警員伏擊，此時傳來小貨車發動的聲音，小貨車無視有沒有人與門欄，直接要撞開逃亡，但是崎嶇的山路又布下了雞爪釘，一下子小貨車便失控打滑，自撞路旁的樹而停了下來，駕駛撞暈在座位上。

小王經過小貨車旁時，眼角撇見很有印象的車牌號碼：車身上漆著的○○○—XXX，正是勝傑所說他發誓沒有看錯的號碼，而在其下的真正車牌號碼則是沾滿汙泥，難以辨識。

有一個身上背著箱子的人被警員撲倒後想要將箱子扔給同伴，但是卻無法取下，取得這個證據已經罪證確鑿，但人還是一個都不能放跑，在這裡要偷渡出去實在是太方便了。

警員取得了勝利，即使這勝利還不能公諸於世，但這工廠的主人一定知道接下來等著他的會是什麼。

趙主委一早醒來的美好心情馬上就被壞消息給打爛了。還不用擔心被抓的人會出賣自己，這段時間賺的錢夠安幾百個人的家了——何況手下也不見得有家可以安，設施與原料的損失更令主委覺得心疼，畢竟想入這行的人自己就會屁顛屁顛地跑過來，但設施跟原料不花錢可是生不出來的。

本來主委指揮若定，這種場面說起來也不是第一次碰見，只要把最上面人的頭給摸好，底下自然就沒事了；或者是把關鍵的人證給搞定，這樣也可以有驚無險，可是這次的情況似乎不太一樣。

主委拿起電話撥打：

嘟……嘟……嘟……

臥底的電話沒有回應。

「欸，是農議員嗎？我老趙啦！」

「議員不在喔！」說完立即掛電話，而且再也打不通。

主委想打給局長，但一瞬間才想到局長已經不在了，不能再幫他喬事情了。電視上除了看到自己的手下被抓還不能保釋之外，剛剛說自己不在的牆頭草議員正在開著記者會說要對著黑道宣戰。

「恩將仇報！白養你了！看你下一屆怎麼選！」主委將鞋子對著電視擲去，但是沒有造成傷害，農議員仍然對著麥克風罵著黑道。

主委想反擊也不知道要朝著誰反擊，這樣鋪天蓋地的陣仗像是要把自己給連根拔起，頓時讓主委感到全世界都是敵人與叛徒，恐懼充斥著他的全身。主委作夢也沒想到，以前幫自己留的一條後路會有派得上用場的一天。

偷渡，搭遠洋漁船偷渡到菲律賓，存在國際銀行的錢也足夠主委過好生活一輩子，只是就是得躲躲藏藏，說不得還會被當地人所欺負。

在主委最後下定決心要離鄉背井時，不知是幸還是不幸的消息傳來：

不幸的是船沉了。

幸的是還沒搭上船。

主委口中忍不住低吟著：「天意？」

陣頭弟兄們還在努力練習，對於發生的事情渾然不知，即使帶團的師父還是幹部們不見蹤影，依然遵從著每日的日課而不斷操練，然而員警已經埋伏在周圍，等待他們解散的那一刻以各個擊破，雖然現在他們可謂是群龍無首，但若其中有一個人跳出領導抵抗，那就可能會發展成大夥都不樂見的流血衝突。

每位執行的員警都瞄準好了目標，雖然陣頭人數不少，但扣除小打小鬧，真犯下刑事案件的人其實不多，多數青少年還是只是為了朋友、義氣、忠心而不顧一切的熱血漢，只是不帶腦子的熱血往往會被奸巧之人所利用，小弟賣命、老大發財。

「○○時○○分，逮捕昌仔，罪名詐騙。」

「○○時○○分，逮捕阿勇，罪名重傷害。」

「○○時○○分，逮捕阿文，罪名違反槍砲彈藥管制條例。」

……

……不斷傳來的捷報並沒有讓小王的心裡變得好過，如果說趙主委是頭，這些青少年連手腳都稱不上，只是一件一件無知又可以替代的好用工具而已。

勝傑退出了陣頭，專心打工，期望努力轉正職，本來以為要退出江湖，除了要上繳一筆可觀的費用之外，還得挨上一頓幸運的話只要躺幾個月病床的打，但可以這麼不傷一分一毫地退出感到神明保佑。隨著時間經過，女孩將他給供出來的可能性也越來越低，但心中的罪惡感時不時化作女孩的冤魂而夜不能寐，就算廟公說沒有託夢，找不到人代表還活著，也起不到一點安慰的作用。

勝傑找了份大夜班的差事，即使夜間來店的多數是些三教九流，不過比起罪惡感所形成的恐懼來說，這樣的夜晚有人陪也比一個人來得好過，直到他對小王喊出了歡迎光臨之後。

「馬姓少女的案件，需要證人。」

「我怕。」

「不用害怕，政府會保護你。」

「我有聽過老大們說，被告不用怕，把證人搞定了就沒問題了。」

「他要被起訴的案子已經夠他在牢裡養老，我是來救你的。」

「我？」勝傑並不知道自己有犯什麼罪要吃牢飯。

「馬姓少女，你想把自己關一輩子嗎。」

「至、至少她還活著吧？」

「就算活著，也不知能不能再回來這裡了。」

勝傑沉默不語，小王明白這件事是強求不來的，乾脆地離開留給他思考的空間。

趙主委一手拿著酒瓶，失魂落魄地回到和平福德宮，這一個原本熱熱鬧鬧的信仰中心，現在卻是乏人問津，其他委員不是被逮捕就是怕被波及，除了廟公之外都暫時去避避風頭了，陣頭團體其中做出暴力脅迫之事的也被移送少管所，趙主委經年累月所構築的城堡、軍隊，皆被一一拆解，一手扶持起來的阿農議員這時反而精明起來了，完美斷尾求生、避不見面，唯一等待主委自己的只有一紙通緝令。

主委最後的城堡就是這間廟了，主委漫步走著，摸著每一磚每一瓦，輕輕撫著、讀著磚瓦上記載著的貢獻者的名字。

「劉〇〇捐贈，當時他還是個小娃娃，我看著他長大的。」

「張〇〇捐贈，還記得他當時身體很不好，是來這拜拜之後才改善的。」

「關〇〇捐贈，他年少時搞出了不少事情都是這裡來擺平，後來發達了之後捐了根柱子。」

…………

……

主委邊讀邊回憶，邊笑邊哭著，若在往常，這些回憶就足夠主委配好幾瓶酒，但現在卻是苦澀地一口也喝不下，但也只有酒精才能讓他暫時忘卻現在自己的困境。連他自己也不明白自己是在哪邊走錯路，明明自己就是一個樂善好施、急公好義、敬天愛地的大好人。

「到底是哪邊出了錯……」趙主委自言自語。

「為了幫助那些失學少年，我創辦民俗技藝團，讓他們有一技之長之外還傳承了傳統文化……」

「地方上有糾紛我都當仁不讓，一肩扛起調解的責任……」

「不管大事小事我都有聽神明的話，我問心無愧……」

「逢年、過節、慶典、法會，禮數從不吝嗇，辦得又盛大……」

「我這麼虔誠，怎麼可以不保佑我……」

「我可以安然度過這個難關嗎？」

主委擲筊，怒杯。

怒杯。

怒杯。

怒杯、怒杯。

隱筊。

主委求了廟內所有神明一輪，結果都一樣。主委的臉痛苦地皺在一起，像是被拋棄的孩子一樣崩潰大哭，甚至看見燭火便起心動念，想要一把火把這些不知感恩的神明給燒了，或者讓這些神像全都變成水流公。

「沒道理啊！為什麼啊！」主委憤怒的吼聲繞了殿內一圈，回音微弱飄渺。

「冥冥之中自有定數。」聽著像是廟公老魏的聲音。

主委環顧四周，並沒找到老魏的人影，但發現有一絲皎潔的月光映射在一棵榕樹上，榕樹上擺著的紅布鬆開來了，像是條紅絲巾一樣隨風飄揚。

「為什麼要販毒。」

「兄弟們平時不花錢，一花錢開銷就大得不像話，我沒賺這錢其他人也會賺，那不如我來賺！」

「為什麼要殺人。」

「那女的？我們沒殺她啊！只是讓她到國外去！沒有殺！」

「為什麼要害死局長。」

「我有擲筊過，神明說可以！」

「胡說！」

「我怕啊！我做的什麼事他都知道！如果他退休之後忽然良心發現，那我要怎麼養我手下的人啊！」

「實話！」

「我不想被關！我想要繼續享受！」

「知道自己哪裡做錯了嗎？」

「我！我沒有做錯什麼！就算我有錯，也功過相抵啊！」

「功過不會相抵，兩邊都會得報。」

跟神明說話代表自己很虔誠，神明跟自己說話那代表的意思就不太好了，主委的精神狀況就是如此，隨著一句句問話，主委不由自主地往榕樹走去，像是被驅使、像是被控制，控制主委的是自己？酒精？罪惡感？還是神明？主委不得而知，但是他很快就可以繼續問了，主委將脖子掛上紅布，雙腿一蹬，隨風飄盪，掉落的汙物像是主委此生最後的抗議。

次日，一早來廟裡參拜的民眾剛入山門，就發現了有人上吊，警方迅速到場拉起封鎖線，而這消息很快傳遍了這小地方，主委生前受到眾人敬畏，而死狀卻是如此悽慘，因此有熱心民眾提議將主委靈位請入福德宮的聖賢祠，用祭拜封神的方式來避免主委作祟，但很快就被廟公引用道經等諸多典故而否決了。剩下比較靠得住的委員也紛紛回到了崗位，只是主委這位子應該會空下來一段時間了。

小王對於事件結束之快感到出乎意料，而主委的死更是他難以接受的，在他的想法中，做壞事需要受到懲罰、付出代價，但是只有一次、一時的死亡並不能與之相抵，更何況是想利用這達到滅口目的的幕後黑手。廟公老魏雖然幫了小王很多忙——即使是間接的提示，但他知道這麼多，最後事件結束卻是絲毫未損，令小王不禁懷疑自己是不是成為老魏操控的工具。

「廟有什麼意義嗎？」

「人總會想找些什麼來信，但是只會看到自己想看的東西。」

「你都知道吧？」小王問道。

「神明知道。」

「如果神明知道，為何不一開始就別讓主委走歪。」小王放棄關於神明的話題，順著老魏說話。

「當你問神明的時候，神明才能回答，但是神明只能回答是、否、無。」

「是就是、不是就不是、不知道就不知道，很難嗎？」小王反問。

「我不知道該不該做壞事，擲出聖杯的話，該做壞事；擲出笑杯的話，晚點再做壞事；擲出怒杯的話，不該不做壞事。」

「你這什麼解釋，這樣有問神明的必要嗎？」

「是啊，要聽神明的話，他沒聽，如此而已。」

小王一如往常地去進行巡邏的工作，本以為將大惡給剃除之後，這裡會平靜許多，但需要調解的小紛爭卻是增加了，就像鯨落之後的生物聚集在這塊肥肉處一樣，只是有別於海底食腐性生物們的分工，像是有的專吃肉、有的專吃渣渣、有的專吃骨髓那樣，是專屬於貪婪者的勝者全拿，獨吞獨享的暴力競爭。少了抑制力之後，小惡黨們開始成長茁壯，吸收脫離陣頭的小混混們，拓展自己的勢力範圍，這裡變成了一個沒有規則、沒有底線的戰國時代，是野心家的天堂、是平民百姓的地獄。

「呦，許老闆，最近生意如何啊？」小王與攤販打著招呼。

「還可以，我現在很忙。」許老闆聞聲便低頭整理魚貨，對小王不管不顧。

「劉小姐，你丈夫的傷還好嗎？」

「這是偵訊嗎？警察得過問別人家務事嗎？」

「有話好好說，你們別動手啊！」小王阻止鬥毆。

「呸！都市俗，關你外人什麼事！」鬥毆的兩人異口同聲地回答。

小王拚盡全力去使這裡風平浪靜，但民眾對小王的業務也開始不配合了，原本會打招呼的路人也全然消失，從他們的眼神與態度，小王沒有感受到感謝、憎恨，或是任何一絲其他的情感，就如同小王一開始到來那樣——看一個外人，少了局長的紐帶之後，他就只是一個從外地來的警員。

攪亂的池水終究會風平浪靜，守著傳統也只是為了追求平靜，但人們難以逆天而行，會輕易地被潮流所沖走。日後此地台灣國際造船公司的進駐勢必會帶來新舊觀念的衝突，甚至是改變這邊的經濟型態、生活型態，如果安穩是人的天性，那麼人最後總是得接受改變。

小王也是。

短評／〈聽神明的話〉

羅士庭

〈聽神明的話〉融合了民俗信仰、地方發展、正義遂行、神諭辦案（可視作機械降神變體）等元素，情節有致，劇情張力豐富，實為秀異之作。

這篇小說讓我聯想起了尤・奈斯博「挑戰莎士比亞」系列的《馬克白》。兩者與莎翁原著有著相似的悲劇（復仇）主題與發展脈絡，馬克白的獨白「以不義開始的事情，必須用罪惡使它鞏固。」或可做為全篇註腳。圍繞著不義，人力不及之事，作者以全知的神諭（即使背後可能仍是人欲操作）做為解決手段，熟悉台灣社會事件的讀者，閱讀至此一定會欣然點頭。

作者對地方勢力角力及其背後的妥協與運作著力甚深，然而比較可惜之處是做為開篇事件主體的少女失蹤案件在中後段略顯失焦，讀者難以跟隨事件進展慢慢窺探出地方勢力背後的龐大結構，而主要由敘述者的主觀經歷帶過，兩端略顯不平衡，也少了點解謎緝凶的樂趣。然而劇情高潮作者表現得相當精采得宜，例如主委末尾的獨白以及《童謠凶殺案》般的結局；局長與主角在海邊釣魚時語帶機鋒的談話，以及後續局長收主角為義子，託其實現正義；莫測高深，彷彿一切看在眼裡，卻藉神明之口遂行正義的廟公；以及讀者竟讀後契合篇名〈聽神明的話〉的「人在做，天在看」之感，劇情起伏與連接皆讓人有閱讀三幕劇的愉悅感。

在決審的所有作品中，我想特別稱許本篇的地方性。我心目中的地方性的定義很簡單：「這個故事只能發生在這裡，換成別的地方就不成立。」對我而言，〈聽神明的話〉正是這樣的一篇作品，它面對及處理的，是我們熟悉的人事，是我們生活的風土，並在此之上做出了精彩的戲劇性表現，做為復辦的第一屆林佛兒獎，我認為非常符合宗旨，十分期待未來能再拜讀到更多作者的作品。

不孤獨的武林：第五屆林佛兒文學獎評審會議側記

簡君玲

罽賓國王得一鸞，三年不鳴，夫人曰：嘗聞鸞見類則鳴，何不懸鏡照之？

二〇二二年初夏的週末午後，筆者有幸見證了第五屆林佛兒獎的決審會議，華山論劍，僅為提拔類型小說新人顯現刀光劍影，只願真正厚愛，但望無扼才子。

在侯孝賢導演鏡頭下的刺客女俠聶影娘，以寓言開展一個武林中人修道之路的孤獨，與終究孤獨的心境。誠然，寫作之路漫漫，孤獨之路成就作品，身心都要投入大量與自己、與作品中開創的瑰麗宇宙對話，而推理以至犯罪類型小說在華人創作圈裡，既以類型而讀者擁護之心堅定，亦因類型而創作者的修練之路更將特別。然而，在評審會議的交鋒中，創作者、研究者、改編者各自提出不同偏好的犯罪小說寫作技巧，一一點評，鳳鳴呼應，將為這些創作新星指點創作道途上特別的武功心法。

在場評審除了犯聯主席既晴老師必須登高一呼外，創作前輩葉桑老師，專業編劇王卉竺老師，研究學者劉建志老師，文壇新星與資深翻譯羅士庭老師，各路高手，齊聚一堂。望聞問切，對於作品雖難免皆有所指點，但更多的是愛才之心下期待作品可以如何更臻完整的推敲斟酌。

貫串評審會議中的是文學獎的精神指標，延續前四屆林佛兒文學獎在地化的精神，第五屆林佛兒文學獎強調推理性、在地性、社會性、可讀性。既晴老師、葉桑老師對作品筆下警察局地點、組織情況、任務分派、互動潛規則、警察辦案粗細……等的討論，精彩萬分。深究作品準確度，反覆確認可行性，再疊入警方辦案能力高下對作品的效果影響，評審們彷彿自建人體地圖導航，犯罪與偵查的最佳路徑，信手拈來，如數家珍。在現場見聞者，彷彿見到各家獨門祕笈的展演，驚豔難忘。

作品可讀性的檢視，諸如有關於架構布局的份量，詭計揭曉前後的呼應，角色設計的斟酌，增添了卉竺老師以畫面感、影視化的可行性思索，也為短篇、中篇小說的創作營造，提供了更集中火力的建議。於是評審們暫時化作讀者，檢視作品中偏愛但或許得於此篇割捨的角色，也或是尚待發展的空間如何及早處理入場節奏，都是作品在最終名次上下斟酌時分，以小見大的關鍵。旁觀評審討論，也不禁感受到成熟的創作者在調度場面的下刀精準，能捨能放，實非一蹴可幾之功力。

而有關謎題的醞釀，和了解謎手法的揭露，則考驗著參賽者在推理與可讀性的拔河，而作品最核心所觸及的篇旨，又有社會性的人性討論與在地化關注的議題的挑戰。在不同選材的創作中，共同競技，考驗著評審對於各類素材的素養與積累，或雅、或俗，皆能觸及。建志老師、士庭老師，往往在反覆謙稱自己於某個領域並非專門後，實能深入討論辯證素材運用的合理度，或能引古典樂章演奏的編排，或能思索書籍運用的社經背景，旁徵博引，如博物誌開展。

評審們也細細逐一就篇章的謎題細節討論，特殊檢索功能的設定、捷運路線的編排、宗教素材的雙關指涉運用、虛構的世界觀、陣頭的文化、犯罪所在的地點、警察辦案的順序邏輯……等，更進一步討論且反覆檢視，各篇作品中的小宇宙，有評審們期待未來捏塑的模樣，彷彿讓人可以想見更成熟的作品，在不遠處醞釀著。評審的用心深切，相信台灣推理小說第一人的林佛兒老師若天上有知，大約也會欣喜於在其創辦《推理》雜誌與林佛兒文學獎之後，今日有了培植台灣推理小說創作的承繼薪火吧！

成為專職小說家後不久，我開始慢跑。

村上春樹有兩件堅持了許久的事情，一是寫作，一是慢跑。起初或許是為了平衡長期坐在書桌前需要運動的身體狀態，但漸漸地，他發現跑步對他來說是維持心靈健康的重要方式之一，一天至少一小時，和自己相處，凝視自己便可的寶貴時刻。寫作是孤獨者王國裡的子民，無論短篇或長篇，免不了身心的挑戰，很多時刻，確實是創作者的一次次試煉，然而，在犯聯勇於承擔辦理的林佛兒文學獎第五屆決審會議中，讓我相信推理、犯罪類型小說的創作路上，在台灣，有志者，想必將並不孤獨。

林佛兒獎決選會議紀錄

決審委員：王卉竺、既晴、葉桑、劉建志、羅士庭
主持：洪敘銘
記錄：黑燕尾
攝影：八千子
列席：簡君玲

決選入圍作品：〈踏繪〉、〈來自失樂園的危機〉、〈命運之聲〉、〈聽神明的話〉、〈來者〉、〈諸神之舟〉共六篇作品。

◆〈踏繪〉

既晴　讓我印象深刻的地方是人物的塑造。故事背景是一個畫家遭遇的事情，我個人認為作者在描寫犯罪動機和犯罪行為時，以及後續面對警察的心理變化，這些層面的描寫很深入。再來就是故事的主軸是畫作，也把標題「踏繪」的意涵發揮得非常徹底。

中間其實有一些比較類型化的手法，這裡處理得也滿出色的，包含懸疑感、和警方之間攻防或支付綁架贖款等過程。其中有個頗有新意的部分，就是用電子貨幣進行交易，其實這在過去台灣的創作裡是比較罕見的。我覺得這篇作品不管從人性的描寫還是類型表現等方面來檢視，整體比較平衡。以上是我給它第一高分的原因。

劉建志　如同剛才既晴老師所說的，這篇的主題非常傑出，作者鎖定了「踏繪」這個文化現象，也把這個文化的背景描述得很好，而且整個故事的高潮也是聚焦在這裡，非常有劇情張力，我認為如果把它影視化的話，這裡會是個吸引人的亮點。

除此之外，整篇作品不管是文字還是情節都很通順，只是唯一讓我覺得有點小小遺憾的地方就是結尾的部分。我覺得作者在結尾想要醞釀開放式的結局，但最後並沒有表現出採用開放式結局的目的是什麼，這一點也讓故事在收尾時有些弱化了，整個故事好

像沒有「定」下來的感覺。

最後是關於在地性，雖然作品中也有提到台南、台中、淡水等地方，可是和其他篇比起來，可能對在地生活情景或民俗的描寫比較沒有那麼深刻。

王卉竺　我主要會以影視的角度來看故事。這篇確實在畫面感上比其他篇還更具備影視化的潛力。還有一點很重要，它是在入圍作品中，把角色動機描繪得最成熟的一篇。

前面的部分，有關男女主角之間為何會由愛到恨，作者將這個層面描繪得非常細緻，這在推動影視化的時候其實是關鍵。我們經常看到有些小說作品在影視化之後會出現很大幅度的改動，很多時候原因都出在角色動機這一點。而這篇故事在這個地方的扎根很深。

從懸疑點的鋪陳一直到最後的真相揭露，以三幕劇來說，就如同既晴剛剛說的那樣，它的配置是很平衡的。

葉桑　這一篇從凶手接到電話後懸疑氛圍就出現了，整個過程的確有峰迴路轉的樂趣，但我認為伏筆似乎有點少、缺少解謎或分析過程，大概就只有加密貨幣、任意進入家門等等，後來直接由凶手自白這一點我也覺得不太妥當。

這篇在探討夫妻之間的問題、都市愛情觀、兄弟之間的親情等都下了工夫，所以對於社會面的表現我是給予好評的。相對來說，就像方才劉老師的評語，在地描寫的部分就比較可惜。

男女主角相遇時，女主角突然提到踏繪，我覺得不是很自然。踏繪的意義是過去教徒為了生存而不得不接受踩踏聖像的檢驗，但是我看不出這個題目在本故事中跟男主角的關係和意義。作者也沒有交代男女主角之間關係改變過程的細節，所以我覺得不光是結局，就連角色內心的糾結也都是開放式的。

羅士庭　我自己在閱讀時是滿注重娛樂性的，故事的張力能否帶著我走到最後、讓我非得知道究竟發生什麼事不可，這點非常重要。在本屆的作品中，這一篇最能帶給我這樣的感覺。

雖然我們一開始就知道凶手是誰、也多少能推測大概是在處理屍體的過程中發生了某些意外，但既晴老師剛才也提過，作者在諸多類型手法的處理上是成熟的。處理的方式或許不是創舉，但是和踏繪這個主題、藝術家的身分、情愛糾葛等做了一個滿好的結合。作者對過程中的各種調配和節奏運轉等都很嫻熟，所以一路讀下來，我認為這一篇的張力和娛樂性最為出色。

我覺得這篇也是將拋出去的線收得最好的一篇。包括動機，還有中間打電話跟自由進出這些時序面的部分，處理都相當完善。不過動機可能會造成讀者的評價分歧，我個人是接受的，所以我給了高分。特別是當我看到女主角陪弟弟看房子這條線被回收的時候，也讓我驚覺作者確實在前面已經提示過一次了。前有提示、後續回收，所以我可以接受這樣的安排。

結尾可以再稍稍調整一下，不過這裡關於正義的辯論，也就是其實警方只是要提供一個合理答案給社會大眾，他們要的未必是真正的正義。當時是跟藝術家討論的，最後又跟弟弟再來了一次。所以藉由這樣的重複表現，也讓我感受到作者將主題再次強調了一回，這樣的處理手法很不錯，這也是我給它高分的原因之一。

最後，我個人非常期待〈踏繪〉的作者繼續寫下去，我會非常期待能再看到這一位的創作。

◆〈來自失樂園的危機〉

劉建志　就推理性而言這是很典型的本格推理小說，就是讓讀者跟書中人物看到同等量的線索、一起解謎。大致上來說，謎題和密碼安排得都滿精巧的，而且角色會思考錯誤的地方、會走錯的路大概都跟讀者差不多。

謎題的部分有包含一些聖經章節，一方面除了暗示時間點之外，還具備文意上的互文性，其他還有檢索法、英文書名、捷運站名等等，層層相扣的安排非常精妙。當然也有一些比較不完整的地方，例如，捷運顏色的解釋我就覺得有一點牽強。不過本來就不會出現天衣無縫的謎團，所以瑕不掩瑜。整體而言，謎題設計得很精彩是它的亮點所在。

從社會性來看，這篇其實就是改編自捷運殺人事件，同時也探討了弱勢者、反社會人格的生存處境，以及現在很熱門的元宇宙議題，這個層面的表現我覺得很豐富。

作者的文筆和情節推進都很流暢，而且似乎對中西文學作品的涉獵很廣，用書店的老闆做為主角恰如其分，形象上還滿吸引人的。故事也結合了實際的台北捷運站地景和時刻表，這點很有趣。

葉桑　我的看法大致上都跟劉老師的感想相同。推理性的部分我給了高分，從一樁疑似詐領保險金的事件，延伸到捷運殺人事件，我覺得很有意思。作者先從聖經的章節連結到捷運的時刻表，因為我本身是教徒，所以會覺得這樣的運用很巧妙。接著又從愛倫坡的《金甲蟲》的英文密碼再到王雲五四角號碼檢字法，藉此解開死者的自殺（被誘導自殺）的捷運線和車廂。

另外，雖然是從社會事件去延伸，但是沒有額外的創意。邊緣人的心理描寫也太平淡，沒有作者獨創的觀念。文章結構、寫作技巧都是參賽者中最好的，只可惜情節有些老套。

但是運用到捷運系統這一點，推理六個車站的部分我覺得很完美，特別是蘆洲站的小逆轉，真的很棒。還選用了王雲五四角號碼檢字法而不是常見的摩斯密碼，這點值得鼓勵。

羅士庭　以推理性來說，這篇的暗號設計得很好，不過書名跟數字的部分就比較牽強一些，當然這是因為劇情發展的需要，不然只有三次機會的話，要是我是作者絕對不敢這麼做。

這次有好幾篇作品感覺都可以發展成系列作，本篇的書店老闆，這樣的人物其實就可以做為一個參謀，或者是標準型的安樂椅神探去協助辦案。所以我看好它的發展性。

雖然同樣有殺人事件發生，但這篇作品的調性相對比較輕鬆、容易閱讀，一個個事件每次都能讓我們看到結尾。我覺得它在入圍作品中篇幅和結構掌握得最好，作者很清楚該在什麼地方給予多少氣氛、進入到下個場景或是解謎，速度調配很好。所以我給了比較高的分數。

王卉竺　這一篇我覺得可以分兩個角度，如果單就推理來說，技巧無庸置疑。至於從影視角度來看，我還是回到人物。對影視來說，常常最後還留在觀眾心中的是人，不管過程中的推理設計得再怎麼巧妙，我們也經常發現看完一個月、兩個月、三個月之後，很多觀眾都會忘記一些細節，所以最終還是會回歸到角色有沒有讓觀眾印象深刻。

我覺得比較可惜的是第一幕開始時，人物是一對離婚的夫妻，可是到了第三幕時，基本上主軸已經跟這兩個人沒關係了。到了第三幕已經要揭露大BOSS了，可是也是用一個書面的方式介紹他的背景，這個人在第一幕的時候完全沒有出現。我知道完全以文字思考的時候，作者必須要把大BOSS藏起來，但是換成影視的場合，這樣的處理就會導致所有的資訊都被放在最尾段，所以最後其實我不會對為什麼要放下如此大的案件產生共感。當然，我們從書面解釋知道他是一個沒被捷運公司錄取的憤青之類的，可是對我來說，看完一段時間後可能就不會對犯案者留下強烈的印象。以鄭捷案為例，大家會去挖掘背後的原因、想了解原生家庭的背景，影劇的處理就會很在意這些細節。

既晴　首先關於捷運，也就是鬥智情節的部分，我都完全同意其他評審的看法。引經據典或是隱藏的線索安排都很不錯，所以這一篇在推理面向上我給的分數是高的。但是從另一個面向來看，關於缺點的部分我和王老師的想法差不多，就是一開始主述的觀點其實是姚致月，但是後面她就消失了。我自己做為創作者，在設計故事的時候都會在一開始就讓凶手先出現，讓大家留下印象，後面這個人可能就會退居幕後去做一些事情，到了後面再出現時就會讓人恍然大悟。這篇的主要情節沒有問題，但是人物安排是有缺失的，如果一出場就是女警跟書店老闆在談這個案子，那就完全沒有問題。

我之所以給〈踏繪〉跟這一篇較高的分數，是因為一個出現電子貨幣、一個帶出元宇宙，這樣的創作視野值得給予肯定。我認為創作者們都應該勇於擁抱和嘗試新型態的東西。

◆〈命運之聲〉

王卉竺　首先，作者為人物選擇的職業和切入的角度，就影視劇的角度來說是新鮮的。一個樂評家、一個不得志的指揮家，這樣的形象比較少出現在台灣的影視作品裡。

這一篇的動機很完整，而且不是到了第三幕才去草草解釋為什麼要做這些事情。身為一個樂評家，他很主觀地去judge一個人，所以完完全全能感受到為什麼這個人會招來恨意，讓我對這個人物留下了深刻的印象。雖然有點主觀，但是看完故事後，這篇的角色都會讓我留下記憶點。而且作品的畫面性很強，讓人留下了很深刻的印象，因為它完全聚焦男主角本身的問題。

劉建志　因為我個人非常喜歡音樂，自己的研究主題也是音樂，所以一看到這篇就非常非常驚喜。感覺作者帶有一點憤青的感覺，筆下創造的這個樂評家有點討厭、苛薄，雖然他很專業，但設定上就是不近人情、惹人嫌。

首先我認為值得讚許的就是除了推理以外，作者也具備相關領域的專業性，對音樂的品味是很獨到的。像是故事裡對樂曲指揮版本的揀擇，或是音樂會中指揮跟協奏曲成員相互對抗的感覺，這些都呈現得很好，同時也利用高雄衛武營音樂廳表現了在地性。再來應該算是音樂界的藝界現象吧，就是音樂家跟指揮家的職業依存關係，這個部分作者也處理得很好。

關於社會性的部分也很精準，像是音樂家死後，大家就會覺得他是早逝的天才，然後嗜血的媒體就會進而去抨擊那個樂評家，也把音樂家神聖化，這個描寫令人驚艷，也反應了非常豐富的社會性。

還有一個比較令人讚賞的點就是線索，而線索當然就是那架鋼琴。我們都知道史坦威鋼琴非常非常貴，而且也只有真正的樂評家或是熟悉音樂的人進到現場之後，才會看到那些警察看不到的東西。因為那架鋼琴是很突兀的，一個指揮家其實不需要那麼昂貴的鋼琴，所以就這個埋設來說是很不錯的表現。

其實我個人最喜歡這一篇，但是因為〈來自失樂園的危機〉的線索設定比較好，所以我把第二高分給了這篇作品。

羅士庭　故事中的曲目安排是開場的羅西尼歌劇序曲，然後上半場貝多芬的《命運》、下半場是拉赫曼尼諾夫《第三鋼琴協奏曲》，這在我看來是很不合理的。因為「拉三」它是沒辦法這樣演的。你上半場演完羅西尼跟《命運》，下半場「拉三」，沒有樂團受得了的，因為體力上沒辦法負荷。可是作者這樣安排是因為鋼琴家需要有協奏曲、然後必須要產生衝突，要不然這個曲目安排先就主題來看，貝多芬和拉赫曼尼諾夫根本就是兩種不同的類型、主題也是不相關的。現在辦音樂會的時候，通常都會有一個主題性，例如，之前國家音樂廳辦過《不朽》加《命運》，因為這兩個是可能合在一起演出的。我還特地去查一下現實有沒有本篇這兩部作品一起出現的例子，還真的沒有。

就小說中的現實是否能成立來看，我覺得這一點算是重要的。因為你的人物是一個專業樂評家，當下看到節目單絕對會嚇一跳的。

再來，我比較有疑問的是樂評在音樂界是不是真的有這麼大的影響力。以焦元溥老師為例，他是不是有辦法去影響台北市立交響樂團的指揮選擇，我認為是沒有辦法的，畢竟他們還是兩個不同的系統。

所以這兩點是比較沒辦法說服我。除此之外，我覺得作者都處理得很好。例如，一開始是用廣播節目的內容開頭，讓讀者能夠很快地認識這個主角，然後中間又經歷幾次第一人稱跟第三人稱的交錯。不過我對於這篇的詭計是小小失望的，因為就只是換樓層、換鋼琴而已，但認出史坦威鋼琴的確是破案的關鍵，是不錯的設計。整體來說非常沉穩，所以我也給滿高分的。

既晴　我覺得樂評家跟指揮家的關係寫的很精彩，看起來很過癮。這個樂評家的人物心理構造是有一套脈絡的，這個部分寫得非常好。例如跟音樂家保持距離，維持專業公正，所以雖然這個人尖酸苛薄，但你也不會討厭他，因為他有自己的專業道德和職業自我要求。後續安排因為拒絕了指揮家，（表面上）導致他身亡，讓兩人的命運發生了一起一落的造化弄人轉折，這段描寫我滿喜歡的。

然後我想談一下警察調查的部分。通常警方調查時會去查同樓層住戶、確認有無目擊者之類的，這種時候肯定會意識到住戶動態的變化，例如，有人搬家、這個人是音樂家等訊息。無論今天是碰上什麼案子、即便眼下沒有任何嫌疑人的情況也都會這麼做。因此關於犯案前後有人搬家這個情況，警方竟然完全沒有任何作為，我會覺得有點奇怪。我只能說這或許是作者希望讓主角出來解決案子的安排。

葉桑　作者大量寫了人物描寫，進入辦案推理的階段已經來到尾聲了，所以推理篇幅和推理性都比較少一點。

案件中運用鋼琴有匹配標題名，但是這

樣是不是太大費周章了？而且鋼琴家竟然會如此輕易地拋棄這麼昂貴的名琴，還有單靠一男一女搬運鋼琴的可能性和合理性有多少，真能如此容易嗎？這是我的疑問。

不過在社會性這一塊我給了滿分。指揮家的遭遇、樂評家的不通人情、女友的見異思遷、警察的冷漠都讓我想到我們作家的遭遇，像是評論家的不通人情、出版社的見異思遷、讀者的冷漠等等。這一段真的讓我一面寫評論、一面感懷深思。

作者的文筆極好，文章打從一開始就有氣勢，雖然整體的比重不平均，但是描寫主角于斯恒的無情高傲、王昱捷的謙卑可憐時都讓我覺得很感傷。不過因為這畢竟是犯罪文學徵文，所以我有針對推理部分忍痛扣了分數。

最後我有一點個人感想，如果作者能把主題選用的古典樂變成我們在地的歌仔戲或流行音樂之類的，我認為會更有意思。因為除了地點要素之外，也應該納入當地的文化特徵，這些都可以歸入在地性的表現範疇內。

◆〈聽神明的話〉

羅士庭　我很喜歡把場面搞得很大的作品，所以這篇很合我的胃口，但是它的bug有點多。例如小王是外國歸來的警察，首先他會申請調派到小鎮這件事就不合理，通常照警政體系來說，他應該會到中央或是外事單位，而且也看不到他非來這裡不可的理由，如果就只是單純分發過去，這一點是很奇怪的。

然後我認為最大的矛盾就是主委跟廟公的關係。廟公很明顯就知道主委在幹這些事情，他們手下的這批小弟們感覺應該是同一批人吧，好像不太可能在幫主委辦事的同時又服膺廟公的思維，例如，我們是替神明辦事的，要有忠義的精神、有所為有所不為等。所以主委竟然放任廟公獨立行事這麼久，這一點還挺不可思議的。

接下來就是毒品的部分，雖然似乎沒有必要把場面搞得那麼大，但我看得滿過癮。可惜的是最後攻堅沒有大場面的演出，如果你沒有給我人場面，那這個部分的呈現我就不滿意了。因為很明顯你沒有要用毒品去控制旗下宮廟子弟的意圖，再加上也看不出要往哪邊銷貨，所以商業邏輯上不合理

還有迷昏少女的部分，前因後果的邏輯其實我找不太到。後來我看完後唯一的解釋，可能是在沒有路燈也沒有監視器的路段上，因為剛好靠近毒品工廠，所以發現裡面的動靜。不過這也不合理，因為後來小王去打過一次照面了，所以對方也知道警察要查我們了，然而卻沒有一個人要對這個警察出手，而是去殺了所長，這是不太合理的。

不過這一篇的在地性成分很高，我特別喜歡他用「替神明辦案」的這種說法，這很像某電視台長壽電視劇會看到的設定，但是當你把這個運用到現代犯罪小說、做出這樣的展現時，我覺得娛樂性跟效果都是很不錯的。

既晴　我覺得這一篇最好的地方就是舞台設計。像是背後有警察跟陣頭的勾結，整個生態描寫得很細，不過其他部分是比較欠缺的。

舉例來說，少女失蹤這件事是無法像這樣直接判定死亡的，就法律規定來說要滿七年，經過法院認證後才能判定。超過法律規範的東西不能違背，所以這一點不能讓我接受。

再來就是裡面有個警察因為害怕從證物室偷毒品的事情東窗事發，所以殺了局長，這個行為我也不能接受。因為只要證物室有東西消失，不管局長存不存在，這個人都會被抓，所以我會覺得這個犯罪動機不合理。其他還有作者對於人物登場時的介紹等小說基本技術都沒有做到位，滿很可惜的。

王卉竺　開場採用的冥婚元素，這在影視的範疇內是有噱頭的，但後面的部分就不太行。然後有個地方讓我覺得很出戲，就是前面羅老師提到一個國外回來的人為什麼會來到這個地方。從這個疑問開始，就一路接續到剛剛大家提到的那些在後續情節中出現

的問題。

劉建志　我就簡短說幾句，因為我是國文老師，平常要改很多作文，所以我覺得這篇作品的行文太枝蔓了，應該要再聚焦一點，這是第一個問題。第二個就是錯字、冗詞贅字真的太多了，會影響閱讀。所以看這篇的時候會覺得這些文字方面的瑕疵應該要多留意，是不該出現的。

◆〈來者〉

劉建志　郵差這個設定是好的，因為不會引起鄰里戒心。此外凶器處理方式，或是線索如機車、印台、掛號信無法投遞等，這些表現都滿在地的。而且文章中也有很多的閩南語對白，呈現出台灣鄉里的生活和語言現況。

只是郵差的獨白是表現比較差的部分。因為跟故事主線混在一起，所以會影響閱讀，應該換個方式呈現，不要讓獨白突然插進來，感覺會很怪。

提到犯罪更生人和詐騙集團等元素也呼應台灣社會的現況，像是首腦通常都逮不到這一點也很忠實地體現了社會面的無奈。

王卉竺　選擇郵差這個職業不錯，但是我覺得切入故事的方式沒有抓好。因為這篇就是走一般警察辦案的模式，這麼一來要如何帶到郵差其實有個復仇的情緒？這在第一幕，也就是要由誰來進入這個故事的部分沒有設計好，所以即便有這麼好的設定，但是因為第一幕切入故事的人的選擇欠佳，影響了後續。

這裡我以〈命運之森〉為例，講故事的人本身就是樂評家，但是這篇講故事的人是個警察、一個第三者，而且他和第三幕揭露的這些關係人其實一點關係都沒有。前面還花了很多的篇幅在經營偵探之類的，但其實都和幫助第三幕的揭露無關。

羅士庭　作者寫到後期可能開始意識到

前面沒有放關鍵人物的引線，這馬上讓我想到《知更鳥的賭注》的開頭，這本看到最後就會發現凶手其實根本就是我們不熟悉的人，然而為什麼前面沒出現、卻會讓我們印象深刻呢？因為一開始他出現時就是二戰戰場上的一具屍體，後來這具屍體不見了。所以後來出現在奧斯陸的案子就讓大家想到那具失蹤的屍體，認為這個人可能回來復仇了。透過這種方式，該人物的「鬼魂」會一直出現在整個故事之中，留下強烈的影響力。

所以，如果作者把郵差的獨白改放到開頭，說不定效果就會更完善一些。作者在前面的部分用了很大的篇幅去描寫這個更生人，但這樣的敘述似乎也不構成非得在當下理解的部分，因為後續還會再重複提到幾次。所以這是作者在結構處理上比較可惜的地方。

不過我覺得這整體是個很可愛的故事，這一對組合可以繼續發展下去，像是在看CP的感覺。

既晴　我覺得這篇作品的優點是日常生活風景寫得很不錯，郵差工作也是我們常見的風景，故事跟日常感結合得很好，但是其他部分就沒有那麼理想。故事缺乏張力，沒有去鋪陳轉折，例如，寄錯信那段，其實可以用來製造張力或是意外反轉，但作者只是用平鋪直述的方式去陳述發生了什麼，而且這種張力不足的問題在整個故事裡不在少數，作者並沒有妥善運用故事中的材料去製造出戲劇效果，所以不管是劇情還是人物都較難讓人留下深刻印象。

葉桑　動機和手法都比較平常，作品通篇的敘述比較平淡。必然性大於偶然性，使得故事讀起來有點像是社會新聞。小茵這個角色只聞其聲不見其人，以短篇來說這樣的設定似乎有些過多，好像可以把她的智慧或其他人設分配到這兩個警察身上。

然後有個地方我認為不太合理。有一段敘述是一刀刺進去再塞破布，然後再刺第二刀，這個順序怪怪的，應該是為了防止叫喊才要先塞破布的吧。

但這裡也要提一個讓我很感動的地方，就是處理凶刀的方式。凶手覺得用這把刀子報了仇，所以是紀念，不該被隨便亂丟，之後還要拿去祭拜父母。我認為一個故事要好看，其中的關鍵之一就在於動機的與眾不同。作者讓凶手基於某些目的而沒有丟棄凶刀，這一點有打動到我，我也因此加了很多分。至於其他層面就跟大家分享的差不多。

◆〈諸神之舟〉

葉桑　車禍發生、女人和神像的手、行車記錄器等，懸疑一個接著一個，安排了洋蔥式的解謎。加上我覺得整篇故事的創造性非常的高，所以給了高分。

既晴　它有一個比較新奇的設定，就是現人神跟宗教之間的關係，是特殊的世界觀。最後處決主使者的方式，這個部分我滿喜歡的，而且可以同時呈現宗教局跟警方間的矛盾衝突，我認為寫得算不錯。

但是關於這個特殊設定，整個世界觀的構成提得不多，閱讀時會影響讀者進入故事。例如，宗教局為何要管制現人神，或許其他評審會有不同的解讀，但作者似乎沒有提到宗教局和警方管制的理由，所以他們現在調查這些，指出某人是現人神，或是對於現人神我們應該要怎麼做，這背後的動機基礎會讓我覺得非常沒有說服力。因為我無法理解這麼做的原因，也不清楚這和故事中現實社會的關係是什麼。

王卉竺　我覺得它最大的問題就是世界觀沒有好好地介紹。一個故事的世界觀有沒有建立好，跟可讀性有很大的關係，不然會讓觀者無法進入作品世界，這也是本篇的問題所在。一開始我覺得進不去作者的世界，原本我還以為是自己看得頭昏腦脹所以沒搞清楚，但看來大家的感受好像也差不多。為什麼會被管制、為什麼會被抓，當我處在不能理解這些事情的情況下，就是造成閱讀阻礙最大的原因。

羅士庭　我對現人神和人的關係提出一些想法。作品有一些敘述提到，例如，外籍勞工和相對弱勢族群都有相關的組織或政府部門去關心，但是現人神卻沒有。他們對人們是有神祕感的，可能因此讓人敬而遠之，而管理他們的宗教局因為政策關係讓權力日漸擴張，因而引起了社會反彈。

因為這個設定關係，所以必須要用很大的篇幅去建構細節。所以這會導致我們在閱讀時就會被大量的設定解釋給阻礙。還有一點對這篇來說可能會是比較大的問題，就是身處這類世界觀裡面的人，他們對於類似的事件應該是習以為常的。例如，我在路上看到流浪狗，我想到的可能就是該打電話聯絡什麼單位，並不會對於流浪狗的存在或外觀感到好奇或疑問，也不會深思到底該怎麼去對待牠，因為這樣的存在和相關的機制已經存在於我們的生活之中。從故事中的描述，其實表示這個社會對這樣的存在也是習以為常的，所以當人物出現大驚小怪的反應時，我會覺得以這樣的世界觀設定來說其實是反應過度的。

劉建志　這篇文章以警員、鑑神師的查案為推理主軸，因一開始已設定好犯人，因此，推理的部分著重在如何尋覓犯案線索、如何鎖定本文人物的神祇，以及為何鑑神師在鑑定時會有不合常理的舉動，這部分的敘述堪稱流暢。但因本文創造了虛構的宗教司、現人神、鑑神師等。因此，需要以大篇幅介紹這些背景架構，以短篇推理小說來說，並不容易建構一個完整的世界觀，這是比較可惜的地方。

決審結果

經決審委員經三輪投票，〈來自失樂園的危機〉以5票、排序1獲得本屆林佛兒獎首獎。

逆思流

來自失樂園 第五屆林佛兒獎作品集

作者／衍波、林詩七、軸見康介、飛樑、Sadar、金柏夫 台灣犯罪作家聯會主編
執行長／陳君平　榮譽發行人／黃鎮隆
協理／洪琇菁　國際版權／黃令歡
執行編輯／呂尚燁　美術主編／陳聖義
企劃宣傳／洪國瑋
發行／英屬蓋曼群島商家庭傳媒股份有限公司城邦分公司　尖端出版
台北市中山區民生東路二段一四一號十樓
電話：（〇二）二五〇〇—七六〇〇（代表號）
傳真：（〇二）二五〇〇—一九七九
中彰投以北經銷（含宜花東）／楨彥有限公司
電話：（〇二）八九一九—三三六九
傳真：（〇二）八九一四—五五二四
雲嘉經銷／威信圖書有限公司　嘉義公司
電話：（〇五）二三三—三八五二
傳真：（〇五）二三三—三八六三
南部經銷／威信圖書有限公司　高雄公司
電話：（〇七）三七三—〇〇七九
傳真：（〇七）三七三—〇〇八七
香港總經銷／城邦（香港）出版集團有限公司
香港灣仔駱克道193號東超商業中心1樓
電話：（八五二）二五〇八—六二三一
傳真：（八五二）二五七八—九三三七
E-mail：hkcite@biznetvigator.com
馬新經銷／城邦（馬新）出版集團　Cite(M)Sdn.Bhd.
E-mail：Cite@cite.com.my
法律顧問／王子文律師　元禾法律事務所
台北市羅斯福路三段三十七號十五樓
二〇二二年十月一版一刷

■中文版■

郵購注意事項：
1. 填妥劃撥單資料：帳號：50003021戶名：英屬蓋曼群島商家庭傳媒(股)公司城邦分公司。2. 通信欄內註明訂購書名與冊數。3. 劃撥金額低於500元，請加附掛號郵資50元。如劃撥日起 10～14日，仍未收到書時，請洽劃撥組。劃撥專線TEL：(03) 312-4212 ・ FAX：(03) 322-4621。E-mail：marketing@spp.com.tw

國家圖書館出版品預行編目資料

來自失樂園：第五屆林佛兒獎作品集 / 台灣犯罪作家聯會主編；衍波、林詩七、飛樑、軸見康介、Sadar、金柏夫 著
--初版. --臺北市：尖端出版, 2022.10
面 ； 公分. --(逆思流)
ISBN 978-626-338-488-0(平裝)

863.57　　111013756